ニルヴァーナ皇国十二使徒
神言のエスメラルダ
「おお、誰がおるのかと思えば、お主じゃったか」
精霊女王
ミラ
ニルヴァーナ皇国女王
アルマ
「エスメラルダさんがここまで連れてきたって事は、貴女がじぃじだったって事よね！」

賢者の弟子を名乗る賢者
15
りゅうせんひろつぐ／著
藤ちょこ／イラスト
「これで変装は完璧じゃな！」
GC NOVELS
She professed herself pupil of the wise man.
story by hirotsugu ryusen, illustration by fuzichoco

賢者の弟子を名乗る賢者
She professed herself pupil of the wise man.
15

〈1〉

清々しいほどに晴れ渡った夏の日の午後。そんな中、アルカイト城にあるソロモンの執務室にて、ミラはソロモンと顔を突き合わせて真剣に話し込んでいた。

その内容は、ようやく確保の可能性を掴めたメイリンと、その要因となったニルヴァーナの闘技大会についてだ。

「しかしまた、これはとんでもない規模になりそうじゃのぅ」

ソロモンが言うには、昨日特別な形式で届いた封書に、闘技大会の詳細を説明する書類一式が入っていたという。

手紙によると出場者の受付は、この告知を各国に届けた次の日から二ヶ月間。予選は受付開始から一月後に順次開催。本戦は参加者の数によって多少前後するとの事だ。

「参加募集だけで二ヶ月ともなれば、どれだけ集まるのじゃろうか」

「見た限りじゃ、ここ数十年の間で最大級のお祭りになるだろうからね。それはもう相当に集まるはずだよ」

どれだけの出場者が集まるか。それは未知数だが、万に届くかもしれないとソロモンは言った。

そしてミラもまた、きっとその通りだろうと確信する。

それほどまでに、今回開催される闘技大会の内容はとんでもなかったのだ。

まず特設会場には、数千人以上収容出来るという選手村と食事処が完備。

戦士と術士、年齢、ペア、チームなどによるクラス別戦と、それらの枠組みを一切廃した無差別級が行われると書類にはあった。

勝敗は、審判による戦闘続行の可否による判断か、一方が降参を宣言する事で決まる。

相手を死に至らしめる行為は禁止。また、酷い後遺症が生じる恐れのある手段の行使も原則禁止。

ただ、大会にはニルヴァーナが誇る精鋭、十二使徒の一人である聖術士『神言のエスメラルダ』と、彼女が率いる救護隊が配備されているため、即死するような怪我でもなければ多少荒っぽくとも問題はないとの事だ。

「なんかもうオリンピックを思い出す感じだけど、やっぱ凄いのはここだよね――」

そこまでは無難というより現実的な環境とルールだった。だが何よりも次の項目、賞品がとんでもないとソロモンは笑う。

大会賞品。それはやはり、こういった大会において目玉となる要素の一つといえるだろう。だからこそというべきか、賞品はどれも豪華だった。

クラス別戦は、優勝者が英雄級武具一点と副賞に三億リフ。準優勝者は、特級武具一点と一億リフ。また、三位には名工が手掛けた武具が贈られるとの事だ。

加えて他にも様々な特別賞が用意されているそうである。

これだけでも相当に豪華だ。そんな印象を受けたミラだったが、続く無差別級の賞品を確認するなり、その思考を停止させた。

なんと無差別級優勝者には、ニルヴァーナ皇国が所蔵する伝説級武具一点と、副賞として五十億リフが贈呈されるというのだ。

「流石《さすが》はニルヴァーナじゃな……もはや国としてのレベルが段違いじゃゃ……」

「そうだねぇ……」

アルカイト王国が同条件の大会を開催する事は、まず不可能だ。それこそ三神国やアトランティス、そしてこのニルヴァーナといった大国でなければ運営など出来るはずもない内容である。

それだけの大規模な大会だからこそ、最大級の盛り上がりが予想出来るというもの。

同じようにプレイヤーが興した国でありながら、その国力差は圧倒的。どうにか再起動したミラがその差にぼやくと、ソロモンもまた空虚な目をして頷いた。

「まあ、それはさておき、こっちもまた興味深いところだよね」

改めるようにして一枚の書類を手にしたソロモン。そこに書かれているのは、大会を更に盛り上げるため、様々な有名人に招待状が送られているといったものだった。

加えて、各国に代表の出場を促す文まで添えられていたという。

冒険者を筆頭に傭兵や探検家といった中にも実力者として有名な者は多い。更には国所属の現役軍人までもが出場する。しかも、それら招待選手用の特別トーナメントが別枠で組まれているというではないか。

大会の目玉になる事は間違いない。むしろ、それだけでもイベントが組めるくらいの豪華さである。

そして最後には、ニルヴァーナが誇る十二使徒の一人をそれら勝者が指名し、エキシビションマッチが行われるというではないか。

それはきっと闘技大会のラストに相応《ふさわ》しい大激戦となるはずだ。

「しかしまた、とんでもないイベントになりそうじゃな。だからこそ、あのメイリンが飛びつかぬはずもないというものよ」

多くの猛者達が大陸中から集まる最大級のイベントになるのは間違いなく、ともなれば修行として強敵との戦いを求めるメイリンが現れるのは確実といえるだろう。

「無差別級の優勝候補、筆頭かもね」

「そうじゃのぅ。あやつの事じゃ。見事に勝ち上がってくるじゃろうな」

九賢者という肩書からして、メイリンの実力はトップクラスだ。

大陸にはまだ見ぬ猛者が沢山いるが、それを次々に乗り越えていくメイリンの姿は簡単に想像出来た。

そして大会が進めば進むほど、その注目度が増していくのは確実である。

「うん。まあ、だからこそ、少し困った事になるかもしれないんだよねぇ……」

大舞台で注目されれば、それだけ認知度も上がるものだとソロモンは続ける。

この大会は、大陸中で注目される大イベントになる。それと同時に活躍した選手もまた、広く知れ渡る事になるのは間違いない。

となれば、メイリンを知る者の目に入る事も必然というわけだ。

メイリンの事である。武者修行を続けているとなれば、強敵の多い山奥などに篭っている事が多かったのだろう。人との接触も、それほど多くなかったはずだ。

さほど噂になる様子もなく、足取りがつかめなかったのがその証拠ともいえる。

だが今回は、最高の舞台が最高に目立つ場所に用意された。

こういった話にはなぜか耳の早いメイリン。何も考えず大会に現れるはずだ。山や森などとは比べ物にならないくらい、人の目が集まる場所に。

つまり、そんな状況下で存分に暴れてしまったら、九賢者の一人であると気付かれるのは時間の問題。

ソロモンの懸念は、その先だ。

気付かれた後、行方不明とされていた九賢者の出現が大ニュースとなり大陸中に出回る。すると、メイリンの認知度は更に飛躍的に向上する。

そうしたら次は、少ないながらも大陸各地から修行中のメイリンを見た事があるという噂が上がってくる可能性が高い。

特に現在は、限定不戦条約の期限が差し迫った時期でもある。最も各国が緊張しているタイミングと言ってもいいだろう。

そんなところに、アルカイト王国の筆頭戦力が大陸の各地で、いったい何をしていたのか。潜入して情報収集でもしていたのか。といった疑惑が広がってしまっては、色々とまずい事態になるのは明白だ。

実際は、そのような事などあるはずもなく、彼女にそんな器用な事が出来るわけもない。

だが九賢者という肩書は、何かと重いものだ。武者修行で各地を巡っていただけだと本人が証言しても、それが受け入れられるかどうか難しいところだろう。

各国への偵察。そう判断され、限定不戦条約に抵触したととられてもおかしくない状況といえた。

メイリンの認知度がこれまで通りならば、言い逃れ出来る道もある。しかし闘技大会で認知度が大きく高まってしまったら、それも難しくなる。

「まあ、これは起こり得る最悪の事態であって、実際にはそこまで問題にならないかもしれない。けど、そうなったら大変だから、これを事前に予防しておきたいって思うんだ」

最後にそう締め括ったソロモンは、期待を込めた目をミラに向けた。

「ふむ、やはり連れ戻すだけの簡単なお仕事……というわけにはいかぬか」

メイリンを連れ戻す事に加え、それらの懸念を払拭するためにニルヴァーナへ。それが、今回新しく下される任務となる。

「して、作戦はあるのか？　出場するな、などと言ったところで止められぬぞ」

彼女に武術を習っていたミラは、メイリンの武術にかける思いを誰よりも知っていた。修行のため、強敵との戦いを求めるメイリンの事だ。理由を説明したとしても、出場を取りやめてくれるかどうかは難しいところだった。

また上手く説得出来たとしても、その不完全燃焼具合からして直ぐに旅立ってしまう恐れが強い。となれば理想は、存分に戦わせ満足させてからの帰国である。

ただ、そう上手くいくだろうかとミラは疑問を投げかける。するとソロモンは、当然とばかりに笑ってみせた。

「その点については、もう昨日から準備を進めているよ。要は彼女であるという証拠だけでも隠せればいいわけだ」

幾ら疑われようと、そうである確証を与えなければいい。そう口にしたソロモンは、単純ながらも有効そうな作戦について語った。

メイリンの気持ちも考慮して、大会の出場を止めさせる事はしない。だが、状況を説明した後に、条件を一つ呑ませる。

その条件とは、変装だ。

メイリンも自分の立場をそれなりに理解しているはずであるため、多少小細工の用意はあると思われる。

しかし、彼女の事だ。それは、ちょっと眼鏡をかけたり、名前を変えたりする程度だろうとソロモンは言う。

よって、もっと本格的な変装用具をこちらで用意しようというのが、ソロモンの作戦だった。

そしてこの件については、昨日のうちにラストラーダと話し合ったらしい。変装のプロである彼の知恵を借りて、だいたいのコンセプトは決まったという。

本来のメイリンとは、かけ離れた存在。メイリンを知る者が、そうとは結びつかないような変装にすれば直ぐにバレる事はない。それがソロモンの考えだった。

「多少勘繰る者が出るかもしれないけど、確証は得られないはずだし、こっちとしてもそれなら十分に言い逃れ出来ると思うんだ」

そう続けたソロモンは机の上の書類から一枚を抜き取り、ミラに差し出した。

「ふむ……なるほどのぅ」

その書類には、大会で使用出来る武具についての規定が書かれていた。

使用出来る武器は、大会側で用意したもののみ。防具などについても、その性能によって細かく決まっており、大会側でも用意されているようだ。

つまり服装などについては、規定を超えなければ基本的に自由であった。その範囲内ならば、どんな格好をしようと問題ないのである。

「という事で彼女には、謎の魔法少女になってもらう事にしたよ」

真剣な眼差しでそう告げたソロモンは、現在進行中のメイリン変装計画について説明した。

まずは、一番簡単な髪だ。これは特別なヘアカラーがあるため、赤に染めてもらう予定だという。髪を赤に染めるだけでも、随分と印象は変わる事だろう。学園でのダンブルフの肖像画らくがき事件の一件で、髪を黒に染めていたミラは、その効果のほどをよく知っていた。

そして、だからこそ便乗するようにして、自分用に黒のヘアカラーも欲しいと頼んだ。

「わしも、ほれ。精霊女王だなんだと有名になってしまったからのぅ。静かに過ごしたい時もあるのじゃよ」

有名人になり過ぎて困った、という素振りはほんの僅かであり、ミラはどこか得意げな様子だった。ちやほやと持てはやされるのも悪くないと。加えて、その事によって召喚術の印象もまた改善傾向にある。

実に喜ばしい事ばかりだ。しかしその分、注目され過ぎて落ち着かないというのもまたミラの本音であった。

「わかったよ。それじゃあ一緒に用意しておくね」

ミラの要望を快く承諾したソロモンは、それでいて僅《わず》かに不穏な笑みを浮かべていたが、ミラがそれに気付く事はなかった。

「さて、次に肝心の服だけど——」

変装には欠かせない服。ミラ達だけでなく他のプレイヤー含め、九賢者を知る多くの人々がイメージするメイリンといえば、根っからの武道家である。

だからこそ、魔法少女ファッションが打ってつけであるとソロモンは断言する。

「魔法少女……のぅ……。確かにイメージに合わぬから、そうと結び付け難《にく》くなるじゃろうが、あ奴が素直に着るかどうかが問題になりそうじゃな」

武道にこだわりのあるメイリン。そのためかミラは道着などといった、それに適した服装をしているところしか見た事がなかった。

そんな彼女が、キラキラフリフリした魔法少女風衣装を着てくれるだろうか。そんな懸念を抱いたミラであったが、ソロモンは問題ないと自信満々に笑う。

「ああ、その点なら大丈夫。ラストラーダ君としっかり相談してから、制作者に伝えてあるからね」

いつも道着姿の女の子を可愛く別人に変身させるため。それでいて、女の子が得意な格闘技の妨げにならない衣装。

と、ラストラーダの変装についてのノウハウなども盛り込んで発注したそうだ。この城にいる、その方面に明るい者達。侍女と、その筆頭であるリリィに。

ソロモンは言う。魔法少女風衣装制作における技術は知っての通り。更にリリィは、侍女式ＣＱＣの使い手であるため、近接戦における服のあれこれを考慮するのに適任だろうと。

「それはまた……とんでもないものが完成しそうじゃな……」

色々と思う所はあるが、リリィ達の腕前は確かだ。

ミラは、自身の服を見つめながら、メイリンにどんな衣装を着せる事になってしまうのかと苦笑した。

「しかし、闘技大会か。腕が鳴るのぅ！」

メイリンの事もあるが、それはそれ。

ミラは召喚術が健在である事を世に知らしめる絶好の場だと盛り上がる。狙うは当然、無差別級の優勝だ。

きっとどこかでぶつかる事になるだろうメイリンは強敵だが、良く知る相手だからこそ秘策もある。

優勝賞品の伝説級武具と賞金五十億リフを思い、にやにやといやらしい笑みを浮かべるミラ。

だがそれは、次の瞬間に泡沫《うたかた》の夢と消えた。

「あー、実はその事なんだけどね……」

大いに夢を馳せるミラを前に少しだけ言い辛そうにしながらも、ソロモンはとんでもない事実を告げた。ニルヴァーナ側より、精霊女王ミラの出場は遠慮してもらいたいという旨の手紙が別途に届いている、と。

「なん……じゃと……？」

精霊女王といえば、飛ぶ鳥を落とす勢いで名の上がっている冒険者だ。むしろ特別トーナメントに招待されてもいいくらいだろうと食って掛かるミラ。

だがソロモンは、そんなミラにそっと伝えた。「君の正体に気付き始めたみたい」と。

ソロモンが言うには、どうやらニルヴァーナの上層部で精霊女王が九賢者ダンブルフではないかという疑惑が浮かんでいるようなのだ。

アルカイト王国とニルヴァーナ皇国は、かつてより親しい関係にあった。

その要因は、ニルヴァーナの君主がアルテシアの亡き夫の妹だからだ。そしてその妹もまた、今はこの世界にいる。

ゆえにアルカイトとニルヴァーナは、今でも友好関係にあった。

かつてより関係があったため、かの国の者達とは多く冒険を共にした事もあり、また、模擬試合なども頻繁に行った。

それがきっと今回の手紙の原因でもあるのだろう。

「なんという事じゃ……」

よく知っているからこそ、精霊女王の噂からその正体に疑いが向けられた。そしてよく知っている相手だからこそ、かつての威厳がと体裁を気にするミラ。

「まあ、あれだけ活躍したわけだからね。君を知る者にとっては、簡単なのかもしれないよ。僕も直ぐにわかったわけだしさ」

今更、手遅れにもほどがある。あれだけ召喚術で暴れれば予想は出来た事だ。

心ではそう思っていても口には出さず、ソロモンはそっと一通の手紙を差し出した。そこには、どこか言い訳めいた文が書かれていた。

要約するならば、精霊女王と噂される冒険者のミラという人物は、そちらの九賢者の一人で間違いないだろうかという伺い。

そして、もしそうだとしたら出場しないように取り計らってくれないかという要望。

最後に、それが十二使徒たっての願いだという懇願であった。

「多分、あの日の事を今でも引きずっているんだろうねぇ……」

かつて行われた、九賢者と十二使徒による模擬戦。

個別に対戦したそれは勝敗も様々だ。

ただ十二使徒側から一つだけ、次の模擬戦における条件の追加の嘆願があった。それが『軍勢』を控える事、である。

ただでさえ手強いヴァルキリー七姉妹の相手に加え、どれだけ倒しても起き上がってくるダークナイトの群れによる終わらない戦いは、彼ら彼女らの心を容赦なくへし折っていたのだ。

今回の大会は、勝者と十二使徒の特別試合で幕を閉じる形となっている。もしもミラが最後まで勝ち上がったら、十二使徒はかつての悪夢をもう一度経験する事になるわけだ。

しかも九賢者としての実力があるだけに、勝ち上がってくる確率は非常に高い。

だからこそ、嘆願の手紙が届けられたのだろう。

そしてそこには申し訳なさそうに『よければ、実況枠で招待させてください』と追記されていた。

「そんなバカな……」

かつての悪行（？）が原因で、召喚術の素晴らしさを世に広める最大の機会を失ってしまった。

ミラはがっくりと項垂《うなだ》れながらも、ここは一つ、弟子として押し通してはどうかと提案する。

「今回は仕方がないよ。君も、あまり向こうを困らせたくないでしょ？」

模擬戦は避けられているものの、それ以外は仲の良い相手だ。レイド戦などでは頼り頼られる間柄であった。ソロモンの言う事も、もっともであろう。

大会前まで、もう少し大人しくしておけばよかった。

そう後悔しながら出場を見送ったミラは、意気消沈気味になりながらも、その代わりとばかりに高級スイーツを暴食したのだった。

〈2〉


ニルヴァーナ皇国で闘技大会が開催されると聞いた後も、基本的にミラの日常は変わらなかった。

大会の開催まで、まだそれなりの期間が空いているというのもあるが、何よりメイリン用の衣装作りに時間がかかっているからだ。

流石の侍女達であろうと、ソロモンやルミナリアの記憶によるメイリンのサイズでは、やはり身体にぴたりと合う服というのは難しかった。

そのため多少の自由が利くように調整出来る仕組みを施し、それでいて格闘戦に支障なくまとめていく。デザイン段階からして、相当な難度だったのだ。

しかし、アルカイト城の侍女達は精鋭揃い。見事にデザインを完成させ、今は絶賛制作中だ。

メイリンに大会で満足するまで戦ってもらうためには、その衣装を持って行く必要がある。ゆえにミラはそれが完成するまで、これまで通りの生活を送っていた。

ただ、それでいてなかなかに多忙な日々だ。

研究実験に加え、マリアナとの長閑《のどか》な時間を満喫。

放課後の時間になればエミリアとフィルの特別指導。召喚術の明るい未来に貢献する。

休みの日などは、孤児院に寄って可愛い子供達と戯《たわむ》れ、ついでに召喚術の素晴らしさを吹き込んだり、様々な店舗巡りを楽しんだ。

また、クレオスの特訓も順調だ。立場というものもあるためか、エミリア達の指導とは比べ物にならぬほどのスパルタであったが。

しかしその甲斐もあってホーリーナイトの部分召喚は、もう実戦レベルである。更には、ここに同時召喚も組み合わせる事が出来るようになっていた。

ダークナイトの部分召喚も、あと少しといったところだ。

他にもミラは召喚術科の臨時講師として教壇に立ったり、教師であるヒナタの訓練に付き合ったり、召喚術科の授業内容などを共に考えたりもしていた。

そんな多忙を極めていた合間の事。今日は休日であり学園もまた休みという事で、ミラは個人レッスンや特訓を無しとした。

それを伝えた際、エミリアとフィルは残念がったが、休息もまた大切な訓練だというミラの言葉が効いたようで、存分に休息すると息巻いていたものだ。

なおクレオスは、心なしか安堵した様子だった。

そうして出来た休日のこの日、ミラは朝から研究やら何やらと忙しそうにしている。

エミリア達とクレオスに教える要点をまとめたり、超越召喚の事で精霊王に相談したり、色々な効果の魔封爆石を実験的に拵《こしら》えたり。忙しいながらも楽しく過ごす。

しかし、それも昼食までの事。人に言っておいて、自分が根を詰め過ぎるのはどうだろうか。そう精霊王に言われたミラは、確かにと考えを改め残りの時間をゆったり過ごす事に決めたのだ。

「ほぅ、新装開店とな」

優雅な昼下がりをマリアナと共に満喫していたミラは、その会話の中で出てきた店に興味を惹かれる。

店の名は、ワイルドバディ。品揃え豊富なペット用品店であり、ルナ用のあれこれは全てそこで購入していたそうだ。

そんなワイルドバディは、何でもここ一ヶ月ほど改装していたらしい。それが丁度今日のこの日に新装開店セールをするという。

休日にセールとはご苦労な事だ。ミラは店員達を心の中で労いながらも立ち上がる。

「よし、そこに行ってみようではないか」

部屋のそこらに置いてある、ルナ用のあれこれ。何かと重宝する多種多様なそれらを扱う店とは、どのような店なのか。ミラは期待を胸にルナを抱き上げた。

これからお出かけするぞとミラが言うと、ルナは「きゅいー」と嬉しそうに答える。そして当然マリアナも、心なしか軽い足取りで出かける準備を整えていた。

「あちらです、ミラ様」

「おお！　思っていた以上に大きな店じゃな」

銀の連塔が見える大通りに面した場所に、その店ワイルドバディはあった。

「そして、思った以上にキラッキラじゃな」

ワイルドバディという名とは裏腹に、淡色でパステル調に染められた何とも可愛らしい印象の外観だ。

だがマリアナが言うには、前は確かに名前通りといった印象であったそうだ。

ワイルドバディは、かつて狩猟用のペット用品を扱っていた店だった。けれど時代の流れに乗り愛玩用のペット用品も扱い始め、今ではそちらがメインになったと、マリアナは仲良くなった店員から聞いたという。

そして今回、そんな時代の流れに合わせ、改装によって大きく外観を愛玩寄りに変えたわけだ。

「随分な盛況ぶりじゃな」

セールの効果か客が多く、大通りの中でもその店の前だけ、やけに賑わっていた。

ミラとマリアナは、そんな客達の間を抜けて店に向かう。だがその途中で、二人は足止めを食う事となった。

原因は、ミラが抱きかかえていたルナである。その珍しさもだが、何よりもその可愛らしさを小動物好きな客達が見逃すはずもない。

「そうなのねー、ルナちゃんっていうのー。可愛いわねー」

「こんな近くでピュアラビットを見られるなんて夢みたい！」

一時的ではあるが、店よりも大盛況となったルナ。だが、あまり人には慣れていないため、それも数分の間だけ。

ここに集まった愛好家達は、弁《わきま》えている者ばかりのようだ。ルナが「きゅい」と丸まってミラの胸に潜り込んだところで観賞会は即お開きとなった。

「大人気じゃったのぅ。流石はルナじゃな！」

「はい、流石はルナです」

我が子が一番可愛いと胸を張るミラと、当然とばかりに同意するマリアナ。

と、実に自慢げで嬉しそうな二人の様子をルナは見ていた。

可愛いと誰かに褒められる事で、ミラとマリアナを喜ばせる事が出来る。それを知ったルナの中で、ちょっとした気持ちが生まれたようだ。

そしてそれは、いつか人見知りを克服するきっかけとなるものだった。

今日のこの瞬間こそ、ルナがアイドルウサギとして活躍する未来が開けた瞬間でもあった。だがそれは、また別の話だ。


「これはまた、外観以上じゃな」

ワイルドバディの店内に踏み込んだミラは、店内を見回しながらそう素直な感想をもらした。

パステルカラーで彩られた店内は広々としており、女性向けのファンシーショップとでもいった雰囲気だったのだ。

マリアナが言うには、この辺りも随分と変わっているようだ。改装前は、木目などの自然な色合いを基調とした内装だったと。

随分と思い切った改装である。だが客達の声を聞くと、なかなかに好評のようだ。

しかも、ただ改装しただけでなく、ペット愛好家達が喜ぶ施設なども増えているとの事だった。

ルナ用に新しい何かを買おうと店内を見て回るミラとマリアナ。すると新しい施設とやらも自然と目に入ってきた。

一つ目は、カフェだ。大切なペットと一緒に食事やお茶を楽しめるカフェが店内にあった。当然、ペット用のメニューも完備である。

人用のメニューと同じように盛り付けられた料理の数々。そして、ケーキなども豊富に揃っていた。

「これはまた、なかなかの値段じゃな……」

それだけ手が込んでいるゆえか、人用とさほど差のないペット用の値段に驚くミラ。

ただ店内を覗いてみると、むしろそれらペット用がメインであるとばかりな盛況ぶりだった。

ペットを愛してやまない者達が集う、実に不思議な空間だ。

と、そんな印象を受けたミラだったが、ふと美味しそうなそれらを前に目を輝かせるルナを見て、何となく気持ちを察した。

「ルナも、食べてみたいか？」

思えば、ルナの主食は野菜スティックばかりだった気がする。それを思い出したミラは、試しにそう訊いてみた。

するとルナは「きゅいっ！」と元気よく答える。

「そうかそうか。食べてみたいのじゃな」

キラキラが更に増したルナの瞳からして、その気持ちがはっきりとわかった。それならば帰りに寄ってみるのもいいだろう。そうミラが思った時である。

「では今夜は、ルナ用のケーキを作りましょう」

そうマリアナが言ったのだ。

それは母と外出している時に、よくある一幕だった。

店に並ぶ美味しそうなものを見て食べたいと言ったら、家で作ってあげるから、というアレである。

こういう時は、だいたい残念な気持ちになる事が多い。食べたいと思ったのは、今目の前にあるものだからだ。

そのため、がっくりしそうなところだが、それを聞いたルナの表情は喜びに満ちていた。そしてミラもまた、その気持ちは良くわかった。

むしろマリアナならば、店以上のものを作るからだ。

「良かったのぅ、ルナや。今夜はケーキじゃぞー」

そうルナに語り掛けたミラは、その後に「しかしケーキか。ふむ……わしも、甘いものが食べたい気分じゃのぅ」などと、さりげなく主張した。

「それでは帰りに、材料を買わないとですね。ルナは……キャロットケーキが食べたいのですね。それと折角ですので、もう一つ。マロンケーキも作る事にしましょう」

ミラとルナが、ちらりと気にしたカフェのメニュー。マリアナはその視線から、両者が望むものを見抜いたようだ。

確認するように、それを口にしたマリアナ。対してミラとルナは、「うむ、それは良いな」「きゅいー」と、素直に賛成の意を表した。

そうして夜のデザートが決まった後も、店内巡りは続く。

改装したワイルドバディには、カフェの他にもジムやプール、運動場に撮影スタジオといったものまで新設されていた。そしてどれもがペットと共に利用出来る。

また、当然それだけではない。ペット用品も非常に充実しており、ミラは既に購入予定のルナ用の玩具を幾つか手にしていた。

他にも、トイレの砂などの必需品をマリアナが選んでいく。

「これはこれは、マリアナ様」

そうして会計まで済ませたところで、店の者がやってきた。どうやら、その者こそがこの店の店長であるようだ。

話によるとマリアナは、極めて希少なピュアラビットのオーナーと崇《あが》められている様子だった。

だからだろうか、ワイルドバディに新設された施設の特別利用券が手渡されていた。

随分と太っ腹な事だ。けれど、そこには多少の打算もあるのだろう。

滅多に見られないピュアラビットが顔を見せる店となれば、それなりの宣伝効果が見込めると。

とはいえ、補佐官室とミラの部屋だけでは、ルナにとって少々手狭である事は確かであった。安心して遊べる新しい場所が出来るのは、ミラからしてもありがたい事だ。

（プールか……。この季節は特に良いのぅ。ルナは泳ぐのが上手じゃからな！）

ルナとの遊び方が広がった事に喜ぶミラ。だがそんなミラの目に、あるものが映った。

それは、店のずっと隅にある区画だ。

パステル調の淡い色彩の店内とは違い、その一角は、自然の色合いが残った場所となっていた。

そしてそこには如何《いか》にも狩人といったいかつい男がおり、端の方には繋がれて大人しくしている黒狼の姿もあった。

それを見てミラは、直感する。あの一角こそが、かつてのワイルドバディのメインであった、狩猟ペット用品売り場なのだろうと。

じっくり見ると、どういった商品が扱われているのかわかってくる。

小動物を捕らえるための網や、多彩な用途に使えそうなワイヤーロープ。更には魔物の攻撃にも耐えられそうな装甲や、刃物に術具といった、戦闘寄りの品まで揃っている。

しかもそれらは全てが、狩猟ペットが扱う事前提で設計されているのだ。

きっと、そこにいる黒狼をフル装備にすれば、とんでもない戦力となるだろう。見た目からして熟練ぶりを醸し出すいかつい男と黒狼を見つめ、そう想像するミラ。

だが同時に思う。カラフルで女性の声が賑やかな愛玩コーナーの脇に、ポツリと存在するそこは、何だか時代に取り残されたかのようであると。

難しい表情で、真剣に装甲を選んでいる狩人の男。縮小されながらも狩猟ペットコーナーを利用する彼の背に哀愁を垣間見たミラは、時代の流れの残酷さを思い、ほろりと心で涙するのだった。

〈3〉


ワイルドバディでの買い物を終えた後は、ルナの散歩をしながらマリアナとのデートを楽しんだ。

なおルナは目立たないようにという意味に加え、暑さ対策として白いウサギ服を着用している。ポンチョ型のそれは、ミラも愛用している『魔動式服下用冷却クルクール』と似た技術が使われている優れものであり、ペット専用の防熱着だ。

しかもフードも被る事で、青いピュアラビットから、白いただのウサギに変身出来る。今のルナは、まるでお忍びで街に出たお姫様のようであった。

ルナが駆け回り易いように、人通りの多い場所は避けて路地裏を巡るミラ達。そこには、それはそれで隠れた名店が多く、掘り出し物などが見つかる事もよくあるものだ。

風水に必要な小物や精錬に必要な素材なども探せば探すだけ見つかるため、ミラとマリアナは、あれやこれやと購入していった。


日が暮れ始めたところで、ミラ達は塔に帰還した。部屋に到着すると、早速マリアナは夕飯とデザートのケーキ作りを始める。

そしてミラはというと、こちらもまた休む間もなく作業を始めていた。

ただ、その作業は召喚術や精錬といった事とは一切関係のないもの。目を輝かせるルナの期待を一身に浴びながら、ミラはリビングの隅でそれをせっせと組み立てる。

ミラが組み立てているもの。それは、ワイルドバディで購入した今日一番の高額商品である『室内砂場セット』だ。

店内を見て回っていた時の事。サンプルとして置かれていたそれに、ルナが飛びついたのだ。そして、それはもう夢中になって穴掘りを楽しんでいた。

砂から何から全て特別仕様という事で、枠組みも合わせて三十万リフという高額商品であったが、嬉しそうなルナを前にしたミラは即決だった。

そして今、アイテムボックスで持ち帰ったそれを室内に設置しているところだ。

「もうすぐじゃ。もうすぐじゃからな」

砂場の土台作りが完了した後は、大量の砂を入れるだけ。ミラは麻袋を取り出しては、次から次に土台へと流し込んでいった。


「よし、完成じゃー！」

砂場作りを始めてから約一時間。最後の一袋を入れ終えたミラは、両手を掲げて叫ぶ。

店に置かれていたサンプルと遜色のない出来栄えの室内砂場が、とうとう完成したのだ。

「きゅいー！」

ミラと共にルナも歓喜の声を上げた。

するとそこへマリアナがやってきて、「お疲れ様です、ミラ様」と冷たいお茶を差し出す。ミラはありがとうと礼を言って受け取ると、それを一気に飲み干した。

「ふぅ。一仕事を終えた後の一杯は格別じゃな！」

実によく働いたと額の汗を拭いながら、ミラは改めて足元の砂場を見下ろす。

室内用とはいえ、それはかなりの大きさだった。だいたい広さにして二畳ほどで、砂の深さは三十センチほどはある。

当然、砂の量も相当であり、脇には空になった麻袋が数十と積み重なっていた。

それらを今一度確認したミラは、よくこれだけの重労働を完遂出来たものだと、砂場の縁に腰掛けて、どっと押し寄せてくる疲労感に溜め息をもらした。

と、そうして早速砂場で遊び始めたルナを眺めながら気付く。

（……こういう時こそ、ダークナイトフレームの出番じゃったろうに……）

戦闘関連の研究を中心に進めていた事の弊害か、日常方面の活用について今更思い出したミラは、余計に疲れたと苦笑しつつも楽しそうなルナを見て癒される。

ただ、ルナのために頑張ったからこそ、この達成感が得られたのだと、そう自分なりの言い訳を思い付き小さく微笑んだ。

ルナと一緒に砂場で遊び始め、どれだけ経ったか。ケーキの土台が焼き上がるとほぼ同時に、マリアナは夕飯の下準備も済ませていた。そして、そこから先はいつもと同じように進んでいく。

「それでは、ミラ様」

「うむ。そうじゃな」

簡単に調理するだけになったところで風呂に入るのが、ここ最近の日常だ。それは当然、ルナも一緒である。

ミラが呼ぶと、砂場の穴からひょっこりとルナが顔を出す。

砂場の砂は特別製であり、肌や服や毛などにもくっつき難い仕様となっていた。思う存分に遊んだルナも、ちょっと払うだけで毛並みは元通りだ。

ルナを抱き上げてマリアナと共に風呂へと向かったミラは、今日の疲れを湯でさっぱりと洗い流した。

風呂の後は夕食だ。いつも通りに素晴らしく美味しい夕食に加え、この日はデザートにマリアナの手作りケーキもある。

今まで食べたマロンケーキの中で一番美味しいとミラが絶賛すれば、ルナもまたキャロットケーキを頬張りながら、同意だとばかりに「きゅいー」と声を上げた。

そんな一人と一匹に笑顔で応えるマリアナ。

こうしてミラの休日は、温かな優しさに包まれながら過ぎていった。

休日で十分以上に英気を養ったミラは、次の日からまた精力的に活動する。

加えて、少しばかり出掛ける事もあった。行先は、近場の古戦場跡。研究の結果として見出した、新たな武具精霊召喚の可能性を追求するためだ。

また、しばしば孤児院などにも立ち寄っては子供達と遊び遊ばれたりもした。

他にも部屋の模様替えを一緒にしたり、街の散歩に付き添ったりと引っ張りだこだ。

それでいて、年少組に対する召喚術の偉大さの刷り込みも忘れてはいなかった。

なお、現在孤児院にラストラーダはいない。つい数日前である。孤児院の環境も落ち着いてきたという事で、ファジーダイスとしての最後の仕事を完遂するために、グリムダートの方に向けて旅立っていったのだ。

そのため、アルテシアにかかる負担は大きくなったのだが、子煩悩ゆえの特性か、彼女の笑顔はいつも以上に輝いている。

きっと、普段はラストラーダにくっついている子供達が寄ってきているからだろう。

ルナティックレイクでは、それ以外にも時折王城に顔を出してはソロモンと雑談に興じていた。その際に魔封石の大量生産やら、術士隊の特別訓練相手やら、精霊と共存出来る街造り計画会議の参加などもしたものだ。

ちなみにこの計画会議の時は、精霊王の意見なども多く聞かれた。

そのため声が届くようにとアルカイト王国の重役達で手を繋ぎ輪になって会議が進められたものだ。実に仲良しそうでいて、どこかシュールな様子であったが文句を言う者は一人もいなかった。

そうして多くの仕事をこなしてきたミラだが、頼まれるばかりではない。その分、ミラもまた幾らか頼みもしていた。

現在、少しずつ進めている装備強化計画。ミラが考える最強装備を作り上げるためには、相応の職人の協力も必要となってくる。

マキナガーディアンの素材などを扱えるくらいの特級職人だ。

そして、そんな職人は、そこらに存在するものではない。だが、集まっている場所はわかっている。

そう、日之本委員会の施設だ。ソウルハウルから聞いた話によれば、『現代技術研究所』という場所に、最高位の職人達が集結しているという。

しかし当然というべきか。それだけの場所にふらりと行っても、入れてくれるかどうか怪しいというもの。ゆえにソロモンの方から事前に話をつけておいてもらおうというわけだ。

ソロモンもまた日之本委員会の一員である。そのあたりの融通は多少利くようで、「わかった。今度伝えておくよ」と承諾してくれた。

なお、その数日後。向こうの職人連中から、「で、いつ来るんだ」と、来訪を急かされる事態となった。

ミラが装備品を作ってもらいたがっているという事の他に、山盛りのマキナガーディアンのレア素材を持ち込むとも話していたからだ。

どうやら職人魂に火が付いたようで、それはもう大歓迎といった様子だったとソロモンは言う。

「というわけだから、今回の件が片付いたら向かうといいよ。きっと賓客として迎えられるはずだから」

「うむ……そうじゃな。しかし、少々不安も湧いてきたのぅ……」

それだけヤル気になっているのなら、きっと素晴らしいものが完成する事だろう。

だがそれ以上に、突飛なものが生み出されるのではという予感も過《よぎ》る。

トップを走る職人とは、時折、勢い任せで要らない事をするものだ。知り合いにそんな人物が多くいたからか、ミラは期待半分不安半分で眉を顰めた。

「ああ、それとじゃな。もう一つあるのじゃが――」

そう付け加えるように続けたミラが求めたもの。それは軍の運用法についての情報だった。

「なんか、また面白そうな事考えているようだね」

興味深そうな笑みを浮かべたソロモンは、「で、どういった感じがいいのかな」と、乗り気に答えたのだった。

休日や研究の合間の息抜きなどで、出掛ける事も増えた。今回向かう先は、ワイルドバディの新施設の一つであるプールだ。マリアナとルナも当然一緒である。

夏も後半だが、暑い日はまだまだ続いている。だからこそプールというのは、この時季が一番楽しめるというものだ。

更衣室にて、マリアナと一緒に水着へ着替えるミラ。

ここにきてリリィ達からもらった水着が大活躍である。更にマリアナに髪を結いあげてもらえば、準備は完了だ。

ビキニタイプのミラに対して、マリアナの水着はワンピースタイプ。色も白が基調であり、清楚感の溢れるデザインとなっていた。

「ルナはこれがお気に入りじゃのぅ」

頭をすっぽり覆う事が出来る潜水ヘルメットやサーフボードにゴムボートなど。ワイルドバディには、ペット用のプール用品も完備されていた。

しかもそれら全てが無料レンタル品であり、ルナはその中の一つである浮き輪に夢中だった。

レンタルの棚から、いつもの赤い浮き輪を借りてプールに向かう。そして水面にそれを浮かべると、ルナがぴょんこと飛び込んで、その輪っかに上手く嵌り込んだ。

そうなればもう、後はルナの思うが儘だ。前足と後ろ足を上手く使って、すいすいと泳ぐ。

「そーら、いくぞー」

ミラが飛び込むと大きく水面がうねり、ルナは荒れ狂う波に巻き込まれた。だが、そんな嵐もなんのその。見事に立て直したルナは、「きゅい」っと自慢げに鳴いて、華麗に水面ターンを決めてみせた。

「ほぅ……やるではないか。ならば次弾発射といこうか！　――ほれ、マリアナや！」

どこか挑戦的な笑みを浮かべるルナに受けて立ったミラは、プールサイドのマリアナに飛び込んでこいと合図を送る。

「わかりました、ミラ様」

ミラの要請に応えたマリアナは、言われるがままミラに向かって飛び込んだ。

着水と共に飛沫が上がり、大きく水面がうねる。心なしか先ほどよりも大きな波がルナを襲う。

こいつはご機嫌なビッグウェーブだ。そんな声が聞こえてきそうなほどに、波へと挑むルナの表情はベテランのそれであった。

巧みに前足を使い操舵するルナ。しかし、その波は手強かったようだ。健闘虚しく最後の最後で転覆してしまった。

浮き輪ごとひっくり返ったルナは、そのまますっぽりと浮き輪から抜け出てから、再び輪の中より頭を出す。そして、参りましたとばかりに腹を見せた。

「ふふ、惜しかったですね」

マリアナは、堂々とした態度でルナの腹を撫でまわす。勝者の特権だ。

「ふーむ。わしも、もう少し身体が大きければ勝てたかもしれぬのにのぅ……」

勝敗は僅差であった。あと少しだけ着水時の衝撃が大きければ。その要因ともなる身長と体重について、ミラがぽつりと呟いた時だ。突如として、得も言われぬ寒気がミラの背を走ったのである。

「ミラ様……」

これまでにないほどの冷たい声に、びくりと顔を向けたミラは、これまでにないほどの凍てついた目をしたマリアナの顔に立ち竦む。そして瞬時に察した。

先程口走った自分の言葉が禁忌に触れていた事に。

たとえ、どれだけ親しい間柄であろうと、女性に対してその話題はタブーであったと。

そしてミラは知らぬ事だが、最近はミラがずっと塔にいるために食事内容がいつもより豪華な日が続いていた。

ミラの言葉もあり、夕飯の席を共にしているマリアナは、それゆえに気になり始めていたところである。

そこへ放たれたのが、ミラのデリカシーのない一言だったわけだ。

「ああっと……今のはじゃな……その……なんじゃ……あれじゃよ」

良い言い訳が思い浮かばず、しどろもどろに視線を彷徨《さまよ》わせるミラ。すると、その様子におかしくなったのかマリアナが小さく笑う。

「今日の夕食は、サラダパーティにいたしましょう」

微笑んではいるものの、それはそれのようだ。ミラは、「わかりました……」と素直に頷く事しか

出来なかった。

と、何気ない一言で夕食の肉抜きが決まった直後の事だ。わうんわうんという、はしゃぐような声と共に一匹の黒ワンコが颯爽と現れたのである。

しかも相当にプールが好きなのだろう、次の瞬間、入口から一直線に駆けてきた黒ワンコがダイブしたのだ。

ミラ達の近くに腹から豪快に着水した黒ワンコ。その身体は成人男性ほどに大きく、だからこそ激しい水飛沫が降りかかり、大きな波がミラ達に押し寄せた。

「きゅきゅきゅきゅいー！」

ミラとマリアナでは相手にならないほど、そのビッグウェーブは圧倒的だった。果敢に挑んだルナであったが瞬く間に呑み込まれ、為すすべなくひっくり返る。

浮き輪から抜け出し再度頭を出したルナは、『いったい何者だ!?』とばかりの表情で波の発生源に顔を向けた。

しかし飛び込んできた黒ワンコは、既に離れた場所にいた。そこでは飛び込みとは正反対に、静かな犬かきでもって優雅な泳ぎを見せつけている。

「見事な泳ぎっぷりじゃのぅ」

「はい、只者ではありません」

まるで水中を駆けているかのようだ。すいすいと進む黒ワンコの姿を見て、感心したように呟くミラとマリアナ。

そんな二人の様子を見ていたルナは、そっと浮き輪を抜け、両足をバタつかせる。しかし数秒ほどで浮き輪に戻り、悔しそうに耳を垂らした。多少は泳げるが、まだ長距離は難しいのだ。

しかし、その目に諦念の色はない。きっといつか自由に泳げるようになってみせる。そんな闘志がそこには宿っていた。

そのようにルナが、いつか泳げるようにと決意していた時の事。黒ワンコを見ていたミラは、その姿をどこかで見たような気がすると感じていた。

だが、それも束の間。直ぐにその答えが提示される。少し遅れて、その主人である男がプールに現れたからだ。

(おお、あの渋い男は、いつぞやの狩人ではないか)

程良く引き絞られた筋肉に、数多くの傷痕が残る身体と水色迷彩のハーフパンツ姿でやってきたその男は、先日ワイルドバディの店内で見かけた男だった。

縮小されて隅っこに追いやられていた狩猟用品コーナーにいた、あの熟練狩人である。

という事はつまり、先程の黒ワンコはその時一緒にいた黒狼だったわけだ。飛び込みはともかく、あの音を立てない泳ぎ方は狩猟のために会得した技なのだろう。

狩人と黒狼は、正しく狩猟に生きてきたというダンディズムを纏っており、ミラはその男らしさに憧れた。今はもう叶わぬ、それに。

続いてミラ達がやってきたのは、プールの中ほどだ。

ワイルドバディにあるプールの大きさは、五レーンで十五メートルほどだ。室内でありながらそれなりに広く、端の方の三メートルほどは小型の犬でも足が着く浅瀬になっている。

どんなペットでも楽しめる仕様だ。

なお今ミラがいる中ほどは、ギリギリで足が届く深さとなっていた。

「きゅいー！」

「うむうむ、わかっておるわかっておる。では、行こうか！」

浮き輪に入ったまま、ぐんぐん泳いでいくルナの進行方向には、このプールの目玉ともいえる大きなウォータースライダーがあった。

ペットと一緒に滑る事が出来るそれが、浮き輪に次ぐルナのお気に入りだ。

ミラは途中でルナを抱きかかえると、そのまま階段を上がっていく。マリアナは下で待機だ。

室内プールだけあってスライダーの大きさはそれほどでもなく、傾斜も緩やかになっている。

ただ右に左にと複雑に曲がりくねった構造をしているため、なかなかに楽しめた。

ペット達の評判も上々のようで、躾の行き届いた犬などは、自ら階段を上がっては滑り降りているほどだ。

一人遊びの達人という称号を持つ中型犬、このプールの有名犬であるメロディが喜び勇んでウォータースライダーに飛び込んでいくのを見送ったところで、いよいよミラ達の番となった。

「準備は良いか？」

スライダーの始点にスタンバイしたミラ。その両太ももの上に乗ったルナは、「きゅい！」と勇ましい声で返す。

「では、行くぞ！」

勢いをつけて飛び出せば、緩やかでもそれなりのスピードが出る。

ここ最近は、どれだけ早く下につくかに挑戦中のミラ。そしてルナもまた、そのスピードと左右に振り回される感覚に夢中であった。

ルナをしっかりと押さえながら、滑り降りていくミラは、十数秒ほどでプールに着水した。

「今のは、なかなか速かったじゃろう！」

水面に顔を出すなり、その手応えを実感するミラ。浮き輪でぷかりと浮かぶルナもミラと同じ手応えを感じたようで、「きゅい！」と答えた。

実際のところは細かく計測やカウントをしていないため、全ては体感任せだ。

だがこういう時は、その曖昧さが丁度いい。新記録だとはしゃぐミラとルナを、マリアナは優しく微笑みながら見つめていた。


プールから帰ったのは、昼と夕方の間くらいの時間だった。

存分にプールで遊んだ後、程良く体温が戻り始めた時というのは、何とも心地良い眠気が差し込んでくるものである。

それはルナとマリアナも一緒のようで、いつもこの時間は揃ってソファーでうとうとするのがお決まりとなっていた。

ソファーに並び、心地良さに身を任せる二人。その間で丸くなったルナの背には、重ねられた二人の手。

黄昏時《たそがれどき》に向かう、ほんの僅かなひと時。永遠に続く事を願いたくなるそれは、幸福だけを夢に写したかのような淡い瞬間だ。

ふわりとした時間が過ぎたら、いつも通り。ミラは研究や実験に取り組み、マリアナも食事の支度やら何やらと動き出す。

そして最近は砂場で遊ぶ事が多かったルナだが、今はソファーの上で手足をバタつかせていた。どうやら泳ぐ練習をしているようだ。

「おお……ハンバーグじゃ！」

夕飯時。料理の並ぶテーブルを前にして、表情を輝かせるミラ。今日はサラダパーティだと覚悟していたところで、まさかの大好物の登場に上機嫌だ。

こうしてマリアナに上手く転がされながら、ミラの幸せな日々は過ぎていくのだった。

〈4〉

平和な日々が続く間の事。その日は、いつものように魔封石の精錬を頼まれた。

最近はミラが国に落ち着いている事もあって、魔導工学の研究が活発になっている。効率の良い動力源となる魔封石の供給が潤沢だからだ。

ミラもまた、ここ数週間で数度、城の技師達に効率の良い精錬方法を伝授したりと忙しかったものだ。

（思えば、あれじゃな。方々を飛び回っていた頃より、今の方が多忙な気がするのぅ……）

依頼分の魔封石を作り終え、エミリアとフィルの指導もして、孤児院の子供達とも遊んだ後、ルナティッククレイクから塔に帰る途中。

ミラはガルーダワゴンの窓から沈んでいく夕日を眺めつつ、そんな事をふと思った。だがそれでいて、胸には疲労感より充実感の方が広がっている事に小さく笑う。

「これが、若さか……」

薄暗くなった空。明かりを反射する窓に映った自分の姿を見つめつつ、ミラはその素晴らしさを改めて実感する。

そんな忙しくも充実した日々を過ごし、変わらない毎日の尊さを心から感じていたある日。朝になり、今日はどの研究を進めようかと考えていた時である。

ソロモンから、メイリン用の衣装と例のものが完成したとの報告が入った。

いよいよ、次の任務が動き出す時がきたようだ。平穏な日常が終わり、また旅が始まる。

十分に英気を養えたミラは、いざ気力十分に王城へと赴いた。


「……なぜ、こうなった」

侍女区画にある一室で、ミラは困惑気味に呟いた。メイリン用の衣装を受け取りにきたはずなのに、なぜ自分が着せ替えられているのだろうかと。

それは、十数分前の事。予定通り王城に到着したミラは、侍女区画の手前にまでやってきていた。

連絡がきた際、メイリンの衣装はそこに置いてあると聞かされたからだ。

出来上がったのなら、ソロモンの執務室あたりに運び込んでおけばいいものを。そんな恨み言を胸にミラは足を踏み出す。

風の噂で聞いた、ミラカスタムのインナーパンツ完成の報せ。

リリィ達に捕まれば、その試着会が大々的に行われるはずだ。

となれば完全ステルスで任務を遂行する必要があると、ミラは特殊部隊セットを身に纏い慎重に歩を進めていた。

何かと危険だと認識している場所ではあるが、衣装を受け取ったら即座に脱出すればいい。

現在、特に注意するべきリリィとタバサは仕事中という話だ。それならばつけ入る隙はあると、果敢に挑んだミラ。

侍女の情報網に気を付けて、ステルスミッションを遂行していく。

一度見つかれば、一気に包囲されてしまうだろう。ゆえに接触するのは、衣装を受け取る瞬間のみ。その後、情報が広がる前に脱出してしまえば完全勝利だ。

そんな目標達成のためミラは時に慎重に、時に大胆に進み、いよいよ勝利は目前に迫った。

しかし、ミラのミッションは失敗に終わってしまった。いったい何がどうなったのか。メイリンの衣装が置いてあるという部屋に入ると、そこにはリリィとタバサを含め、多くの侍女達が待機していたからだ。

リリィ達を前にしたミラは、諦めて出頭した。

どうせ先延ばしにしても、いずれこの日がくるのだ。大人しく、インナーパンツの刑を受ける事に決めた。

だがそこで予期せぬ事態が発生する。何と用意されていたのは、ミラカスタムのインナーパンツだけではなかったのである。

結果ミラは、あっという間に特殊部隊装備一式だけでなく、今着ている服まで剥ぎ取られた。そしてインナーパンツと共に、ミラ用の新衣装である、ミラカスタム・オータムバージョンを着せられたのだ。

季節はもうじき秋。温かみのある生地が用いられたそれは、一言で表すなら魔法少女風の軍服だった。更にそこへマントを追加すると、可愛らしい将校の爆誕である。

「またしても私達は、奇跡を生み出してしまいましたね」

新衣装を纏ったミラ大佐を前にして、感慨深げに笑みを浮かべるタバサ。そして、こんな時に一番の興奮を見せるリリィはというと、何やら静かな様子だ。

「……」

見るとリリィは、恍惚とした表情のまま昇天していた。だがそれも僅かな時間。どうにかタバサがリリィの意識を引き戻す。

「あら、私とした事が。あまりにも久しぶりだったもので、つい逝きかけてしまいました」

現実に舞い戻ってきたリリィは少し照れたように微笑み、そして次の瞬間にはミラを見て、その目に獲物を前にした猛獣のような色を浮かべた。

そしてそれは、リリィだけに限ったものではない。

ミラがこうして侍女達に捕まったのは何ヶ月ぶりだろうか。それゆえに、彼女達の愛は限界を振り切っていた。

よってミラは、リリィ達が満足するまで容赦なくお世話される事となったのだ。

(時折ガス抜きをせねば、な……)

目的のメイリン用衣装とミラカスタム・オータムバージョン、更に二人分の変装用ヘアカラーも受け取ったミラは、そんな事を考えながらソロモンの執務室に向かった。

着替えだけでなく、全身のマッサージや美味しいスイーツなど、リリィ達にこれでもかとお世話されたミラ。

実にハードな状況ではあったものの、王城勤めの侍女達渾身の接客だ。それはもう充実したものであり、心に反して身体の方はすこぶる調子が良く足取りは軽い。

「うんうん、似合ってるよ」

「聞いておらんかったぞ……」

してやったりといった顔のソロモンに対して、ミラはむすりと眉間に皺を寄せる。メイリンの衣装だけでなく、なぜ自分の衣装まであったのかと。

それに対するソロモンの答えは、当然それだけで終わるはずがないではないか、といったものだった。

これまでの傾向からして、言われてみればその通りだ。

盛大に溜め息を吐いたミラは、改めてというように右手を差し出し、目的のブツを渡すよう告げた。

「いやぁ、まとめるのに、なかなか苦労したよ」

そう言ってソロモンが取り出したのは、一冊の本だった。それは先日にミラが頼んだ、軍の運用法云々についてまとめた本である。

アルカイト王国の軍で培われたアレコレが記された機密性の高い代物だが、それをぽんと渡せるほどソロモンはミラが画策している事に興味を示していた。

「これで、どう完成するか楽しみだよ」

そう口にしたソロモンは、その時は当てにさせてもらうとも続けてほくそ笑んだ。

「必要な時が来たらば、目にものを見せてやろうではないか」

本を受け取ったミラもまた、期待以上に仕上げてみせると笑い返した。

城での用事が済んだミラは、次に学園を訪れる。

丁度昼休みの真っ只中のようで、学園の校庭には思い思いに過ごす生徒達の姿があった。

エミリア達の指導で、学園を何度も出入りしているミラ。そのため、彼ら彼女らの目に入るのは当然で、今では精霊女王を観ようと集まった生徒などもちらほら存在していた。

また、何かしらで情報を掴んだのだろう。召喚術科の代表の一人であるエミリアが精霊女王に弟子入りした、などという話が広まっていた。

その影響か、次の術技審査会に出場予定の他科の代表もまた、いつも以上の特訓をしているようだ。

学生にとってみると、やはりAランク冒険者という肩書は、わかりやすいステータスなのだろう。

好意や好奇の目に敬意の視線などが、ちらほらと向けられる。

ただ、中には敵対心を燃やす生徒もいた。術技審査会の結果を気にしている者達である。

代表の一人が、話題の精霊女王に指導してもらっている。次の審査会では、どれだけの術を見せつけてくるのかと警戒しているのだ。

(ふーむ……話しかけてきてくれてもよいのじゃがのぅ)

遠巻きに見物するだけで、近づいてはこない生徒達。サインや記念撮影くらいなら幾らでも応じるぞという気概でいたミラだが、いったいどう思われているのだろうかと悩んでいたりした。

時折、耳に入る声は、そう悪いものではない。可愛いだの凄いだのと、好印象な言葉ばかりだ。

生徒目線で学園の事を聞いてみたいとも思っていたミラは、近づこうとすると遠ざかる生徒に少しだけしょんぼりしながら学園の奥へと進んでいった。

〈5〉


学園の校舎を突っ切って、訓練棟の前まで来た時だ。丁度そこから出てきたクレオスと出会った。

「おお、クレオスではないか。そういえば今日の授業は、同時召喚の訓練じゃったな」

ミラがそう声をかけるとクレオスは直ぐに駆け寄ってきた。今は訓練後の片付けを終えたところだそうだ。

そして今回の訓練では、エミリアにも指導を手伝ってもらったとの事である。

「彼女は日に日に成長しておりますね。卒業後は、是非とも召喚術科の教師になってほしいものです」

冗談半分といった口調ながらも、クレオスのその顔は至極真面目だった。

現時点で正式な召喚術科の教師は、ヒナタ一人。

思えば賢者代行のクレオスが頻繁に学園にいる事を考えると、教師不足は明らかといえた。

生徒数が増えてきた今、その影響はより大きくなっていく事だろう。召喚術発展のためには、新たな召喚術科の教師の確保もまた重要になりそうだ。

ただエミリアは貴族の娘であるため、その希望が叶うかどうかは難しいところだ。

「ところでミラ様。今朝、ソロモン様からのご連絡がありましたが……いよいよ次の任務へご出発になるのでしょうか？」

朝早くにソロモンから入った通信。メイリンの衣装が完成したという話をクレオスも聞いていたようだ。

「うむ、そうじゃな。あと二週間もすれば予選が始まるからのぅ。その前には捕まえたいところじゃ」

闘技大会開催の報せが各国に届けられてから、約半月と少々。

きっとメイリンの事である。こういう事には耳聡く行動も早いため、もう現地入りしているはずだ。そして間違いなく無差別級に出場し、予選から目立つ事になるだろう。

そうなる前に見つけ出して変装させるのが最初の目標だ。

「やはり、そうですか。そうすると、彼女の特別授業も今日でひと区切りになるわけですね」

ミラがニルヴァーナに向かえば、当然特訓に付き合えなくなる。とすると、特別授業として訓練場に来ていたエミリアは通常の授業に戻るわけだ。

午後にミラが指導する時は同時召喚の授業を行っている時であったため、数歩先を行くエミリアには物足りないものとなるだろう。

別の授業に変更するか、それともこのままエミリアに教師役をしてもらうのがいいかと考え込むクレオス。

「それならば、教師役が良いじゃろう。理解とは人に教える事で、より深まるものじゃ。わしも、エミリアとお主に色々教える中で気付けた事もあったからのぅ」

知識や技術を上手に伝えるためには、教える側もまた、どうすればわかり易くなるかと見直すものだ。そして、それがより理解を深める結果に繋がる。

エミリアには、だいたいの事は教えきった。後は本人がどう理解していくかだとミラは話す。

「なるほど……。確かにその通りです。わかりました。では明日からエミリアさんには、こちら側に立ってもらうとしましょう」

召喚術科の教師としても長いクレオスである。ミラの言葉に多くの心当たりがあったようだ。同時召喚の授業の際は教師役として頑張ってもらい、理解を深めていけるようサポートする。そうクレオスは言った。

「うむ、よろしく頼むぞ」

きっと帰ってくる頃には、今より更に成長している事だろう。

また、放課後になってから合流していたフィルも、順調に成長中だ。

ミラは二人の今後を楽しみに思いながらも、もう一つの楽しみだとクレオスを見やった。

「となれば、お主の特訓も今日でひと区切りとなるわけじゃな」

クレオスには部分召喚を中心に教えていた。今日の特訓は、その総ざらいをしようか。どこまで理解出来ているか楽しみだ。そうミラが不穏な笑みを浮かべると、クレオスは口端を引きつらせながら目を逸らした。

「では、また今夜にのぅ」

そう告げてミラが歩き出してから、少しした時だ。何かを考え込んでいたクレオスが不意に呼び止めた。

「あーっと、ミラ様……。実はですね」

どこか悩むような様子でありながらもクレオスは続けた。「今日は教材作りや準備などが重なっておりまして、塔には帰れそうにないのです」と。

「ほぅ、そうじゃったのか」

どうやらクレオスは、今日の特訓を受ける事が出来ないようだ。そうすると次は随分先になってしまう。

「それならば仕方がないのぅ。じゃがまあ、必要最低限は教え切っておるからな。お主ならば、どうにか出来るじゃろう」

今日まで毎晩続けてきたクレオスの特訓。一回一回は、そう長くない。

だが相手は賢者代行の肩書を持つ者だ。遠慮なく教え込んだため、その一回は相当に濃い訓練であった。部分召喚に必要な事は全て叩き込んである。

部分召喚と同時召喚の合わせ技や時間差での行使など、応用についてはまた今度。戻って来る頃には基礎を完璧にこなせるようになっている事を願うぞとミラが笑いながら告げると、クレオスは「最大限に努力します」と戦慄しながら答えた。

「さて、暫く留守にするのでな。後の事は頼んだぞ」

「はい、お任せください」

明日の朝には出発するため、今日のこの時より帰ってくるまで会う事はないだろう。

託すようにミラが言うと、クレオスはどこか誇らしげに答えてみせた。

と、そこで更にクレオスの肩に手をポンと乗せて、そっと囁くミラ。もしも、戻ってくるまでに部分召喚を習得しきれなくても大丈夫だと。

「その時は、習得出来るまで、じっくりと特訓に付きおうてやるからのぅ」

「き、きっと、習得しきってみせます……！」

本気の特訓が、どれほどのものか。過去を思い出したクレオスは僅かに肩を震わせながらも、どうにか平静な顔を保ち頷くのだった。


そうして暫しの別れの挨拶を交わしたところで、ミラは訓練棟に、クレオスは校舎へと向かって歩き出す。

その途中、ふと立ち止まったクレオスは訓練棟を振り返りながら、ふと思う。

(さて、ああ言った手前、明日の授業用に何かしら用意してみましょうか)

今日は塔に帰れない。それはクレオスのついたささやかな嘘であった。

その理由は、ただ特訓を回避するためではない。もう一つの大切な、それでいて己の身を守る意味もあるものだった。

これできっと大丈夫だ。そう信じながら、クレオスは召喚術科の教室を目指し進む。明日の授業内容について考えながら。


訓練棟にて、昼休み後。ミラは予定通りにエミリアの指導を始めた。

その途中、ふとリリィ達の事を思い出し、エミリアを紹介してみるのはどうか、などという生贄《いけにえ》的な考えを巡らせる。

今度もまた、長期間出ずっぱりになるはずだ。となればリリィ達の欲望が、それだけ溜まるというもの。

しかしミラは、そこをぐっと堪えた。やはり可愛い生徒をそんな目には遭わせられないと。

ミラが裏で色々と考えている中でも指導は進む。それから放課後になりフィルも加わって、今日の分の時間もあっという間に過ぎていった。

「さて、今後の事じゃが――」

ここ最近は隔日で続いていた指導だが、今日で一旦終了だ。明日から用事があるため、ニルヴァーナに向けて出発する。

ミラがそう伝えたところ、この世の終わりだとばかりの顔をしたエミリアと、こちらもまた寂しげに俯いたフィル。

ミラはまずエミリアに、先程クレオスと話していた事について告げた。

「これまでにわしが教えた事を、他の生徒達にもわかるように伝えてみよ。感覚だけでなく、理論として理解出来るように考えて伝えるのじゃぞ」

明日からは同時召喚の授業の際は教師側に立ち、より理解を深める努力をする事。それが出来たら、また帰ってきた時に続きの指導をしようとミラは約束する。

「私が……教える……。わかりました！　頑張ります！」

最初は戸惑った様子だったものの、ミラとの約束が効いたのだろう、エミリアの目には気力が漲《みなぎ》っていた。

「フィルや、今日までよく頑張ったのぅ。じゃがまだ基礎の基礎じゃからな。わしが教えるのは今日で終わりじゃが、日々の鍛錬を怠るでないぞ」

次にフィルへと視線を移したミラは、そう優しく告げる。

するとフィルは「はい！　毎日頑張ります！」といい声で返事をした。

その目は少し前のどこか甘えん坊な頃よりも、幾分きりりと力強く見えるものだった。

「ありがとうございました。ミラ先生！　また、よろしくお願いします！」

「ありがとうございました！」

次の指導は、何ヶ月か先になるかもしれない。けれど約束が嬉しかったのか、エミリアはやる気満々な様子で帰っていった。そしてフィルもまた、少しばかり名残惜しそうに振り返りながらも寮へ帰っていった。

指導の賜物か、ここ最近のエミリアの成長は著しい。きっと帰ってくる頃には彼女も約束を果たし、理解をずっと深めている事だろう。

フィルも、まったくのゼロから始めたにもかかわらず、他の生徒達に追いつき始めているほどの成長ぶりだ。

今度は何を教えてみようか。次に会う時はどこまで成長しているか。ミラは楽しみが増えたと微笑む。

「わしも、頑張らねばな！」

エミリア達の成長を見守っていたミラもまた、それに負けじと気合を入れて訓練棟を後にした。


次にミラが訪ねたのは、学園に隣接する孤児院だった。

何だかんだで週に二度は顔を出していたため、このくらいの時間に子供達がどこにいるかは大体把握している。

ミラが顔を出すと、年少組の子供達は花火に火をつけたように喜んで殺到してくる。そんな子供達を愛おしく抱き留めたミラは、早速いつものように遊びつつ召喚術の素晴らしさを教え込んでいった。

夕方を少し過ぎた頃。ミラは塔へ帰る前にアルテシアに明日からの事情を話した。今日を境に暫く立ち寄れなくなると。

「ニルヴァーナで闘技大会が開催されるようでのぅ。ちと行ってくる事になったのじゃよ」

ミラがそう理由を説明したところ、アルテシアは少しの間を置いてから「なるほど、メイリンちゃんね」と納得したように頷いた。

ミラの任務内容を知っていれば、闘技大会と聞いただけで何をしにいくのかわかるというものだ。

「それじゃあ、ミラちゃんは暫く来られないって、私からあの子達に伝えておくわね」

またアルテシアは、子供たちが悲しむであろうそれをミラが言えずにいた事にも気づいていたようだ。その気持ちも汲み取るなり、ミラの頭を撫でながら微笑む。

「うむ……よろしく頼む」

見た目のせいが十割であろう、アルテシアの子供扱いは変わる事がなかった。

だが、この点についてはその通りだと感じていたミラは、撫でられるままアルテシアに伝言を託したのだった。

〈6〉

「おかえりなさいませ、ミラ様」

「うむ、ただいま」

丁度日が沈む頃、ミラが塔に帰ると直ぐにマリアナが迎えに出てきた。

夕飯の支度をしていたようだ。部屋からは腹の虫を魅了する香りが漂ってくる。

ミラが駆け寄ってきたルナを抱き上げると、マリアナはそっと入浴の準備を始めた。食事の前に風呂に入る事を好むミラの行動は、既に把握済みのようだ。

そのため夕飯の準備も、その時間を考慮して進めているという徹底ぶりだった。

塔に帰ってきてから今日まで、一人で風呂に入った事はない。そのためかミラは、もう慣れた様子で服を脱ぐ。

だが未だに裸のマリアナを直視する事は出来ていなかった。下心以外の感情が挟まると、どうにもそれを悟られまいとする意識が働いてしまうのである。

他では幾らでも見放題だったのにと、ミラはこれまで様々な風呂場で邂逅した女性達の事を思い返しながら不思議なものだと苦笑した。

部屋風呂とは思えぬくらいに大きな風呂。そこで少し温めの湯に、ゆっくりと浸かるミラとマリアナ。そんな二人の前では、その広さを活かしてルナが泳ぎの練習をしていた。

「という事で明日には出発じゃ。また暫く空けてしまうが、折を見て連絡するのでな」

毎日、少しずつ上達していくルナの泳ぎ。その成長を眺めながら、ミラはその事を告げた。明日、メイリンを探すためニルヴァーナに向かうと。

「かしこまりました。それでは、お弁当をご用意しないとですね」

ミラの傍で寄り添うようにしていたマリアナは、少しだけ寂しそうな目をしながらも、それを払拭するほどに気力を漲らせる。

ミラが担う任務の意味を、よく理解しているからだ。

きっと明日仕上がる弁当は一際豪華な逸品になるだろう。

「それは、楽しみじゃのぅ」

既にミラの好物を熟知しているマリアナが、気合を入れて作る弁当。

間違いなく、どこで食べるご馳走よりも美味しいはずだ。そうミラが期待に胸を躍らせていたところ、二人の前から「きゅい！」と何かを主張する声が響いてきた。

ルナである。先日買ってきた船形の風呂桶に乗り込み、見事な操舵技術を見せつけるルナは、二人の前までやってきて期待に満ちた瞳でマリアナを見つめていた。

どうやら、その勢いで明日のご飯が特別仕様になるようにと願っているようだ。

「わかりました。ルナには特製ミックスを作りましょう」

つぶらな瞳を潤ませるルナのお願いテクニックは、マリアナをも陥落させる可愛さがあった。

「ルナもご馳走じゃな。良かったのぅ」

もう一人陥落していたミラは、堪らずルナを抱き上げて頬を擦り寄せる。マリアナは、そんなミラとルナをそっと見つめながら、ただ優しく微笑んだ。


風呂から上がると、部屋着用のゆったりとしたローブに着替える。そしてリビングのソファーに腰掛けてルナと戯れる事十分弱。テーブルには今まで以上に豪華な料理が並べられていた。

「おお！　今日はいつにも増して贅沢じゃな！」

この日のメインである、たっぷりチーズのハンバーグを始め、肉と野菜のバランスと彩が見事な皿の数々。中には早めに仕込んでおかないと、この時間に間に合わないような手の込んだ料理も、そこここに並んでいた。

「はい、いつも以上に食材を厳選してみました」

どことなく自信ありげに言ってみせるマリアナ。今日のご馳走は、余程の自信作らしい。

この夕飯を境にミラはまた旅立つ事になる。朝方にソロモンから来た連絡で、マリアナはそれを察していたのだろう。だからこそ、とっておきの晩餐を用意していたわけだ。

そこには、ミラの無事を祈る気持ちがふんだんに盛り込まれていた。

栄養バランスだけではない。金属の音は邪気を祓うという風水の教えに基づいて、食器は全て金属製だ。そして他にも、そういった要素が幾つもちりばめられているではないか。

また改めて部屋を見回すと、小物の配置も朝とは違っていた。この部屋の全てに、マリアナの想いが込められていたのである。

風水については、ソロモンに少し聞いた程度のミラ。だが、わからなくとも不思議と気持ちというのは伝わってくるものだ。

出入り口にちょこんと置かれているカエルの置物と目が合ったミラは、出来るだけ早めに帰ってこようと心に誓いつつ、そっとマリアナを見つめるのだった。

夕食後は、ただただゆったりとした時間が過ぎていった。砂場で遊ぶルナを見守りながら、ミラとマリアナは食後のティータイムを楽しみ今日の事を語り合う。

その話は、他愛のない内容ばかりであった。

王城に行ったところ、侍女達が新作を完成させていた事をミラが話せば、「とてもお似合いでしたよ」とマリアナが小さく笑う。

大通りでルナと一緒に買い物をしていた際、ルナがおやつの果物を選ぶのに十分かかったとマリアナが話せば、「ルナは食いしん坊じゃからのぅ」と、ミラが笑う。

そうやって語らうのが塔に帰ってきてからの日課だった。ほんの些細な出来事や少し気になった事など、話の内容に決まりはなくオチというのも特にはない。

だが、そんな何気ない時間が楽しくもあり、また愛おしくもあった。

「あ、その少し後に、ミラ様の事を捜しているという方をお見掛けしました」

ブドウを一房買った帰り道の途中の事を、マリアナは思い出したように口にした。

いったいそれは何者だろうか。ミラがそう訊くとマリアナも気になったらしく、その人物の様子を探ったと答える。

「その方は、グリモワールカンパニーという商会の営業担当だと話しておりました。ミラ様をカードにするため、許可を頂きにきたというような事を仰っておりましたが……」

その者の目的はわかった。だが、カードにするとはどういう意味なのかがわからないといった様子のマリアナ。

けれど、はてと首を傾げながら話す彼女とは違い、ミラにはその説明に思い当たる節があった。

「それは、もしや……！」

アイテムボックスを開き、入れたままになっていたカードを取り出す。

そう、怪盗ファジーダイスの事を知るきっかけとなった、『レジェンドオブアステリア』のカードだ。

「やはり、そうじゃ！」

手にしたファジーダイスのカードの隅には、確かに『グリモワールカンパニー』と書かれていた。

それに気付いたミラは、ダンブルフに続き、いよいよ自分もカードデビューかと不敵に微笑む。

そしてそのカードが強ければ、召喚術への関心も高まるだろうと考えた。

だが明日にはもう出発であり、その営業を捜したり対応したりする暇はない。

「その営業担当という者はじゃな――」

そのため、ミラは手にしたカードを見せながらマリアナに説明した。『レジェンドオブアステリア』に使われている人物についてと、カードゲームとはどういうものなのかという事と、営業担当の目的を。

「そうだったのですね。それでミラ様の事を」

数多くの著名な冒険者や歴史的な人物、英雄など、この世界に実在した者達をカードとして再現し、机上で戦う戦略シミュレーション。そして実在の人物をモデルにするからこそ、その許可が必要になる。

そう理解したマリアナは、納得すると共にカードゲームというものが気になったようだ。

ミラが手にするカードを見ながら、「こちらで、戦うのですか」と感心気味に呟いた。

「子供だけでなく、大人にも人気のようじゃからのぅ。カードになったわしが更に活躍すれば、召喚術の注目度もぐんぐん上昇する事間違いなしじゃ」

これもまた召喚術復興の手助けになるかもしれない。そのように続けたミラは、またその営業を見かける事があったら、許可する旨を伝えておいてくれとマリアナに頼んだ。

「かしこまりました。そのように伝えておきます」

何でも調査したところ、営業の男はここのところ毎日昼頃に術士組合の方に顔を出しているそうだ。その時に会ってくると言ったマリアナは「ミラ様も、このようなカードになるのですね」と、どこか興味深げだった。

「ところで、怪盗さん――ラストラーダ様には、どのようにして許可を取ったのでしょうね」

「……確かに、そうじゃな」

ふと気になったのか、そんな事をマリアナが呟いたところ、ミラもまたそういえばそうだと首を傾げた。

ミラが手にしていた怪盗ファジーダイスのカード。それがあるという事は、つまり営業が許可を取ったわけだ。

怪盗ファジーダイスが登場する時は、予告日当日。カード化交渉が出来る時間などなさそうである。それでもカードになっているのだから、何かしらの方法で許可取りに成功しているのだろう。いったい、どんな方法を使ったのか。

ただ緩やかに過ぎていく夜の時間。ミラとマリアナは色々と予想し合うが、どれも今一つであり、すっきりしない。

結果、ラストラーダが帰ってきた時に答え合わせをしようと決めると、今度はミラのカードの効果について話し合った。

許可をしてカードが出たところで、それが使えないものだったら召喚術の印象に悪影響を与えかねないからだ。

果たして、カード効果のリクエストが出来るものなのか。それは不明だがミラとマリアナは、『レジェンドオブアステリア』のルールの説明書きを一緒に見ながら、こういうのはどうか、ああいうのはどうかと想像を膨らませていく。

ちなみに本人に許可を取る事の出来ない、ルミナリアを除く九賢者のカードについては、ソロモンが許可を出していたりする。

これに気付き、マージンはどうなっているのかとミラがソロモンに迫るのは、また先の話だ。


すっかりと夜も更けて、そろそろ床に就く時間。ニルヴァーナに発つ前日、最後の夜。

クレオス不在により特訓がなかった事もあって、夫婦水入らずとばかりに過ごしたミラとマリアナ、そしてルナ。

存分に語り、存分に笑い、存分に遊び、存分に優しい時を共にした二人と一匹は、ベッドに入ってからも尽きぬ話題を語り合いながら、誰からともなく夢に落ちていった。

そうして迎えた出発の朝。ミラが目を覚ます頃には、いつもの通りマリアナの姿は隣になく、代わりにキッチンの方から心地良い朝の支度の音が微かに聞こえていた。

「おお、ルナももう起きておったのか。早起きじゃのぅ」

目を開きながらも未だ残る眠気にぼんやりしていたところ、ルナが甘えるようにして胸元に潜り込んできた。ミラはそんなルナを抱いて撫でつけながら、ただ朝の心地良い気配にぼんやりとまどろむ。

ルナもまた暫く会えなくなるのがわかっているのか、いつも以上に甘えてくるため気付けばミラはメロメロになってベッドの上でルナと戯れていた。

「良い子じゃ、良い子じゃ」

「きゅいー」

抱きしめてこれでもかと頬ずりすれば、ルナは嬉しそうに声を上げる。そうしているうちに眠気の残滓もすっかり消し飛んで、ようやくミラはむくりと上体を起こす。

すると丁度そのタイミングで、寝室の扉が開きマリアナが顔を覗かせた。

「おはようございます、ミラ様」

「うむ、おはよう」

「きゅい！」

それは何気ないようでいて、不思議と特別に感じる朝のひと時だった。

マリアナの手伝いによって手早く着替えを終えたミラは、ルナと共に用を足してから食卓に着く。

そして愛情がたっぷり込められた朝食を堪能する。

この日は出発の日という事もあってか、いつもより特徴的なメニューが多かった。どれも絶品でありながら旅の安全の願いもそこには込められているようだ。

二人と一匹で過ごす朝食も終わり、いよいよニルヴァーナへ旅立つ準備が始まる。

とはいえ基本的なところは前日から用意済みであるため、やる事は最終確認くらいのものだ。

「着替えよーし、冒険者証よーし、軍資金……は、もう少し奮発してくれてもよいものじゃがのぅ」

今回、ソロモンから受け取ったのは五百万リフ。余程の散財をしなければ、闘技大会が終わるまでの間、余裕を持って滞在出来る金額だ。

しかし既に散財するつもりであるミラは、これでは足りないと愚痴を零しつつ確認の終わったものからアイテムボックスに収めていく。

「そして、弁当もよーし」

朝早くに起きたマリアナが支度をしていたのは朝食だけではない。

一週間分はあるのではないかというほどの沢山の弁当がそこには並んでいた。しかもメニューは同じものがなく、デザートまでも用意されているという徹底ぶりだ。

「これは今から食事の時間が楽しみじゃな！」

夕食といい弁当といい、飽きさせないようにメニューを決めるというのは、これが意外と重労働だったりする。

しかしマリアナにしてみると、それを考えている時もまた幸せな時間のようだ。ミラが幸せをかみしめるように一つ一つ弁当を収めていく様子を前にして、マリアナもまた嬉しそうに微笑んでいた。

「さて、最後はこれじゃな。ルナのお守り、よーし」

ルナのふわふわな青い抜け毛でマリアナが作った、小さなルナのぬいぐるみ。幸運の象徴とされるピュアラビットの毛で出来ているそれは、マリアナとルナの愛情がいっぱいに込められた、究極のお守りといえるだろう。

それをルナから受け取ったミラは「しかしまあ、そっくりじゃな」と、その出来栄えに感心しつつ大切にポーチにしまった。

これにて出発の準備は完了だ。確認を終えたミラは、改めて室内を見回す。

風水に基づいてマリアナが配置した小物や新設した砂場といったルナの遊び場など、戻ってくるたびに変化する見慣れた部屋。

闘技大会の開催期間から考えて、きっと次に帰ってくるのは、早くても二ヶ月後になるだろう。その頃には、どのように変わっているだろうか。ミラは、それを少し楽しみにしながら今を目に焼き付けて部屋を出た。

「では、行ってくる」

召喚術の塔の前。ガルーダを召喚したミラは、ワゴンに乗り込むその前に振り返り、見送りに出てきたマリアナとルナをぎゅっと抱きしめる。その時に感じる温もりは優しく、それでいて莫大な活力を与えてくれた。

「はい、行ってらっしゃいませ」

「きゅいきゅいっ」

ミラの腕の中で、そっと目を伏せるマリアナ。しかし、そこにはもう寂しさの感情はなかった。ミラは必ず帰ると信じているからだ。次に開かれたマリアナの目は、ミラを後押しするような愛情に溢れていた。

だからだろうか。ミラと抱き合うマリアナの姿は、妹の旅立ちを見守る姉のようであり、また夫を見送る妻のようでもあった。

〈7〉


アルカイト王国だけでなく、元プレイヤーが国主を務める国は多々ある。

その中において、堂々の国力トップがアトランティス王国。現実となった今でも、多くの元プレイヤーを抱える大国だ。

そして闘技大会が開催されるのは、それに次ぐ国力を持つニルヴァーナ皇国である。

これまでミラが飛び回っていたのは、アルカイト王国の他、三神国も有するアース大陸。対してニルヴァーナ皇国は、その西側にあるアーク大陸の南端に存在した。

アーク大陸は大きく、その地形はアース大陸を喰らおうと口を開けているような形をしている。

アース大陸よりもダンジョンの数が多い事もあり、中級者になる頃には、だいたいのプレイヤーがアーク大陸に渡ったものだ。そして半数ほどが逃げ帰ってくるほど手強い魔物が多く、ダンジョンの難易度も平均して高かった。

今回ミラが訪れるニルヴァーナ皇国は、アーク大陸がくの字形をしている事もあり、位置的にはアース大陸最西端のセントポリーから、海を越えて南下していったところにある。

闘技大会開催発表の日から、セントポリーより多くの臨時便が出ていた。

ミラは今、海路を進み三日ほどでニルヴァーナ北の港街に到着する定期便に乗船中だ。

ソロモンよりついでにと頼まれた書状やら何やらをローズライン公国に届けた後、セントポリーの現状を視察していたところで船旅に惹かれた、といった流れである。

なお、届け物の内容は国交に関するもの。それを渡してきた時のソロモンと、待ってましたとばかりの顔をしていたウラシス——イーバテス商会の会長兼、現ローズライン公王の様子からして、双方にとって利のあるもののようだ。

「おお、見えてきおったぞ。もう少しでニルヴァーナじゃ」

客船の船首近くにまで駆け寄っていたミラは、その進行方向の先に薄らと見え始めた大陸の影を見晴らしながら声を上げる。すると、そんなミラのもとに集まった子供達が、楽しげに騒ぎ出した。

ニルヴァーナへと向かう船の旅。ミラは、同じくニルヴァーナの大会へと向かう者達と知り合った。そして気付けば子供を任されていた。

「きゅっ、きゅっ！」

そんなミラと子供達の中に、もう一匹。子供達の遊び相手としてだけでなく自身も大いに楽しんでいるのは、召喚術によってやってきたセルキーのフィーだ。

見た目はあざらしなフィーは、船旅という事と万が一の事態を考慮しての登場である。

その可愛らしさと水場への適応力は、子供達の親からの信頼も抜群であったりする。

そんなフィーだが、最近は人の事を真似るのがマイブームらしい。今は、どこからか入手した雨合羽を羽織り大はしゃぎだった。

「しかしまあ、賑わっておるのぅ」

港が近くなってきたからか、他にも何隻か客船らしき姿が見えた。

ニルヴァーナは、この闘技大会に相当力を入れて取り組んでいるようで臨時便が幾つもある。しかも三神国に至っては、大型の飛空船を定期便として運行させているとの話だ。これをきっかけにして、初めて飛空船に乗った者も多く、その注目度が鰻登《うなぎのぼ》りらしい。

今はまだ、主に大国などの一部のみが所有する飛空船だが、いずれは大きく広がっていく事だろう。そういった話からして、有史以来の大イベントになるだろうという事が、伝え聞こえてくる噂からひしひしと伝わってくる。

「まったく、楽しみじゃのぅ」

メイリンを見つけるという任務で赴くのだが、それ以前に祭りは良いとミラは胸を躍らせる。そして、フィーと共にはしゃぐ子供達の姿を見て満足そうに微笑んだ。


ニルヴァーナ皇国内では、どこもかしこも闘技大会の話題で持ち切りだった。

(闘技大会など物語ではよく見るイベントじゃが、ここまでの規模での開催となると、流石にとんでもないのぅ)

時刻は夕暮れ。港に到着後、惜しまれながら子供達と別れたミラは、その光景を前にして若干及び腰になった。

ニルヴァーナ皇国の北。大きな港を有するスートラの街は、ニルヴァーナの玄関口として、また観光地としても有名であり、普段から多くの旅行者で賑わう街だった。

しかしこの度、大会の影響を受けてか街の賑わいは更に膨れ上がっており、これでもかというほどの人でごった返していたのだ。

いざという時は、屋敷精霊を召喚すれば幾らでも夜を越せる。だが旅の醍醐味といえば、その地域ごとの一期一会な宿と食事だ。

九賢者捜しも大切だが、既に残すは二人のみ。国防のための戦力は十分に揃っている事もあってか、ミラは旅の醍醐味の方を優先し、今を大いに楽しんでいた。

そのためミラは空きのある宿を探して、スートラの街を歩き回る。ただ、今の街は闘技大会を目当てにやって来た者が多い。よって、冒険者事情に詳しい人物も相当な数がいるようだ。「お、おい。あれって、精霊女王じゃないか!?」などと、ミラに気付いた様子の者がちらほらといた。

「え？　どれだ？」

「あ、あっちだ！」

精霊女王などと呼ばれるようになってから、それなりの時間が経った現在。もう随分と正確な情報が伝わっているようだ。絶世の美女などという男達の幻想は霧散し、知る人はほとんど、精霊女王が美少女であると正確に把握している様子だった。

（わしも、いよいよ有名になったものじゃな）

この世界が現実になり、プレイヤー以外の視線も加わったため、ダンブルフ時代よりずっと注目される事が多くなった。

だが、そのような状況にありながらも、ミラは堂々としたまま逃げも隠れもしなかった。むしろ闘技大会出場を止められた今、他の方向から召喚術の有用さを広めなければいけない。くるなら来いといった構えだ。

けれど精霊女王の話は聞いているが直接目にした者が多くないためか、誰もが本当に本人かどうか確信が持てないといった状態だった。

魔法少女風衣装を着た銀髪ロングで碧眼の美少女。それが噂と共に伝わっている精霊女王の見た目だが、確かにこれだけでは他に該当する人物もいそうである。そのため、声をかけてくる者はおらず、皆遠巻きに、もしかしてと見ているだけだった。

かといって、自分から行くのもどうだろうか。そう考えるミラは、何とも言えない状況のまま宿を探し続けた。


巡り巡って到着したのは、スートラの街の中心から少し外れた場所にある大通りだ。

街を見て回っていた際に気付いたのだ。観光客で賑わう港周辺や中央通りに比べ、ここは幾分余裕がありそうだと。

実際、その大通りに入り込んで行くと、港前の窮屈さより、多少人の密度は薄く感じられた。ただ、その分、観光地とは違った雰囲気が漂っている。

どういった違いがあるのだろうか。ミラは確認するように大通りを巡ってみた。すると、様々な視線がミラに向けられる。ただそれは港前で感じたものとは、どうにも違う感じであった。

(ふむ……。この辺りは、荒くれ者の溜まり場といったところじゃろうか)

ところどころから聞こえてくる喧騒や、そこにいる者達の人相など。それらを確認した結果、ミラはその答えに辿り着いた。

少し外れにあるこの大通りは、血の気の多い冒険者や船乗りなどが多く集まる場所だったのだ。だからだろう。ミラに向けられる視線が、どことなく心配そうな色をしたものばかりであったのは。

今や精霊女王などと呼ばれる一流の冒険者として名が知られ始めているが、それはそれ。見た目は女の子である。そんな女の子が荒くれ者の集まる場所に来たとなれば、心配になるのも仕方がないというものだ。

だが彼らの中に、ミラへ声をかける者はいなかった。きっと怖がらせてしまうと、そう考えているからだ。

対してミラはといえば、そんな彼らの心配をよそに宿探しを再開していた。

(ここならば、まだ希望が持てそうじゃな)

見れば宿はそこそこありそうだ。それでいて観光客と思しき姿は、さほど見られない。きっと空き部屋の一つくらいなら見つけられるだろう。そう考えたミラは、早速一軒目に突入していった。

そこは、もはや冒険者といえばここだというほどスタンダードな宿だった。一階が酒場兼食堂で、二階が宿泊施設という構造である。

「やはり、こうでなくてはのぅ」

丁度夕飯時だからだろう、一階酒場は大いに賑わっていた。この中のどれだけが宿泊客だろうか、空き部屋はあるだろうか。少し心配になりつつも、確認のためカウンターに向かうミラ。

すると――。

「召喚術士？　あんなん役に立たねぇって！」

上機嫌に酔っ払った者達による、喧噪と騒音。そんな店内にありながらミラの耳は、その言葉をしかと聞き分けていた。

「なん……じゃと？」

瞬間、足を止めて声が聞こえてきた方向にぐりんと振り向く。そして鋭い眼光で辺りを見回し、声の主を捜す。

そうしている間にも、更に同じ男の笑い声が聞こえてきた。

「無形術を優先して覚えろってぇの」「剣持った黒くてひょろいやつとかよ、魔物と間違えてぶった切っちまったぜ。手応えなくて驚いたのなんのって」「せめて囮程度の役には立ってくれねぇと」などなど。随分と言いたい放題であった。ただ、それだけ騒いでいる事もあり、ミラはそうかからずその人物の特定を完了する。

召喚術士を笑う男は、一階端のテーブルにいた。

赤ら顔で酒を呷る剣士風の男であり、見たところ、そこそこ小奇麗な顔をした青年だ。わかったような事を言って粋がりたい盛りなのだろう。いわゆる、若気の至りというものである。

そんな様子に見えたミラは、「まったく、若いのぅ」などと呟きながら、少々女受けが良さそうなその顔を整形してあげようかと寛大な心で歩み寄っていく。

酔っ払い達の合間を縫って進むミラ。少し近づいてきたところで、そのテーブル全体の様子も見えてきた。

小奇麗な青年の他、テーブルにはもう三人、青年の仲間らしき男達がいた。その三人は「まあまあ」と小奇麗な青年を宥めているようだ。

彼らは、精霊女王の登場により召喚術も最近は盛り上がってきている、というような言葉をかけていた。だが小奇麗な男の暴走は止まらない。

「ハッ、あれだろ。たまたまあの大決戦にいて有名になっただけだろ？　まあ、なかなか可愛いって話だからな。夜の相手くらいには使ってやってもいいか。ああ、そうだな。召喚術士でも、女なら役に立ちそうか！」

余程興が乗っているようだ。「もういいだろ」「酔い過ぎだ」「そのくらいにしておけ」と他の三人が呆れたように注意するも、小奇麗な青年は上機嫌に笑い続ける。

（ほぅ……整形でなく、去勢がお望みのようじゃな）

ハクストハウゼンで出会い、召喚術の指導をしたレイラにリナの他、アルカイト学園のエミリアと生徒一同。召喚術の未来を担う彼女達への侮辱と判断したミラは、いよいよその目に怒気を孕ませて青年に近づいていく。

と、その時だった。

「おい、そこのお前。悪い事は言わん。今直ぐその口を閉じておけ」

青年達のテーブルより、それほど離れていない場所から、そんなドスの利いた声が響いてきたのだ。見るとそこには、如何にも熟練の戦士とばかりの風体をした男の姿があった。

〈8〉

召喚術を侮辱するような言葉を吐いていた青年に対し、ミラより先に声を上げた戦士風の男。実に逞しいガタイをした彼は言葉を発すると同時に立ち上がり、そのまま青年の席の前まで歩み寄っていった。

きっと眼前にしたその男の迫力は、相当なもののはずだ。更に体格も雰囲気も、何から何まで戦士風の男が勝っている。

とはいえ青年の方もまた、粋がりたい盛りである。その口を閉じろと言われたところで素直に黙るはずもなく、ゆっくりと立ち上がり、「ああ？　なんだよおっさん」と喧嘩腰で言い返していた。実にわかり易い反応だ。

しかしおっさんは、そんな青年に対して目くじらを立てる事などなく「まあ、落ち着け」と、柔らかい口調で告げた。それでいて右手一本で青年を制し、そのまま席に着かせるなどという確かな実力の程を垣間見せる。

（おお、あの者、なかなかやりおるわい）

その男の登場によって一先ず怒気を収めたミラは観戦モードに移行して、二人のやり取りを見守る構えをとった。

「な、なんだよ」

実力差を思い知ったようで、言い返す青年の声が少し弱くなる。だが余計なプライドがそうさせるのか、その目は、まだまだ反抗的なままだ。

だが戦士風の男は、そんな事など一切気にした様子はなく、真剣な目を真っ直ぐ青年に向けていた。

「いいか。少なくとも今、この街にいるうちは召喚術士の事を悪く言うのは控えておけ。これは、お前のために言っている事だ」

青年の視線を軽く受け流しながら、男はまるで諭すように静かな口調でそう忠告した。そして同時に僅かな恐怖をその顔に浮かべる。

「なんだ、それ？　なんだってそんな」

喧嘩腰な怒鳴り声ではなく、むしろ優しさすら垣間見えるその言葉に、青年は気勢を削がれたようだ。これまでの気張ったような若くトゲトゲしい態度は鳴りを潜める。とはいえ理由が不明であるため、そこが気になったのだろう。青年は、少し丸くなった目で男を見上げた。

すると男は、ちらりと周囲を見回してから言葉を続ける。

「簡単な事だ。今この街には塔所属の召喚術士がいるんだよ」と。

その言葉と同時に、周辺が俄かにざわめき始める。もちろん、その内容にミラもまた反応していた。

（なんじゃと？）

塔所属で術士といえば、それは銀の連塔の研究員を指す言葉だ。もしや、自分の存在がばれていたのか。一瞬そう考えたミラであったが、どうにもそうではないらしい。男の説明が進むにつれて、ざわめきは恐怖の交じった驚愕に変化していった。

男は言う。術士達の聖地、大陸最大の術研究機関である銀の連塔に所属する研究員達は、だいたい常識が飛んでいると。

それでいて、術士としての実力は大陸最高峰。加えて術に関する事に夢中で周りが見えない者が多い。そんな術こそ至高な連中に、術士に対しての悪口を聞かれたらどうなるか。

「最悪、実験台にされた挙句に消されるぞ……と、どうも俺もまた結構な事を言っちまった気がするな……」

話を終えた直後、ぶるりと震えた男は恐る恐るといった様子で今一度辺りを見回し始めた。すると偶然か必然か、ミラと男の視線が交わる。

その瞬間、男の顔に戦慄が走った。どうやら有名な上級冒険者について、それなりに把握しているようだ。ミラが、かの精霊女王と特徴が一致している事に気付いた様子である。

また、その立ち位置からして会話を聞かれていた事も察したらしく、顔には緊張の色も表れてきた。

（まあ、周りが見えなくなる者が多いというのは、同感じゃな。しかし、じゃからといって消すなどとは人聞きの悪い。少々灸を据える程度の話じゃろうに）

訂正してやりたい部分もあるとはいえ、あれから三十年である。絶対にないとは言い切れないミラは、どこか探るような目をしている男に対して、どうぞ続けてと言わんばかりに微笑み返した。

直後、それを赦《ゆる》したと感じたのだろう、男は安堵の表情を浮かべ目を伏せると青年の方に向き直る。

「まあ、そういう訳でな。お前が知らないだけで、いるところにはいるものだ。下手な事は言わない方がいい。目を付けられたら、どうなるかわからんからな」

塔の召喚術士然り、真後ろ然りと忠告した男は、最近の召喚術は凄い勢いで盛り返してきているぞと、よいしょするように続けた。

「あんたが警戒している理由は理解した。けどよ、あの召喚術だろ？　盛り返してきているって言われてもなぁ。二人ほど見た事あるんだが……どうにもピンとこねぇ」

会得条件の厳しさからか召喚術士への門は狭く、それでいて自身と召喚の二つを鍛える必要があるために道もまた険しい。ゆえに若くて強い召喚術士は極めて少ない。

とはいえ、現時点でも優秀な召喚術士はいる。だが、ただでさえ少ない召喚術士の更に極少数だ。出会える方が奇跡というのも、また事実である。青年が見たという二人は、まともな教えを受ける事の出来なかった者だったのだろう。

だからこそ青年は、召喚術をその程度のものと判断してしまったわけだ。

（むぅ……。もどかしいのぅ……）

最近はアルカイト学園やミラの活躍もあり、かつての絶望的なイメージは払拭されつつある。だが、その影響によって召喚術士となった者達が世に出てくるのは、まだ暫く先の事であろう。

ミラは、今現在の状況に肩を落とすばかりだ。

「まあ、確かにあまり知られていないからこそ、基準っていうのは、わかりにくいな」

そもそも塔の術士の実力とは、どの程度のものなのか。それがわからなければ判断もし辛いだろうと、男は知っているそれを話し始めた。

「では、簡単に話すぞ。まず、塔に入る条件だが、これは系統関係なく一律だといわれている。つまり、どの術の塔でも所属する術士は一定以上の実力を持っているって事だ。で、その実力ってのがどの程度かというと——お前は、『雷鎚戦斧《らいついせんぷ》』と呼ばれる魔術士を知っているか？」

「知っているもなにも、超有名人じゃねぇか。こないだAランクの上位に入ったって聞いたからな。冒険者やってるなら誰だって知ってるさ」

男が確認するように問うと、青年は当然といった顔で答えた。『雷鎚戦斧』。どうやら冒険者業界では有名な二つ名のようだ。しかし、ランクAの冒険者であるはずのミラは、これまた当然といった顔で「知らんのぅ……」と呟いていた。

「知っているなら話は早い。噂によると、かつて雷鎚戦斧は塔の試験に落ちたって話だ」

「まじかよ……」

男が言わんとしている事に気付いたのか、青年は驚きを露わにした。

冒険者総合組合には、厳格なランク判定基準が設けられている。そのためAランクの上位ともなれば、それはもう誰から見ても凄腕といえる実力者だ。

銀の連塔には、そんな人材が落ちるような試験を抜けた者達ばかりがいるというわけである。青年は、そのわかりやすい判断基準によって、ようやく自身の失言に気付き凍り付いた。

「ああ、まじだ。今では冒険者として有名だが、当時もまた天才魔術士として有名だった奴が弾かれるような場所なんだよ。つまり銀の連塔って所には、雷鎚戦斧のような術士が当たり前のようにいるって事だ。若いお前じゃ想像すら出来んだろうが、あのクラスの召喚術士ってのは、どいつもこいつも、とんでもない化け物を召喚する。だから、もう一度言っておくぞ。悪い事は言わん。少なくともこの街では、召喚術を悪く言うのはやめておけ」

よく言い聞かせるような口調で、男はそう説明を締め括った。

「ああ、わかった。忠告、感謝するよ」

「わかればいいんだ。邪魔したな」

どれだけ危険な事だったのか理解したようだ。青年が素直に答えると、男はそれでいいと頷き、その肩をぽんと叩く。そして、ちらりと窺うようにミラの方へ視線を向ける。対してミラが無言で頷き返すと、安堵したように小さく会釈して席に戻っていった。

「あんな強そうな奴に、あそこまで言わせるなんて、とんでもねぇんだな」

青年は改心したようだ。仲間達と有名な冒険者についての話で盛り上がり始めた。もう、召喚術の悪口は出てこなそうである。

とはいえ、彼にはもう一つ犯していた罪があった。そう、女性を侮辱した件だ。

男の説教が済んだ後、青年は女性店員と店の女将さんに囲まれていた。そしてその手によって、こっぴどい仕置きを受ける。塔の術士もだが女性もまた恐ろしい。青年は、この短時間で大切な事を二つも学べたのだった。

（しかしまあ、随分な印象じゃったな）

男の説教と女の仕置き。その一部始終を見ていたミラは、女性達の逞しさに震えると同時に、趣味に没頭して時折暴走している者達が、腕の良さそうな冒険者にそこまで言わせるなんてと驚いていた。

ミラからしてみると、塔にいるのは研究馬鹿ばっかりである。だが外部からしてみれば、誰もがAランク冒険者に比肩するだけの実力者であり、畏怖すら混じるほどの存在だったようだ。

と、そうして思わぬところで塔の外聞を知る事になったミラは、同時に、その話にあった召喚術士に興味を抱いた。

先程の男の話が本当ならば、この街に塔所属の召喚術士、つまりは部下にあたる人物がいるという事になる。

ミラがまだ、ダンブルフだった頃。召喚術の塔も、他に負けず劣らず賑わっていたものだ。しかし今、塔に研究者は三人しか残ってはおらず、非常に寂しくなっていた。

トップがダンブルフだった事も関係してか、召喚術の塔の研究者は高齢の術士が多いという特徴があった。

ルミナリアがよく「銀の連塔の名が最もふさわしいな」などと笑っていたものだ。

そんな事情もあってか、クレオスの話によると研究員の半分以上は老齢でいなくなったとの事だ。そこに加えて、新人の不足である。もはや現状は必然といっても過言ではないだろう。

ただ、クレオスはこうも言っていた。残っている研究員の内、幾らかは大陸のあちらこちらに散っていると。

その者達は、召喚術の武者修行と同時に、召喚術を教え広めるための活動にも力を入れているそうだ。現在、盛り上がり始めたアルカイト学園の召喚術科も、そんな彼らが大陸各地で有能な人材を生徒にとスカウトしていたからである。そうクレオスは言っていた。

つまり、ここにいるという召喚術士は、その一人であるわけだ。

その者はミラにとって、志を共にする同志である。是非とも会ってみたい。そう思ったミラは、何か知っていそうな人物に直接訊いてみる事にした。

「のぅのぅ、ちと良いじゃろうか」

ミラはその人物、先程の男に優しい口調で声をかけた。青年に説教した後、ゆっくりと飲み直していた男は「ん、なんだ？」と、ほろ酔い気分で振り返る。

「――っ!?　ど、どういたしましたか？」

直後、ミラの姿を目にした男は慌てたように居住まいを正して向き直った。すると先程の事があったからか、畏まる男の様子が悪目立ちしたのだろう。中には、そこにいるミラが精霊女王であると気付いた者もいたようで、自然と周囲に緊張が走る。

塔の術士の話をしていた事で先入観が生まれたようだ。周囲がざわりとし始めた。特に失言した青年は仕置きの傷も癒えぬまま、大いに狼狽《うろた》えていた。まさか、忠告してくれた者がAランクに絡まれてしまうなんて、と。

とはいえ、それらは全て杞憂というものだ。

「いやなに、さっき話しておった、塔の召喚術士とやらの事を訊きたいと思うてな」

そう前置きしたミラは、その者に興味があるので、居場所を知っているならば教えてほしいと頼んだ。一切の害意はなく、ただ純粋な好奇心だけを見せて。

するとどうだろう、そんなミラの様子に周囲の空気が一変した。先入観が払拭されたのだ。そうなればもう、残るは今話題になっている美少女召喚術士という噂だけだ。

「そういう事でしたら、幾らでもお答えしましょう」

あれが本物かと盛り上がり始める中、男は快くそう返し、塔の召喚術士が泊まっていると聞いた宿があると、その場所を教えてくれた。

ミラが去っていった後の店内では、必然として精霊女王の話題で盛り上がった。

きっかけは、先程の美少女こそが正真正銘の精霊女王であると断言する者がいた事だ。

その者はキメラクローゼンとの決戦が行われた日に、丁度セントポリーの街に滞在しており、空に映るミラの姿をしかと確認したと話した。そして当然、精霊王の姿もだ。

初めてAランクに出会えたと喜ぶ冒険者が幾らか。可愛かったなと下心を覗かせる者や、精霊王とはどのくらい凄いのか訊く者など、ミラの事を起点として話が回る。

そんな中、ミラと直接話した男は複雑な感情をその顔に浮かべていた。

「なんとなく、塔の術士と同じような気配がしたんだがな……」

それは偶然か、それとも直感か。男はミラの奥底にある気配を感じとっていたようだ。しかしそれが確信に変わる事はなく、やがて霧散していく。ただ、彼が一人の青年を救ったという事実だけは、そこに残った確かな功績だった。

〈9〉

術士専用の宿、『キャスターズ・サンクチュアリ』。

そこで一泊したミラは、朝食のプディングトーストを堪能してから宿を後にした。

昨日の夜。塔の術士が宿泊していると聞いてやってきたのが、この宿だった。

けれど、どうにか訊き出した情報によると、その者は朝にチェックアウトを済ませているとの事だった。

受付の者が言うに、首都に向かったそうである。

よって、その日は塔の術士の捜索を断念し、折角だからとばかりに高級宿でもある『キャスターズ・サンクチュアリ』で寛いだわけである。

そうしてスートラの街から飛び立ち、ガルーダワゴンで数時間。ミラはニルヴァーナ皇国の首都、ラトナトラヤに到着した。

街の手前。ミラのように飛行手段を持つ者のために用意されていた発着場に降り立ったミラは、そこから門を抜けて首都に入るなり、そのまま大会の会場に向けて歩き出す。

かつても相当な規模ではあったが、三十年経って見るその街は、更にその面積を広げていた。ここだけで人口が五十万は超えているのではないかと思えるほどの大都市となっていた。

綺麗に整備された通りと、夜でも安心な街灯。煉瓦造りの街並みは、千八百年代後半のロンドンに近い。まるで、どこかにホームズでも歩いていそうな雰囲気だ。

そんな街を抜けて会場にまでたどり着くと、また雰囲気が変わって、いかにもコロッセオといった光景が広がった。

大きな祭りである事を否応なく実感させる賑わいに満ちた空間だ。

「さて、どこにおるじゃろうか」

ミラは、早速とばかりに周辺を捜し始めた。一先ずは、どこにいるのかわからないメイリンを見つけるのが優先だ。

予選開始までには、まだ幾らか余裕がある。それだけあれば、きっと来ているだろう彼女を見つけられるはずだ。

しかも、これだけ強そうな者達で賑わう場所であるため、ところどころの小規模な舞台の上では、ストリートファイト的な試合が行われていた。

メイリンの事である。どこかしらで百人抜きなどをやっている可能性も高い。そう予想したミラは、血気盛んで騒がしい人々のいる場所を中心に会場を見て回った。

（これはまた、近年まれに見るお祭り騒ぎじゃのぅ）

沢山の屋台と、沢山の特設ステージ。中にはフリーマーケット広場まであった。

時に思わぬ掘り出し物が見つかる事もあるフリーマーケットだ。もしかしたら、それと知らずに売られている精霊家具など、思わぬ掘り出し物が売られているかもしれない。

メイリンの説得という一番の用事が済んだら、徹底的に探してみようか。そんな事を考えながら、ミラは更に会場内を巡っていく。

見れば見るほど、会場内は盛り沢山の内容だ。簡単な格闘試合だけでなく、クイズ大会やらファッションショー、オーケストラの演奏やらといったものまで行われていた。

それらを一気に楽しめるこの会場は、娯楽の粋が集まったといっても過言ではない盛り上がりようだ。

するとやはり強い決意を持ちながらも、つい誘われてしまう時があるというもの。

(ふむ……見る分には至高じゃな!)

とある特設ステージの前。そこには、粉もの料理の載った紙皿と果実サワーを手にしたミラの姿があった。そしてその目の前では、『マジカルナイツ』の秋物新作魔法少女風衣装のお披露目が行われている。

しかも、それだけでは終わらない。魔法戦姫なる前衛向けの新ブランドまで発表されて、会場の盛り上がりは最高潮だ。機能的でいて可憐な印象を受けるデザインであり、新たな層を狙った、そんなブランドのようだ。

(あー、これはルミナリアが好きそうな感じじゃのぅ)

正に女騎士である。そんな感想を抱きつつ、ミラはファッションショーを最後まで見物した。

「あ、やっぱりミラちゃんだ！」

マジカルナイツ主催のファッションショーも終わり、おっとメイリンを捜さなければと立ち上がった時だ。不意にそんな声が脇から響いてきた。しかも、何やら面識でもあるような様子の声だ。

はて、誰だろうか。そう振り返ったところ、そこには魔法少女風の衣装でばっちり決めた、金髪女性の姿があった。

「む……お主は確か……」

どことなく見覚えがある。だが、どうにも人の顔を覚えるのが苦手なミラは、そこから先が出てこない。間違いなく会った事はあるが、どこだったか。

そうミラが閉口していたところ、その様子を察したのか相手の女性が思い出してとばかりにヒントを口にした。

「ほら、大陸鉄道で一緒の席に座った、このマジカルナイツの、こうして写真も撮った」

カメラを手に、その時の状況を再現してみせる女性。と、それらのヒントをきっかけにして、ミラは「お、おお！　そうじゃった、あの時の！」と、ようやくその出会いを思い出す。

ただ、名前までは雲の中であり、そっと調べた後、「テレサじゃな！」と、さも覚えてましたとばかりに続ける。

「うわぁ、嬉しい。覚えててくれたんだね、ミラちゃん！」

そう満面の笑みで喜んだテレサは、「ところで――」と前置きしてからそっと顔を近づけてきた。

そして、セントポリーやハクストハウゼンで活躍した精霊女王とは、ミラの事かという問いを口にした。

「うむ、わしの事じゃな」

わざわざ隠す事でもないとして、ミラは少し自慢げに答える。するとテレサは「やっぱり！」とますます表情を輝かせ、「写真撮影させてください！」と泣きついてきた。

なんでも、一ヶ月ほど前の事。大陸鉄道で撮った写真がたまたま部長の目に入り、これは精霊女王ではないのかという話になったらしい。

そして、もしそうなら顔見知りとしてのチャンスを活かし、巻頭を飾る写真を撮ってこいという無茶振りをされたそうだ。

それも、マジカルナイツが発行している雑誌『リリカルナイツ』に掲載するためだという。

「私、ただの広報なのに……」

そんな愚痴を零しつつも、助けてくださいと懇願するテレサ。

「大変じゃのぅ」

対してミラは少しだけ考えた後、「十分くらいならよいぞ」と答えた。面倒だという気持ちはあるものの、彼女を助けると思っての返答だ。

「ありがとう、ミラちゃん！」

それこそ飛び上がって喜んだテレサ。

モデル用に用意した更衣室兼撮影スペースがあるようで、テレサはミラを案内して、マジカルナイツの特設小屋へと入っていった。

ミラもまた、やれやれといった具合に続く。

その近くで、ミラとテレサのやり取りをたまたま耳にしていた者がいた。

その者は早速、得意気な様子で知り合いに話す。精霊女王が来ているぞと。


「ありがとう、ミラちゃん！　お陰で、部長に褒められそうだよ」

十分ほどの写真撮影が終わり、どこかへ連絡をとったテレサは満足気に、そして安堵したように笑う。

どうやら、例の部長に今回の撮影成功を報告したようだ。そして、来月のリリカルナイツの表紙グラビアに決定という確約をもらったとはしゃいでいる。

これまで、余程せっつかれていたのだろう。その喜びようは、それ以上の何かを思わせるほどのものだった。

表紙グラビア。元プレイヤー達が持ち込んだ技術や文化というものが、ところどころにちりばめられたこの世界。そんな言葉がテレサの口からさらりと出てきた事からして、ミラは雑誌という文化も随分と浸透しているのだなと実感する。

また、まさか見るだけだった表紙グラビアに自分が載る事になるとはと苦笑した。

「まあ、喜んでもらえたのなら何よりじゃ」

ともあれ、知り合いが嬉しそうならそれでいい。ミラは続けて、お祭り巡り……もといメイリン捜しに戻るため別れの言葉を口にしようとした。

その時である。

「あ、ごめんなさい！」

急に何かを思い出したかのようにして、テレサが声を上げたのだ。

「む、何じゃ？　撮り忘れでもあったか？」

撮影時間十分では、この可愛さを収めきれはしないだろう。ミラが、そんなおかしな自信を持ちながら訊いたところ、その答えは、それ以前の問題についてであった。

「ちょっと、ミラちゃんに会えた事で興奮しちゃって忘れてた。えっとね、モデル料についてなんだけど――」

写真など、タダで撮って構わない。そんな気概で付き合っていたミラにテレサが告げた金額は、なんと五十万リフという大金だった。

「冒険者の人の場合、いつもは組合宛てに振り込む形なんだけど、それでいいかな？」

そう説明を続けたテレサに対して、ミラは、こういうのも慣れたものだと言わんばかりの雰囲気を出しながら、「うむ、それで構わぬ」と答えた。

なお、モデル料の振り込みは一週間後になるそうだ。

と、そうしている間に次のイベントショーの準備が始まった。裏方が騒がしくなっていくのがわかる。

「それじゃあね、ミラちゃん。またね。私、大会中は、だいたいここにいるから。いつでも来てね」

「うむ、またそのうちにのぅ」

更衣室も兼ねているため、撮影スペースに集まったモデルの女性達が着替え始める。そんな中で別れの挨拶を交わした二人。そうなれば、この場に留まるのは不自然というもの。

ミラは後ろ髪を引かれつつも、その場を後にした。

(何やら、見られておるな)

マジカルナイツの特設舞台会場を出てからメイリンを捜す事十数分。ミラは、ふとした違和感を覚え周囲の様子を観察する。

どうにもマジカルナイツの会場を出た辺りから、向けられる視線が多くなったと感じる。

ただ、少しして、その疑問は解けた。両親に連れられた少女が「精霊女王さんですか?」と、それはもうキラキラした顔で駆け寄ってきたからだ。

「うむ、そうじゃよー」

にこやかに微笑みながら、少女の頭を撫でるミラ。すると周囲で様子を窺っていた者達が俄かに沸き立ち始めた。

その少女もまた、精霊女王ミラの活躍に夢中だったようだ。

ミラは精霊女王に会えたと喜ぶ少女をペガサスに乗せるなどして、更に喜ばせる。そして別れ際に「召喚術は素晴らしいじゃろう」などと、しっかり召喚術の良いイメージを植え込む事も忘れなかった。

ただ、そうした事で、いよいよその存在がおおやけになり注目度が飛躍的に増加した。少女と別れた後、声を掛けられる回数が増え、その都度足を止める時間も長くなっていく。

(さて、いよいよ、変装の出番かもしれんのぅ)

召喚術の宣伝には良いのだが、このままでは動き辛く、メイリン捜しの方に支障が出るかもしれない。

有名人とは、なかなか辛いものだ。そうにやにやしつつ、どこで変装しようかと周囲を探った。

こういう時のための準備は、既に万全。ソロモンに貰った、例の髪染めの出番が来たわけだ。

ただ、ここで一つだけ誤算があった。

「む……」

変装するのに丁度いい場所が、見つからないのだ。

この場合、直ぐに思い付くのは公共施設のトイレなどだが、そこはあくまでトイレであって、用を足すための場所だ。更衣室に使うなどもっての外である。

次にミラが思い付いたのは服飾店の更衣室だが、これもいわずもがなというもの。客のために用意してあるそれを、客でない者が使えるはずはない。

そうして行き着いた三つ目の方法は、自分のワゴンを更衣室にしてしまう事だった。前の二つに比べ現実的ではあるが、一つ欠点があった。

それは、これだけ注目が集まった状態では、こっそりとワゴンで変装する事が出来ないというものだ。変装したところで、出るところを見られたら変装の意味がない。

さて、どうしたものか。そう悩んだ末にミラは踵《きびす》を返す。そして現状において最も適していると思われる場所に向けて歩き出した。

〈10〉

「あれ、ミラちゃん！　一時間くらいぶりー」

そう言って駆け寄ってきたのは、先程別れたばかりのテレサだった。

そう、ミラが思い付いた変装をするのに最適な場所というのは、マジカルナイツの特設会場裏にある撮影スペースだったのだ。

「すまぬが、ちょいと着替える場所を貸してもらえぬか」

そう初めに告げてから、ミラは変装が必要になったと現状について説明した。するとテレサは、何それ面白そうと二つ返事で承諾し、一人分のスペースを確保してくれた。

なお、精霊女王がどのような変装をするのか興味津々なようで「必要なら手伝うからね」と、そのスペースには当たり前のようにテレサも同室している。

「まずは、これからじゃな」

なにはともあれ、落ち着いて変装が出来るようになった。ミラは早速、髪染め剤を取り出して鏡に向かう。ペットボトル程度の大きさの容器で色は黒。使うのは二度目だが、最初はルミナリアに染めてもらっていたため、若干不安が残る。

「あ、それってもしかして『ジーナスリーン』の黒!?　凄い、流石ミラちゃんだね！」

さて染めていこうとしたところで、後ろにいたテレサがそう興奮気味に声を上げた。どうやら彼女は、ミラが手にする髪染め剤の事を知っているようだ。というより、相当に詳しい様子だった。

「ほぅ、そんな名があったのか」

ミラがそう口にしたところ、テレサは、仮装好き——つまりコスプレイヤーならば誰もが憧れるブランドだと語った。

発色にカラーバリエーション、匂いや使い心地など、全てにおいて完璧な髪染め剤なのだという。欠点は、ただただ高額である事。なんとミラが手にしているもので、十万リフはするそうだ。

「そんなにしたとは……」

値段を知った途端、生来の貧乏性が顔を覗かせ僅かにその手を鈍らせる。しかし、だからといって髪の色を変えなければ、変装の効果も半減というものだ。

そう決意して、いざ染めようかと再び鏡に向かい合ったところでミラは気付いた。

ソロモンからは、髪につければいいだけと説明されたが、そもそもどうつけるのか。ルミナリアは、どうやってつけていたか。

ハンドクリームのようにすればいいのだろうか。思えば完全に任せきりにしていたため、詳しい方法を見てなどいなかった。

髪染め剤の蓋を外し、ジェル状のそれを確認したところで、悩み固まるミラ。すると、そんな時だ。

「ミラちゃん、それ、私にやらせて！」

控えていたテレサが手伝いを申し出てきたのである。どうやら、使い方に悩むミラの気持ちを察して……とは少々違うようだ。

素早く傍に寄ってきたテレサは、あの高級髪染め剤の使用感を是非とも知りたいと、そう熱く語った。更にはプロぶるように輝いた目でアピールする。

コスプレイヤーのテレサは、それだけ場数を踏んでおり、髪を染めるのも既に数十回に及ぶそうだ。加えて『ジーナスリーン』については、いつか来る、来てほしいその日のために、ばっちり使い方の予習をしていたらしい。テレサは完璧に仕上げてみせると豪語した。

「うむ、そこまで言うのならば、頼むとしようか」

テレサの熱意に絆《ほだ》された風を装いながら、承諾するミラ。

「ありがとう、ミラちゃん！」

小躍りするほど喜んだテレサは、「道具、取ってくるね！」と言って、早速とばかりにどこかへ飛んでいった。そして少しした後、それはもうドタドタと騒がしく戻ってきた。しかも、ただ髪を染めるだけのはずが、大きなカバンを二つも持参してだ。

「これまた、随分と色々あるのじゃな……」

「ミラちゃんの髪を『ジーナスリーン』で染めるなんて、一世一代の大仕事だからね！」

テレサは、カバンから次々と道具を出しては並べながら、そう意気込みを口にする。どうやら思っていた以上に本格的な作業となりそうだ。

「いざ！」

ミラから恭しく『ジーナスリーン』を受け取ったテレサは、気合十分に作業を開始した。

「うわぁ、すっごく良い匂いがするよ！」「思ってたより、ずっとトロトロなんだ」「あ、なにこれすっごく伸びる！」「馴染むまでの早さが半端ない！」「こんなに綺麗な発色、見た事ないよ！」「ああ……これが『ジーナスリーン』なんだね……」

各道具を巧みに操り、ミラの髪を染め上げていったテレサ。その腕前は本人の言葉通りにプロ級であり、色むらなど一切なく、仕上がりは完璧の一言に尽きるものだった。

「ふむ、これで気づかれないじゃろう」

テレサが見事に仕上げた黒髪を鏡で確認したミラは、今までの自分でありながら自分でないように見えるその雰囲気を目にして満足そうに頷いた。

プラチナのように煌《きらめ》いていたミラの髪は今、黒曜石の如く艶めいている。学園でもそうだったように、これならば直ぐに見破れる者はいないだろう。髪の色一つでも、そう確信出来るほどに印象は変わる。

「自分では、こうはいかんかったじゃろう。お主には感謝せねばな」

満足気に立ち上がったミラは、そうテレサに礼を述べる。対してテレサもまた「こちらこそだよ」と、満ち足りた様子で礼を返した。そして貴重な体験が出来たと言って、今度皆に自慢するんだと笑った。

「さて、残るは服じゃな」

今一度、鏡で自身を確認したミラは、これで服を着替えれば、更に気付かれる事なくメイリン捜しに集中出来るだろうと確信する。そして、用意しておいた変装用の衣装を取り出した。

その衣装は、ミラが自分で用意したものだ。

変装のために着る、その服。リリィ達が何やら暗躍していたが、彼女達に任せると変装用でありながら素晴らしい一点ものを作ってしまうのは確実だった。

変装に必要なのは一般人に紛れ込むような、普通さ、である。よってミラは、自らありきたりな服屋に赴き、至って普通の服を選び購入してきたのだ。

「これできっと、誰もわしとわからぬじゃろう」

その場でぱっと服を脱いだミラは、手早く変装用の服に着替える。だが、それだけではまだ終わらない。更にファッション眼鏡を取り出したのだ。そして、眼鏡を掛けた姿を鏡で確認し、完璧だとほくそ笑む。

「どうじゃ、わしじゃと気付けるか？」

自信満々に振り返ったミラは、そうテレサに判定を求めた。

するとその瞬間、テレサはどこか現実を見ないようにしているような、明言を避けたそうな表情を浮かべた。だが、それも束の間。彼女は取り繕うように……頬を引きつらせながらも微笑み、「うん、絶対に気付けないと思うよ」と答える。

「そうじゃろう、そうじゃろう！」

テレサが言うのだから間違いない。これで、堂々と表を歩けそうだ。そう自信を持ったミラは、「世話になったな」と言って歩き出す。

テレサは、その後ろ姿を見ながら大いに狼狽えていた。その原因はミラの服にある。

早い話が、それは驚くほどにダサかったのだ。精霊女王だとバレるバレない以前に、あれでは可哀想な女の子になってしまうとテレサは予感していた。

「待って、ミラちゃん！」

だからこそ、テレサは呼び止めた。そして呼び止めてから、何か妙手はないかと全力で考える。センス云々でミラの事を傷つけず、それでいてまともな服に着替えてもらう方法はないかと。

「む？　なんじゃ？」

どことなく鬼気迫るような声に振り向いたミラ。テレサは、にこやかな笑みを顔に貼り付けたまま、やんわりとした口調で次の言葉を告げた。

「実はね。今、新しいシリーズを開発中で、そのテーマが『日常』っていうもので、今のミラちゃんが目指すものにぴったりなの。それでね、えっと、まあ折角だからとってくるね！　待っててねミラちゃん。絶対に待っててね！」

テレサは理由を並べた後、ここで待っていてほしいと繰り返してから部屋を飛び出していった。

「ふむ……。どういった代物なのじゃろうな」

魔法少女風衣装の火付け役であるマジカルナイツが開発中の新作。日常をテーマにした衣装とは、どのようなものなのか。少しだけ気になったミラは、テレサに言われた通り素直にその場で待つ事にした。


「ミラちゃん、お待たせ！」

テレサは少しして、またもやドタドタと騒がしく戻ってきた。そんな彼女が抱えているのは、一つの衣装ケース。戻ってくるなり早速そのケースを開いて、中に入っていた服を取り出してみせた。

「じゃじゃーん。これでーす」

その服は、至ってシンプルなデザインに見えた。リボンがアクセントのブラウスに、黒のスカートという組み合わせであり、会場でやっていたファッションショーとは大きく違った印象があった。

「ほぅ……なんというか、確かに日常的な感じじゃのぅ」

魔法少女風の服とは対照的に主張はなく、それでいて可愛らしくも一般に溶け込めるだろう柔軟さを兼ね備えた服。マジカルナイツでありながらの意外性を受けて、ミラは感心したように、それを見つめる。

だが、マジカルナイツの事である。こういった衣装にも、何かあるのだろうと勘ぐるミラは、そこのところはどうなのかとテレサに問うた。

「えっと……それはまだ部外秘で詳しくは話せないんだけど――」

そう前置きしたテレサは、持ってきたこの服について少しだけ語った。これは、日常をテーマにした新作のデザイン選考会に提出したものの、落選してしまったものであると。

「ただのデザイン段階で戻ってきたものだから、普通の服だよ。それでね、ミラちゃん。このまま誰も袖を通さないのは、ちょっと寂しいかなって思って……」

落選したものの、頑張って作ったものだからと微笑むテレサ。今の服のまま、ミラを外に出すわけにはいかないという理由が第一だが、彼女にとって日の目を見ずに終わる寂しさというのもあるようだ。

折角だから、ミラに着てほしい。そう控え目に主張しながらも、テレサの目には僅かな期待が浮かんでいた。

「うむ、わかった。そういう事ならば、着させてもらおうではないか」

そんな彼女の想いを受けとめたミラは、特に抵抗もなくその申し出を承諾した。衣装のデザインもだが、王城の侍女達に比べ、あまりにも控え目なテレサに好印象を抱いたからである。

「ありがとう、ミラちゃん！」

純粋な感じで喜ぶテレサに、ミラは「構わぬ構わぬ」と微笑み返しつつ、早速着替えを始めた。

もとよりその服は、少女用として誂えていたようだ。テレサの手際はよく、寸法の調整などは十分もせずに終わった。そうしてミラはセンス皆無な状態から、ようやく一般的ながらも可愛らしい服装への進化を遂げたのだ。

なお、テレサが部外秘とした事。それは、この『日常』シリーズの完成形についてだ。

日常状態から魔法少女風に変化するという、つまりは『変身』という魔法少女らしい驚きのギミックが組み込まれるというものであった。

〈11〉


髪を黒く染めて眼鏡もかけて服も着替えた。これならばきっと、精霊女王だと気付かれないだろう。

テレサに見送られてマジカルナイツのブースを後にしたミラは、自信満々にメイリンを捜し始めた。

主に確認するのは、戦いだ挑戦だと騒がしいステージ。だが一時間二時間と確認していくも、メイリンらしき姿は一度も見られなかった。

ならばと、時折見かける喧嘩騒動も加えて顔を覗かせたミラ。血気盛んな者達が集まれば、こういった小競り合いもちらほらあり警備員も忙しそうだ。

「うーむ……流石に喧嘩はしておらぬか」

十近い数の喧嘩場を窺ったものの、やはり喧嘩は喧嘩である。幾ら戦い好きとはいえ、武道家の面も持つメイリンが、ただの喧嘩をしているはずがないというものだ。

そう思い直したミラは、再び格闘試合などを行っている特設ステージを中心に巡った。

ボクシングスタイルや、足技のみといった試合形式の他、竹刀を用いた剣術試合や、雪合戦のように玉を投げ合うといったものまで、勝負関係のステージもまた様々な種類があった。

そういったものも含めて確認する事、一時間、二時間、三時間。時折、二つ名持ちの冒険者が出てきたりして、ステージがわっと盛り上がるも、目的のメイリンは出てこない。

そうして、ただただ時間は過ぎていき、気付けば日も暮れて月が空で輝き始める時刻となっていた。閉場が近いようで、あれだけ賑やかだった多くの特設ステージで片づけが始まっている。来場者達も、ゾロゾロと帰り出した。

どうやら今日はもう捜しようはなさそうだ。

（きっと、来ているはずなのじゃが……よもやここまで広いとはのぅ）

途中色々あり、ところどころで気が逸れたとはいえ、全てを回り切る事が出来なかったと苦笑するミラ。

闘技大会の開催場として設けられたこの敷地は、それこそ一大テーマパークにも匹敵するのではというほどの広さがあったのだ。しかもそんな敷地内に様々な特設ステージが、まるでアトラクションのように点在している。

動きが読みやすいメイリンだからといっても、これだけ広いとなると簡単には見つけられそうにない。ミラは、そう考えを改める。

ただ歩き回った事で、変装の効果は抜群だという証明はされた。今の格好になってから、精霊女王だとバレる事がなかったのだ。

しかし、その代わりとでもいうのか、軽そうな見た目の男に声を掛けられるようになっていた。

これまでの精霊女王という肩書と、どことなく超然とした雰囲気の美少女から普通の美少女に変わった事で声をかけやすくなったようだ。

「ねえねえ君、これから食事に行くんだけど、一緒にどうかな？」

「いや、予定があるのでな。遠慮しよう」

そのようにナンパ男を軽くあしらい、引き留めようとしてくる前に、とっとと退散するミラ。もう慣れたものである。

今日はメイリン捜しを諦めたミラは、のんびりと闘技大会場の出入り口にまで戻ってきた。

そこでは、まだ大会の出場受付が行われているようだ。未だに明るく賑やかだった。

（明日は、どう捜したものかのぅ）

この広さが相手では、今日のやり方だと効率が悪いとわかった。ならば次はどうするか。そう、明日の予定を考えていた時である。

「え？　滞在場所も書くのか。困ったな……どこも満室だったから、まだ決まってないんだよ」

「ああ、それでしたら、大会協賛の宿をご紹介させていただきます。この札を宿の店主に渡していただければ、こちらの方で対応いたしますよ」

と、そんな声が聞こえてきたのだ。見るとそれは、大会受付でのやり取りのようだった。

（滞在場所を書く……じゃと？）

その言葉に可能性を見出したミラは近くにいた係員に、それとなく訊いてみた。大会出場の受付に必要な事項は、何があるのかと。すると係員はミラの姿を見て少し戸惑いながらも、その詳細を教えてくれた。

何でも大会の受付には色々と規約があり、まず初めに出場希望者は、専用の用紙に名前と年齢、クラス、そして滞在場所までも記入する必要があるそうだ。

なぜ、滞在場所まで書くのか。その点を詳しく問うたところ、宿泊施設の状況を把握するためにだという事だった。

今回は、出場者と観客が数万人単位で集まる最大規模の闘技大会だ。宿泊施設の管理や客の振り分け、また案内などを円滑に進める必要があった。だからこそ、そんな記入欄があるわけだ。

(なるほどのぅ……つまるところ、その名簿を見ればメイリンの滞在場所がわかりそうじゃな)

彼女の事である。きっと大会出場の受付は、既に完了しているだろう。こういった場合、絶対に出場するため優先的に手続きを済ませるのがメイリンの性分なのだ。

これで次の手は決まった。大会の出場者名簿を確認して、メイリンのもとに辿り着くという作戦だ。

武術バカ……武術だけしか頭にないメイリンとはいえ、多少なりとも自分の名前の影響力は把握しているはずだ。きっと名前については偽名を使っているだろう。

だが彼女の事である。メイメイだとかリンリンだとかリンメイだとかいった、わかりやすい単純な偽名である事は間違いない。そのあたりで探せば、そこそこ絞れるはずだ。

年齢については、メイリンがしっかり数えているかどうかは不安であるため、当てには出来ない。

そしてクラスだが、これが一番の判断材料になるとミラは確信していた。たとえ何かしらの原因によって、まったく予想も出来ない偽名を名乗っていたとしても、このクラスの記入欄だけで大きく絞り込めるはずだと。

　かつて、メイリンから武術の指南を受けていた時の雑談で、こんな話をしていた事があった。現実で武道家なのだから、こちらでは武道仙術士といったところか、などという軽い雑談だ。するとメイリンは、それを随分と気に入ったらしく、その日から自分は仙術士ではなく武道仙術士であると言い始めた。メイリンいわく、武道と仙術、どちらも極めてみせるという意味合いだそうだ。

　そんな経緯からして、きっと名簿にも、そう記入している事だろう。よって仙術士の出場者がどれだけいようとも、それを目印にすれば見つけるのはそう難しくないはずだ。

　ただ問題は、その名簿である。見せてくれと言ったところで、見せてくれるはずがない。

　ただ、ここはニルヴァーナ皇国という事からして可能性は十分に残っていた。

「時に、かなりの情報量になると思うが、管理の方は大丈夫なのかのぅ？」

　試しにそう係員に問うたところ、しっかりと知りたい情報が返ってきた。

　闘技大会の運営委員会が責任を持って保管しているため、まったく心配はないと。つまり出場者名簿は、その運営委員会にあるわけだ。

「それならば安心じゃな。引き留めてすまんかったな」

　必要な情報は得られた。係員に礼を言ってその場を離れたミラは、次の目的地を決めて歩き出す。

　この闘技大会は、国の一大興行として開催されている。その運営委員会とやらも国の管轄下にある事だろう。

となれば、後は権力の出番というものだ。

（わしがわしであると話さねばいかぬが、まあ既にバレておるようじゃからのぅ。一時の恥くらいは甘んじて受けようではないか）

名簿を確認するには、運営委員会の許可が必要となる。そのためには国の上層部に接触して、口を利いてもらうのが早いというもの。

そして、そんな上層部とミラは、だいたい知り合いであった。しかも今回の闘技大会に、出場者としてではなく解説役として招待された事から、その知り合い達はミラがダンブルフである事に感づいているのは確かだ。

それはそれで、話が早いというものである。

（ついでに、泊めてもらうのもアリじゃな）

先程受付で話していた内容からして、交渉後に宿を探すのは骨が折れそうだ。だが一応は解説役として招待されているのだから、客間くらいは用意してくれるだろう。そう思いながら、ミラは早速王城に向けて歩き出した。

王城近くの住宅街。石造りの立派な邸宅と、模様が見事な石畳。そして気品のある街路樹の並木道。等間隔で点る街灯によって照らされるそこは、貴族邸や公営の施設が集まる区画であり、三十年が経った今でも当時とほとんど変わらない様子だった。

既に夜という事もあり、そんな住宅街の主要路でも人通りはほとんどない。時折、使用人らしき者や巡回兵が通るくらいだ。

「よし……行ったようじゃな」

と、そんな住宅街をこそこそ進むミラは、巡回兵の背中を見送ってから植え込みの陰より姿を現す。すっかり夜となったこの時間に、このような場所を一人で歩いていると補導されてしまう恐れがあるからだ。

なるべく人と会わないように、特に巡回兵に見つからないように進むミラは、まるでコソ泥か何かのようである。

（そういえば、一応ソロモンに報告しておかねばな）

城に近づく中、ふとそう思い立ったミラ。

きっと出場者名簿を見せてくれるように頼む際、その理由を訊かれる事だろう。

その時はメイリンを見つけるためだと答えるわけだが、ミラがメイリンを――つまりは九賢者を捜索しているのは国家機密扱いとなっている。

気心知れた相手とはいえ、一応は他国だ。ともなれば、ソロモンに一報くらいはしておいた方がいいだろう。

そんな時は、ワゴンにある通信装置の出番だ。ただ、早速とばかりに連絡しようとするミラだったが、そこで考える。貴族達もいるこのような住宅街で、路上駐車の如くワゴンを置いていたら、きっと巡回兵に不審がられるのではないかと。

そうなったら面倒だと思い直したミラは、目立たない場所に移動してからワゴンの通信装置を使おうと考えた。

(確か、近くに公園があったはずじゃな)

当時と変わっていないならば、記憶にある大きな公園もそのままだろう。そう考えたミラは、早速とばかりにその公園へと向かった。


王立常緑の森公園。そこはまるで、森をそのまま移したような場所であった。

街の真っただ中にある一キロメートル四方の公園は、重厚な街並みの中に堂々と広がっていた。

昼には定番の散歩コースとなり、また憩いのデートスポットとしても有名な、なんとも心地の良い場所だ。

しかしながら夜に訪れると、その雰囲気は一変する。

入り口から入ると、さわさわと緑に覆われた桜の並木道に迎えられる。朝ならば木々の隙間から差し込む日の光が、なんとも心地良く映った事だろう。そして春ならば、それはもう見事な桜に囲まれて心まで浄化されていたはずだ。

しかしながら現在は、もうじき秋となる時期の夜である。鬱蒼と茂る木々は深い暗闇を生み出しており、ところどころに灯る外灯の光すら呑み込もうとしているかのように見えた。

（肝試しにはもってこいの雰囲気じゃな）

並木道を進みつつ、そんな事を考えていたミラだったが、前方で外灯とは違う光がゆらりと現れ、思わず肩を震わせる。ただ、それも一瞬だ。よくよく見れば、その正体は直ぐにわかった。

巡回兵である。公園内もまた、しっかりと見回っているようだ。

「まったく、仕事熱心じゃのぅ」

そう愚痴りながら、ミラは巡回兵がこちらに気付くより先に、並木道を外れて身を潜めた。そして《生体感知》によって完全に通り過ぎ、離れた事を確認してから移動を再開する。

（もう少し奥に行った方が良さそうじゃな）

しっかり見回っている巡回兵だが、流石にコースを外れてまで奥の方へと確認には行かなそうだ。だが、散歩コースから見える範囲は避けた方がいい。そう悟ったミラは、そのまま木々が生い茂る方へと深く入り込んでいった。

公園の木々は人工的に管理されており、自然でありながらも整然と立ち並び、ところどころに動線が敷かれていた。そのため隠れるのに丁度良いと思える場所を探すには、なかなかに難しい造りだ。

（ふむ……この辺りじゃな）

そんな人工の森の奥深く。管理小屋の裏側という、絶妙な死角を見つける事に成功したミラ。

散歩コースから外れ、獣道のような通路を進んだ先にある管理施設。小屋の他にも廃材やら何やらが置かれており、身を隠す場所には事欠かなかった。

ミラは早速とばかりにワゴンを取り出すべく、アイテムボックスを開く。

ただ、更に箱から取り出す際に術式が働き光が出るため、念のためとばかりに《生体感知》で巡回兵が近くにいないかを確かめた。

（む……！　誰かおるぞ!?）

それは小屋を挟んで右側前方の奥。二十メートルは離れた場所だった。大きな反応が二つ。それも動物のものではなく、明らかに人らしき反応がそこにあったのだ。

巡回兵だろうか。瞬間、そう思ったミラであったが、どうにも違うようだと気付く。

生体反応を観測している最中、範囲外から現れたもう一つの反応が、その二つと合流したからだ。

新たに現れた反応。それは、明らかに巡回兵の動きとは違っていた。まるで先程のミラと同じように、何かから隠れ潜むような動きでやってきたのだ。そして合流してからも、どこかへ移動する様子はない。

仲間同士のようだ。この三人は、いったい何者なのか。こんな夜遅くに、このような目立たぬ場所で何をやっているというのか。

（もしや、コソ泥じゃろうか）

昼は賑わうが、夜は驚くほど静まり返る公園。その周囲には、国の施設や貴族などの富裕層が暮らす屋敷が並んでいる。そんな只中にある目立たぬ場所で、こそこそと集まる何者か。

ミラは自分の事を棚に上げ、こんなところで怪しい奴らだと三人に目を付けた。

そっと小屋の陰からそちらを覗いてみるが、やはり暗くて何も見えない。また距離もあるため、どのような会話をしているのかもわからなかった。

(ここは、あれの出番じゃな)

他にも色々と可能性はありそうだが、状況と雰囲気で三人を悪党だと決めつけたミラは、本格的に行動を開始する。

知人友人が治める国で、その闇に潜み悪事を企てる輩を、どうして放っておけようかと。

そう意気込みを新たにしたミラは、目立たぬように小屋の陰に引っ込んで、こっそりと召喚術を発動する。

浮かび上がった猫の目模様の魔法陣から登場したのは、黒い忍び装束を着込んだケット・シーの団員一号だ。

「服部《はっとり》にゃん蔵、ここに参上ですにゃ。にんにん」

いつもどこで仕入れてくるのか、忍者スタイルの団員一号、もとい服部にゃん蔵は、印を組むかのように両手を合わせたポーズで決めてきた。ただ、正確に印を組めるような指はないため、一見した限り、それはただのお願いポーズにしか見えなかったが。

「さて、服部にゃん蔵よ。実は向こうの方にじゃな――」

いつもながら、緊張感が緩む召喚だ。そう感じつつも気を引き締め直して、ミラは状況を簡潔に伝えたのであった。

「――という事でのぅ。きっと何らかの悪事を企てているはずじゃ」

人の気配のない公園の片隅に潜む三人組について、そう自信満々に話したミラ。対して服部にゃん蔵は、「それは確かに怪しいですにゃ。事件の臭いがびんびんですにゃ」と同意の言葉を口にする。

「そこでじゃ。これからお主には、気付かれる事なく目標に近づいてもらう」

ミラは、そのまま作戦概要を説明した。といっても内容は複雑なものではない。

服部にゃん蔵の仕事は、三人組に気付かれないよう、会話が聞こえるところまで近づく事。ただ、それだけであった。

ミラは今回の作戦を利用し、塔で過ごしていた頃に特訓していた《意識同調》の次なる段階、聴覚の共有を試すつもりだ。隠密技術に優れた服部にゃん蔵が対象に近づき、その耳を介して情報を盗み聞くという方法である。

この盗聴方法ならば直接声を聞けるため、報告よりも詳細に内容を把握出来る。更に服部にゃん蔵自身は、聞く事ではなく周囲への警戒に集中出来るため、より隠密性が増すという利点もあった。

「さあ、服部にゃん蔵よ。頼んだぞ」

「委細承知、ですにゃ」

ミラが指示を出すと服部にゃん蔵は、それこそ闇に紛れるかのように姿を消した。なんだかんだいって、流石の隠密技術である。だが、少し目を凝らしてみると、行く手に、白い何かが揺れているのが見えた。

プラカードだ。［隠密行動中］と書かれたそれが、闇の中で僅かな光を受けて浮き上がって見えているのだ。

その事をミラが伝えると、服部にゃん蔵は慌てたようにプラカードを引っ込めた。だが、少しして再びプラカードを背負う。そこには、黒地に白い文字で同じ事が書かれていた。どうやらプラカードを背負わないという選択肢は無いようだ。

そんな無駄な事をしている間にも、しっかりと歩を進めていた服部にゃん蔵は、いよいよ三人組の声が聞こえる範囲内にまで到達した。

ミラは小屋の陰に身を潜めたまま意識を集中して、服部にゃん蔵に同調させていく。特訓の成果もあり、同調するまでにかかる時間は三秒ほど。もう慣れたものであり、その耳を介して三人組の声が聞こえてきた。

「――お前もかよ。なあ、本当に『ミコ』なんているのか？」

「いるってんだから、こんな事になってるんだろ」

「でも、ここまでして情報の一欠片もないとか、どうなってるんだろうね」

その三人組は、声からして男のようだ。それなりに警戒はしているようで、その声量は小さく、囁《ささや》く程度の話し声だった。

しかしながら服部にゃん蔵の耳は、そんな声でも拾えてしまえるほどに鋭く、続く言葉も全てがミラに伝わっていた。

三人組が話す内容。途中からではあったが聞けた範囲からして、その目的は『ミコ』と呼ばれる人物のようだ。

はて、その『ミコ』という人物を見つけてどうするのだろうか。会話を聞き続けてみると、ニルヴァーナという情報以外に何もないだとか、容姿ばかりか名前も年齢も男か女かすらもわからないだとか、それでいて期限が短いなど。三人は愚痴のような言葉を零し始めた。

「せめて、もっと人数をよこしてほしいよな。なんで俺達だけなんだよ。重要な任務なんだろうに」

「仕方ないだろ。人数を増やせば、それだけ気付かれる率も上がる。しかも今は闘技大会とやらで監視の目が増えているときたもんだ」

「ああ。ついでに、ここはあのニルヴァーナだ。気付かれた挙句に十二使徒が出張ってきたら、組織にまで影響が及ぶぞ」

仕事がさっぱり上手くいっていないようで、不満の言葉ばかりが増えていく三人。ただ、そんな会話の中に、彼らが何者なのかに関する言葉が出てきた。

「しっかしよ、その『ミコ』ってのを始末する以外に、なんか方法はないのかね」

「あらゆる手段を試して、どうにもならなかったから俺達に任務が下ったんだろうよ。『ミコ』の能力は最悪過ぎるってな」

「確か、未来を見通す能力、だったか。そのせいで全ての取引を潰されたから、ボスは相当にご立腹だ。失敗すれば、俺達の首もどうなる事か……」

そんな話を交わしては、面倒な役目を押し付けられたものだとため息を吐く三人。

（これはまた、コソ泥どころではなかったようじゃな……）

公園内の目立たぬ場所で見つけた、怪しげな男達。初めは金持ちの家を狙う泥棒か何かだと睨んだが、そうではないと話の内容からわかる。彼らは、何かしらの組織に属する暗殺者だったのだ。

ニルヴァーナに存在する、『ミコ』という存在。その者は未来を見通す能力を持ち、その能力でもって彼らの属する組織が関係する取引の全てを、ことごとく潰した。結果、組織より暗殺者を送り込まれたわけだ。

だがニルヴァーナもさるもので、暗殺者達は『ミコ』の所在を特定出来ていない。と、三人の愚痴から判断出来た現状は、そういったものだった。

（ふーむ……。なるほどのぅ。しかしまた、『ミコ』とはなんじゃろうな……）

三人組の事情は、わかった。ただ一つミラが気になったのは、『ミコ』という存在だ。三十年前のニルヴァーナに、そのような能力を持つ者はいなかった。では、いったい何者なのだろうか。

そんな事を考えるも、やるべき事は決まっている。そこにいるのは、『ミコ』とやらの命を狙う暗殺者だ。となれば、このまま捨て置く事など出来ようはずもない。

と、ミラが三人の確保を決めたところだ。愚痴を吐き出し終えた男の一人が、それを口にした。

「とにかく今日は一度戻って、ボスに報告した方が良さそうだな。これだけ調べて、とっかかりの欠片すら見つからないんだ。方法を変えられないか相談しよう」

その言葉からして、どうやらどこかに彼らの隠れ家があり、そこにはボスと呼ばれる者がいるようだ。

残りの二人は、またどやされるだとか、もう一日粘ってみようだとか言っては難色を示す。彼らのボスとやらは、かなり恐ろしい人物のようだ。

(これは、隠れ家にまで案内させた方が良さそうじゃな)

この場で三人を捕まえるより、尾行して隠れ家を特定し、そこにいるボスとやらも一網打尽にしてしまうのが良さそうだ。

そう考えたミラは、ここで《意識同調》を解いた。そして素早くロザリオの召喚陣を展開して、静寂の精霊ワーズランベールを召喚する。確実に、隠れ家まで尾行するためだ。

「というわけで、気配遮断と光学迷彩を頼んでもよいか」

召喚するなり、そう頼むミラ。これもまた特訓の成果により、以前とは違って同時に二種類の効果を発動出来るようになった。そのため、より隠密性が増したその能力は、厳しい時間制限のある完全隠蔽《いんぺい》に頼らずとも活躍の場を広げる事を可能とした。

「えっと、わかりました」

そう答えたワーズランベールは、素早く隠蔽領域を展開する。そしてその後、「それで、どのような状況でしょうか？」と、真っ暗な公園を見回しながら口にした。

「おっと、そうじゃったな──」

塔で《意識同調》の特訓中に判明した事だが、その間、見学している精霊王とマーテルには、何も伝わらなくなるようだ。

よって先程までミラが聞いていた会話は実況中継されておらず、ワーズランベールは状況を把握していなかった。

そんな彼に状況を簡潔に説明しつつ、ミラは服部にゃん蔵と合流する。

「成果を挙げられないまま、時間が過ぎたら同じ事だ。今ならばまだ、多少仕置きされる程度ですむかもしれないぞ。それにボスは、報告と連絡について特にうるさいからな。先延ばしにしたところで意味はないだろうよ」

何やら、まだ隠れ家に戻るか戻らないかで揉めているようだ。三人のうち二人は、余程ボスに会うのが怖いらしい。

(そんなのはどうでもよいから、とっとと案内せぬか)

暗殺者の三人がボスとやらにどんな仕置きをされようと、どうでもいいミラは、なかなか動き出さない三人にやきもきする。

「わかった。じゃあ、こうしよう」

暫くして、初めに帰ろうと言い出した男が妥協案を口にした。二人はいるだけでいい、報告は自分だけですると。

その様子からして、どうやら彼は二人の先輩的な立場のようだ。矢面に立つと言った先輩は、なんと後輩思いなのだろうか。しかし暗殺者である以上、ミラの心に赦しは一切生まれなかった。

そうして話もまとまり、移動を開始した三人組。それを付かず離れずの距離で追うミラとワーズランベール。更に空ではポポットワイズが目を光らせていた。決して逃れられないだろう、完全な布陣である。

と、それとは別の方向へと駆けていく影が一つ。服部にゃん蔵だ。彼は新たな任務のために、まったく別の方角、街の中心地となる王城へと向かっていた。

その目的は、ニルヴァーナの友人に暗殺者の件を伝えるためだ。

特別な能力を持つ、『ミコ』という存在。それを煙たがる組織と、送り込まれた暗殺者。事は国家にかかわる規模の案件だ。

そこへ接触しに行くならば、話を通しておくのが筋というもの。

だからこその服部にゃん蔵だ。彼は今、ミラの言伝《ことづて》ともう一つ、勲章を託されていた。それはソロモンより叙勲されたものであり、ソロモン直属である事を証明する代物だ。

王城という場所に、しかも夜にやってきたへんてこなケット・シーであろうと、その勲章があれば無下にされはしないだろう。そして知人である彼ら彼女らならば、必ず服部にゃん蔵の話を聞いてくれるはずだ。

そうして話を通しさえすれば、多少暴れたところで、きっとどうにかしてくれる。そうなれば思う存分に、暗殺者達の隠れ家を襲えるというものだ。

新しい技の実戦投入を目論むミラは、どれから試してみようかとほくそ笑みながら、夜の街を往く暗殺者達を尾行する。

ワーズランベールの力はやはり秀逸であり、三人に気付いた様子は一切なかった。


尾行を続ける事、二十分ほど。新市街の路地裏を進んでいたところで、暗殺者達に動きがあった。不意に周囲を警戒し始めたかと思うと、隠れるようにして屋敷の敷地に身を滑り込ませたのだ。

（どうやら、ご到着のようじゃな）

様子からして、その屋敷こそが彼らの隠れ家なのだろう。しかも《生体感知》で調べると、二十人以上の反応があった。なかなかの大所帯のようだ。

三人の暗殺者から十メートル程度離れた場所にいたミラとワーズランベールは、素早くその後に続き、屋敷の敷地内に踏み込んでいく。なお、ポポットワイズは、屋敷が見える高い位置で待機だ。

（随分と立派な屋敷じゃのぅ）

敷地内は広く、塀から屋敷まで二十メートルもの距離があった。しかもその間には遮蔽物が一切なく、塀を越えて侵入しようものならば直ぐに見つかってしまうだろう造りだ。

だがワーズランベールの力の前に、それは無意味というもの。三人の後に続き、易々と玄関前にまで到達。鍵はかかっていなかったため、一時的に完全隠蔽に切り替えるという方法で、そこから堂々と屋敷の中にまで入り込む事に成功した。

「あ、戻ったんですね。どうでしたか？」

「さっぱりさ。これからボスにどやされてくるよ」

「ありゃ……そうでしたか。無事を祈ってます」

「ああ、ありがとう」

暗殺者の三人は、この屋敷内で相当な地位にあるようだ。どこかへ向かう途中で出会う者達が頭を下げては挨拶して、一言二言交わしていく。そして気付く事なく、ミラ達の傍を通り過ぎていった。

敵陣の中にあっても、ここまで気付かれない静寂の力。それはひとえに、このような事が出来る静寂の精霊という存在が、ほぼ知られていないからこそであるだろう。

そうして屋敷の奥へ奥へと進んだところで、物置と思しき部屋に辿り着いた。雑多なものが、それこそ雑然と置かれた部屋だ。

「じゃあ、いくぞ」

「はい」

「酔いつぶれてますように……」

そう言葉を交わした後、暗殺者のリーダーが部屋の隅にある獅子の像の口に手を入れた。するとどうだろう、カチリという小さな音と共に床が開いていったではないか。

（また、隠しなんちゃらか。こういう屋敷には標準装備されておるのじゃろうか）

ところどころで、こういった仕掛けを見てきたミラは、そんな感想を抱きつつも更に三人の後を追おうとした。だが、そこでワーズランベールより待ったがかかる。

「ミラさん、そろそろ時間です」

「おっと。では一先ず、ここらに潜む事にしようかのぅ」

ワーズランベールの言葉を受けて、ミラは三人の後を追うのを中断し、部屋の隅の物陰に身を潜める。そして、隠蔽効果を中断してもらった。

ワーズランベールが言っていた、時間。それは、静寂の力の同時発動が可能な時間の事だった。極めて優秀で便利な能力ではあるが、やはり相応の制限、そして弱点というのが存在する。

同時発動については、現在、三十分弱ほどが持続限界。改めて使うには十分程度のインターバルが必要となっていた。

この隠し通路の先だが、《生体感知》で調べたところ、先程の暗殺者を含め十人ほどが確認出来た。その中には、ボスとやらもいるのだろう。相当な手練《てだ》れだとすると、光学迷彩だけでは看破される恐れが強い。

また、相手に仙術士などの索敵に優れた能力を持つ者がいた場合、何かが隠れていると察知された時点で、所在がバレたも同然となる。

同じように《生体感知》などで気付かれてしまうからだ。ゆえに、その切っ掛けを与えないよう、光学迷彩と気配遮断の同時発動は必須なのだ。

「暫し、様子見じゃな」

同時発動が充分可能になるまで、《生体感知》で下の動きを探りつつ待つ。

三人の反応が向かった先にある、もう一つの反応。きっとそれがボスなのだろう。反応だけでは詳しくわからないが、三人との対比から随分と大きな身体をしているのはわかった。

と、そうしていたところで、王城に向かった服部にゃん蔵より連絡が入った。

〈13〉


『お館様、万事、つつがなく完了しましたにゃ』

服部にゃん蔵からの報告。その流れは、こうだ。

何事もなく、無事に王城前に到着。その後、攻略し甲斐のある城を前に昔の血が疼《うず》き潜入を試みたところで、有無を言わさず警備兵に御用となる。だが尋問官に突き出されたところで、ようやく勲章を見てもらえ事なきを得た。

少しして、十二使徒エスメラルダとの接触に成功。暗殺者の件について、先程全て伝え終わったとの事だった。

『何やら途中で必要のないくだりが入っておるが、まあ良い。ご苦労じゃったな』

王城に着いたら、警備兵に勲章を見せるだけで済んだはずが何をやっているのか。そう苦笑しつつも、それ以外は予定通りであるため、ミラは深く追及せず更に続きを促す。それで、国側はどのように動く予定になっているのかと。

『そうでしたにゃ。制圧部隊を送り込むと言っていましたにゃ』

『むぅ、制圧部隊か』

服部にゃん蔵の話によると、現在、大急ぎで制圧部隊の編成が行われているそうだ。そして準備が出来次第、服部にゃん蔵の案内で、ここまで来るとの事である。

その報告に少し不満気なミラ。出来る事なら、そのまま制圧してしまえというゴーサインが欲しかったからだ。

今すぐに動く事が出来なくて残念だが、ここは彼らの国であるため仕方がない。

『にゃにゃ、それともう一つありましたにゃ。こちらの部隊が到着する前に逃げ出す素振りがあったにゃら、先に制圧してほしいという話ですにゃ』

付け足すように、そう続けた服部にゃん蔵。その内容からして、やはり向こう側にミラの正体はバレているとわかる。

Aランクとはいえ一介の冒険者相手に、暗殺者達の隠れ家を制圧しろなどという注文などするはずもないからだ。

そこにいるのが九賢者の一人、『軍勢のダンブルフ』であるからこそ出来る無茶な要望だ。だがそれはミラにとって期待していた返事であった。

『ふむ、わかった。その時はそうすると伝えておいてくれ』

ほくそ笑みながら答えたミラは、どうやって、その素振りをでっち上げようかと思案し始めた。

こっそり、ダークナイトを暴れさせてみようか。アルフィナ達を目立つところに配置して、圧力をかけてみようか。静寂の力を応用して、怪奇現象でも演出してみようか。などなど、少しでも可能性のありそうな方法を模索する。

と、そんな事を考えていたところだった。

『誰かがお屋敷に入っていったのー。凄く走っていたのー』

外で見張っていたポポットワイズから、そんな報告が入ったのだ。走ってきたという事からして、何か急ぐ理由でもあったのか。

屋敷に入る際、慎重な様子だった三人を思い出しつつ、その違いに疑問を抱くミラ。

すると、その数秒後だ。どたどたと慌ただしい足音と共に、男がミラの隠れている部屋に飛び込んできたのだ。きっとポポットワイズが報告してきた男だろう。

(おっと、こやつの事じゃな。ここまで一直線に来たという感じじゃのぅ)

何をそこまで急いでいるのか、大きく息を乱した男は、それでもなお急かされたように隠し階段の仕掛けを操作し、またドタドタと駆け下りていった。

(ボスのところへ一直線じゃな)

その動きを《生体感知》で追跡したミラは、男が先程の三人と同じ部屋に勢いよく入っていくのを確認する。それほどまでに急ぎで報告する事でもあったのだろうか。

いったい、どのような状況になっているのか。そろそろ地下に侵入しようか。そうミラが思い始めたところで、またも動きがあった。

先程の男が取って返し、地下から飛び出してきて、「急いで荷物をまとめろ！　制圧部隊がここにくるぞ！」と、言い回り出したのだ。

（これはまた……もしや向こうに間者でも紛れておったのか？　情報が早いのぅ）

服部にゃん蔵から、ちょくちょく入る中間報告によると、制圧部隊は今ようやく編成が整ったところだという。まだ、城を出発してはいない状態だ。

それでも、男が制圧部隊の出動を知っているという事は、内部の情報が流れていると考えられる。

（まあ、その辺りは、あ奴らの問題じゃからな）

ニルヴァーナ国内のそういった事情は、ニルヴァーナのお偉いさん方に任せておけば良い。

だが代わりに頼まれた通り、逃げる素振りを見せたこの暗殺者集団は責任を持って制圧しておこう。

そう大義名分を得たミラは、早速とばかりに行動を開始した。

手始めに《意識同調》でポポットワイズの視覚を共有したミラは、ここで再び、塔で続けていた訓練の成果を遺憾なく発揮した。

召喚術を発動するために必要な要素の一つである、召喚地点。これまでのミラの場合、自身を中心にして目で見える一定の範囲内ならば、どこにでも配置出来た。

だが今は、その基礎に更なる磨きがかかっていた。特訓により、《意識同調》を併用しての配置を会得したのだ。

これによりミラは屋敷の中に潜みながらも、ポポットワイズの視界を介して屋敷の外に召喚地点を配置可能となった。そして次の瞬間、四十五体ものホーリーナイトと、五体の灰騎士によって、屋敷の包囲を成功させる。

(おーおー、早速獲物がかかりおったな)

余程身軽だったのだろう、簡単な荷物だけを手にして一番に飛び出してきた男が一人。だがその者は、直後そこで待ち構えていたホーリーナイトの痛烈なシールドバッシュにより屋敷内へと弾き返された。

その数瞬後に強烈な衝突音が響く。

ポポットワイズに見える位置まで移動してもらったところ、男が壁に激突したのがわかる。ぐったりと倒れ、完全に気を失っているようだ。

かなりの衝突音だったためかゾロゾロと人が集まり、倒れた男を見て、次に開いた扉の向こうに佇むホーリーナイトを見た。

その直後、火が点いたように騒ぎが広がる。

「どういう事だ！　もう来ているぞ！」

「まだ、到着するまで時間があるんじゃなかったのか!?」

「嘘だろ。既に囲まれているじゃないか！」

どうやら彼らは、ホーリーナイト達を制圧部隊と勘違いしたようだ。どうやって逃げればいいのかと騒ぎが広がる中、先程屋敷に駆け込んできた男に対しての糾弾が始まった。

「そんなはずは……。俺は情報を掴んで直ぐに来た！　まだ、時間に余裕はあったはずだ！」

「じゃあ、もう敷地内にいるあいつらはなんだ！　抜け出す隙間もないじゃないか！」

そう言い争う中、まだ出発前であるはずだと主張する男は、そこでホーリーナイトの姿を目にして、その顔を驚愕に染めた。

「なんだ、あいつは……あれは制圧部隊じゃない……。あんなの、ここの軍部で見た事がないぞ……」

どうにか隙間を突こうとする者、果敢に挑み強行突破を図る者。屋敷から逃げ出そうとした者は皆、ホーリーナイトの手によって悉《ことごと》く叩きのめされていった。

しかし、事はそれだけで終わらない。逃げ場を塞いだまま五体の灰騎士が、それぞれ屋敷へと進入していったのだ。

追い詰められて反撃に出る者、立ち竦む者、奥へと逃げ出す者。その全てが一人、また一人と、灰騎士の手で打ちのめされ地に伏せていく。

見知らぬ騎士。急を告げた男もまた、その存在相手に為す術なく、仲間達と同様に一瞬で意識を刈り取られていた。

(さて、後はこっちじゃな)

屋敷の表は問題なさそうだ。となれば後は、地下に潜む者達を一網打尽にするだけだ。

そう判断したミラは《意識同調》を切り、部屋の隅にある獅子の像の口に手を突っ込んだ。そして指先に触れた小さな輪っかを引っ張る。すると隠し戸が開き、地下へ進む階段が現れた。

「では、行くとしようか」

「ええ、参りましょう」

そう簡潔に言葉を交わしたところで、ワーズランベールが光学迷彩と気配遮断を同時に発動させる。それを確認したミラは、いよいよとばかりに地下へと足を踏み入れていった。

暗殺者達の隠れ家の地下は長い廊下になっており、ところどころに扉があった。その数からして最低でも十の部屋はありそうだ。

ただ、何よりも目についたのは、その絢爛《けんらん》さだ。きっとこの地下は、幹部クラスの者達の専用となっているのだろう。廊下でありながらも、ちょっと置かれた調度品は、貴族邸のそれと大差ない輝きを放っている。

（これはまた、贅沢しておるのぅ）

それらは全て、ここにいる暗殺者達の所有物だろう。だからこそ制圧後の処遇は、だいたい決まっている。この屋敷は国によって封鎖され、こういった貴重品は、そのまま所有者無しとなり国庫へと接収されるのだ。

ならば一つや二つくらい貰っていってもいいのではないか。今後、家具精霊などを探すために色々と入用になるのだから。

と、そんな事を考えたミラであったが、寸前で思い留まった。どんな理由があっても、結局は泥棒だとわかっているからだ。

（まっとうに稼いだ金だからこそ、誠実に向き合えるというものじゃ）

売ればきっと、一千万リフは下らないはずだが、そんな贅沢な調度品の誘惑を断ち切ったミラは、褒賞金くらいもらえないかなと思いながら地下室の様子を探っていった。

「おいおい、イッカク。そんなのまで持っていく気かよ」

「別にいいだろ、気に入ってんだ。そういうナナツメこそ、宝石亀の甲羅とか正気か？」

廊下の途中、隙間の空いた扉の向こう側から、そんな声が聞こえてきた。

覗いてみると、そこにはあまり趣味がいいとはいえない壺を抱えた男と、呆れた顔をした男の姿があった。しかも、その二人ともが不気味な仮面をしている。これもまた趣味がいいとはいえない仮面だ。

上の屋敷は現在、ミラの召喚した武具精霊によって阿鼻叫喚の大騒ぎとなっているが、地下は随分と落ち着いた様子だ。

枕が替わると寝られないだとか、もうすぐ芽を出す予定だとか、出来るだけ金目のものをだとか。

別の部屋も覗いてみたところ、誰もが随分と余裕をもって撤退準備を進めているのがわかる。

もしや、上の状況が伝わっていないのだろうか。そう思ったミラだったが、そうではないようだ。

「予定よりも随分と早いご到着だが、まあ問題はなさそうだな」

「ですね。ここに気付くには、まだまだかかるでしょうし」

廊下の一番奥。大きな広間に、一人また一人と集まってくる幹部達。その中の二人が、そんな言葉を交わしていた。上がどうなろうと、自分達は逃げられる。そう信じて疑わない態度と意思が、そこからは感じとれた。

言葉通り、通常ならば地下に本命の隠れ家がある事に気付くまで、さらに隠し階段を開く方法を暴くまでに相当な時間を要した事だろう。そして、その時間があれば、十分に逃げられる備えも確かにここにはあるようだ。

また、その会話からして、彼らが幹部クラスである事も間違いないと判明した。

幹部達は全員、それぞれが仮面をしており、その仮面の特徴で呼び合っているという事もわかる。

（ふーむ……。やはり秘密の地下室じゃからな。どこかに逃げ道くらいは用意してあると思うたが……どうやらこの部屋らしいのぅ）

そっと部屋に侵入したミラは、隅っこの方に潜んで様子を窺う。隠し通路から一人も逃がさないため、そして一網打尽にするために、残りの幹部が集まるのを待つ構えだ。

と、そのように観察する中、幹部達の装備や身のこなし、そして身体を覆うマナの質などから幾らかの力量を量る事が出来た。

実際に戦ってみなければ詳細まではつかめないものの、幹部が揃っているだけのことはある。全員が最低でも上級冒険者に匹敵するか、それ以上だとわかった。

そうしてミラが敵の分析をしていたところ、部屋の奥で動きがあった。

そこにいたのは、先程尾行させてもらった暗殺者の三人、暗殺者A、B、Cである。彼らは、ここのアジトのボスであろうガリディア族の男の指示で壁紙を剥がし始めた。

「あ、このレバーですね」

「早く逃げましょう！」

三人が何をやっているのか。その理由は直ぐにわかる。壁紙を剥がしたところにあった窪みに、何やらレバーらしきものがあったのだ。

きっと、秘密の逃げ道を開くためのものだろう。見るとその三人は幹部とは違うのか落ち着かない様子で、レバーの近くに寄っていく。

「いいか、まだ引くなよ」

そんなA、B、Cに忠告するボス。なんでもレバーを引く事で逃げ道の扉は開くが、それから三分ほどで入り口が崩落する仕掛けになっているそうだ。

よって全員が揃ってからでなければ脱出は出来ないとボスは言う。

（ふむ……三分経ったら、追跡は困難というわけじゃな）

その仕組みのお陰で、個別に逃げられる事はなくなった。実に好都合だ。そう、にんまりと笑ったミラは、残る幹部が集まるのを待ち、絶好のタイミングが来るのを虎視眈々《こしたんたん》と窺った。

「俺にも操者の腕輪さえあればな」

「一度剥奪されたんだろ？　なら諦めろ」

そうしているところに、大きな荷物を抱えた者達が一人また一人とやって来る。余程、残していく高級調度品に未練があるのか、その愚痴は止まらない。だが、やはり制圧部隊を相手にするのは不利と判断したようで、逃げの一手に注力していた。

「とりあえず入り口を塞いできたが、上はもう大惨事だったぞ。制圧部隊の戦力が話に聞いていたよりずっと酷い。特に中まで侵入してきた灰色の奴が、とび抜けていた。前に報告上げた奴は誰だよ、まったく」

部屋に入るなり、そんな愚痴を零し始めたのは、どこか知的な印象のある男だった。実際にどうかはわからないが、いうなればボスの右腕とでもいった雰囲気を醸し出している。

「到着の早さに加え、戦力の差か。どうも我々は、奴等に偽の情報を掴まされていた、というわけだな」

静かに、だが忌々し気な怒りを顔に浮かべたボスは、「この借りは、必ず返してやろう」と続け不敵に笑う。そして右腕の男もまた、「私達を本気にさせた事、後悔させてやりましょう」と答え、口端を吊り上げた。

(すまぬな。きっと本来は、その話に聞いていた通りの制圧部隊だったはずじゃ)

ミラが召喚した武具精霊達の事を、制圧部隊だと勘違いしている幹部達。「次は、容赦なくやってやりましょう」だとか、「今度は、俺が偵察に行きますよ」などとか言って、次の作戦計画について盛り上がる。

(再びすまぬな。お主達は、ここで終いじゃ)

待たせてすまないと言って男が部屋にやってきた。それが残る最後の幹部だったようだ。ボスが「では、脱出だ」と告げ、レバーを引くように指示を出す。

念のため《生体感知》で確認したところ、確かに地下にいる全員が、この部屋に集合しているとわかる。

条件は整った。いよいよ動く時がやって来たと張り切るミラは、部屋の全体を見回してから、そっと扉を開いた。

「ん？　なんか独りでに扉が開いたような……」

全員の視線がレバーを引く三人に集中していた瞬間、極僅かな音を聞き分けた男が振り返る。そして、僅かに隙間が出来ている扉を見て疑問を抱いた、その直後。

（そーれ、わしからのプレゼントじゃ）

ワーズランベールと共にするりと扉から外に出たミラは楽しそうに微笑みつつ、手にした複数の魔封爆石を部屋の中へと放り込んだ。

「なんだ!?」

光学迷彩の圏外に出た事で可視化した魔封爆石。それを真っ先に目にした男の困惑した声が響いた瞬間、何事かという他の声の全てを打ち消す轟音が響き、ずしんという大きな振動が地下室全体を揺らした。

〈14〉

「どれどれ……効果のほどは如何《いかが》なものじゃったか」

現場に踏み込むに際してスタングレネードを投げ込む特殊部隊の如く。それを魔封爆石で再現したミラは、再び扉を開いて中の様子を確認する。

まず初めに、ことごとく砕け散った調度品や、まとめられていた荷物が散らばっているのが目に入った。次に見えたのは、レバーの前で倒れている暗殺者のA、B、C。

今回使った魔封爆石は、スタングレネードのような優しいものではない。相手は実力のある暗殺者であるとわかっていたため、それなりの威力を持った石ばかりを初手から大盤振る舞いだ。

しかし、その爆心地にありながら、ゆらりと立ち上がる者が一人、また一人。そう、直撃を受けたにもかかわらず、ボスを含め、ほとんどの幹部達が軽傷で耐えきっていたのだ。

ただA、B、Cに加え、ボスの右腕と思しき男だけは完全にノックアウト出来たようで、起き上がる素振りは見られなかった。

（ほう……あれを耐え抜いたか。やはり只者ではなさそうじゃな……）

ニルヴァーナという大国に潜り込んでいる暗殺者集団。その幹部だけあってやはり精鋭揃いのようだ。ミラは扉の隙間から顔を覗かせて注意深く状態を探る。

「その入り口にいる奴、これは貴様の仕業か？」

幹部達も相当だが、ボスは更に実力が上らしい。防御の姿勢を解くと、扉から中を窺うミラにギロリと刺すような眼差しを向けてきたのだ。

魔封爆石を投じた際に切れた隠蔽効果は、扉の陰に隠れた際に掛け直していた。その効果は確かで、幹部連中はボスの視線を辿りながらもミラの事を認識出来てはいない様子だった。

だがボスは、完全にミラの事を捉えているように見える。室内に入ったミラの動きまでも、じっと目で追っていた。

(感知能力もまた優れておるようじゃな……。もう隠れているのは無理そうじゃ)

仕方がない。そう判断したミラは隠蔽を解除して、その場に姿を現した。

「なに……!?」

「いったいどこから!?」

誰もいなかった場所に、突如として少女が出現した。目の前で起きたその状況にざわつく幹部達。

そんな中、ボスは一歩二歩と前に出て、不機嫌そうにその表情を歪ませた。

「小娘とはな。貴様、何者だ」

その稼業ゆえに敵も多いボス。だからこそ奇襲など日常茶飯事なのだが、やってきたのが少女とあって不快な表情をみせる。

それは少女をこのような場に向かわせるなど人として、というものではない。少女を送ってくるなど舐められたものだ、といった感情だ。

「さて……何者じゃろうな」

ミラはただ不敵な笑みを浮かべたまま、とぼけてみせた。

悪を成敗するためにやってきた、正義の召喚術士である。などとラストラーダのようにヒーローを気取りつつ召喚術を見せつける事も考えたが、相手は暗殺者。利があるとは思えず、言葉を呑み込んだ。

「賞金稼ぎ……というわけではなさそうだな……。となれば状況からして制圧部隊の尖兵といったところだが、お前のような者がいるとは聞いていない。だが上の様子からして、あの時の調査報告も正確かどうかわからん。まったく、思った以上に面倒な国だ」

ミラをじっくりと観察するように見据えたボスは、ニルヴァーナの情報操作にしてやられたと苦笑し、その顔に怒りを浮かべていく。

実際には、調査員は十分な仕事をこなしていたはずだが、上で暴れる武具精霊らによって情報が完全に錯綜している様子だ。

「ともあれ、ここを暴いた事は褒めてやろう。その潜伏の技術は見事だった。あの一撃までは気付けなかったぞ。だが、功を焦ったか？　あれは愚策だったな。ただ貴様の存在を俺に知らせるだけに終わったのだから」

よもや、隠れ家の中枢にまで入り込まれているとは。ミラを注意深く睨みながら、そう言葉を続けたボスは、そのまま大人しくしていればよかったものをと笑う。

事実ボスだけでなく、ほとんどの幹部は健在のまま。ミラ側は、圧倒的に数で不利な状態にあった。対して当のミラはといえば、そんなボスの言葉を受けながら、まったく別の事を考えていた。

(はて……どうやらこやつは、わしが誰なのか気付いておらぬようじゃな)

ここ最近、街を歩けばそこそこに精霊女王だと気付かれ、またそうではないかと囁かれる事が多かった。

だがボスも含め、幹部達もまたそれに気付いていない気配だ。精霊女王の、せの字すら出ないだけでなく、制圧部隊の尖兵だと思われているほどである。

このような地下に篭っているから、昨今の情報に疎いのだろうか。と、そんな予想を立てていたミラだったが、その中でようやく原因を思い出した。

(あ、そうじゃった。そういえば変装しておったわい)

髪を染めて眼鏡をかけて服も着替えているため、今はただ可愛いだけの町娘風だ。見た目の方向性は噂に上がる精霊女王に似ても似つかないため、気付かれないのも当然といえる。

そして、だからこそ彼らは、ミラがどのような術を得意とするのか見当もつかないはずだ。

「ふっふっふ。このわしを甘く見てもらっては困るのぅ。制圧部隊の潜入員兼、黒髪の切り込み隊長とは、わしの事じゃ！　全員大人しくお縄につくがよい！」

勘違いしてくれているのなら都合がいい。そのまま制圧部隊の一人だと自ら騙《かた》ったミラは、挑発するように幹部達を見回した。

「ふん……潜入と切り込み、か。大層なお役目だな。しかも、こんな状況に陥りながら随分と気丈に振る舞えるものだ。肝が据わっているのか、ただの強がりか。たかが小娘一人で、よくもまあここへきたものだ」

堂々とした態度のミラを見据え、こちらもまた余裕の表情を浮かべるボス。仲間の力と、何よりも己に相当な自信があるようだ。そして確かに彼の能力は、幹部達よりも頭一つ抜きん出ていた。

「いや、違ったな。一人……――」

瞬間、ボスはミラより少し離れたところを睨みつけると、その視線の先に向けて拳を突き出した。するとマナが渦巻き、同時にそれは衝撃波となって、その先を貫いたのである。

「おっと、これは……！」

そう声を上げたのは、ワーズランベールだった。強烈な破壊音が響き壁に亀裂が走るその傍には、大きく回避行動をとる彼の姿があった。隠蔽効果を解除したのはミラだけであり、彼はまだ隠れたままだった。だが、ボスはそれを見破っていたのだ。

「――一人ではなく、二人。どのような力で姿を隠していたのかはわからんが、機会を狙って仕掛けるつもりだったのだろう？　それがお前達の切り札といったところか？　だが残念だ。俺には通じんぞ」

瞬く間に数人の幹部達に包囲され、見つかってしまいましたとしょぼくれるワーズランベール。その様子を眺めて、にやりと笑うボス。

「ふむ……流石は暗殺者共の頭といったところか」

彼《か》の者の実力は本物だった。きっと、そこらのAランク冒険者では相手にならないだろう。その強気な発言もまた納得出来るというものだ。

ただ先程のやり取りで、ボスが仙術士である事が判明した。

放たれた一撃は、《衝波》。そして隠れていたワーズランベールを見破ったのは《生体感知》によるもので間違いない。見た限り、そのどちらもかなりの練度だった。

「大人しくするというのなら、苦しまず楽にしてやろう。だが抵抗するというのなら……後悔する事になるぞ」

ジャマダハル――刃の付いた拳打武器を構えながらそう告げたボスの声は酷く冷たかった。これまでにも同様の仕事を作業的にこなしてきたのだとわかるほど、淡々とした声だ。

辺り一帯に、張り詰めたような殺気が満ちていく。するとそんな中、幹部の一人がふらりと前に出てきた。

「ボス、ちょっといいですかね。ここは一つ、俺に任せてもらえませんか？」

その男は、如何にも冷酷な暗殺者といったボスとは対照的に、にたにたとした作り笑いを浮かべながらミラの全身を舐めるように見つめ始めた。

「見た感じは冴えない恰好をした娘ですが、見れば見るほど美味そうな上玉ですよ、これは」

短めの棍棒を手に、実にいやらしい表情でそう言った男は、生け捕りにする事を提案する。

「ほぅ、わしの可愛さを見抜くとは、良い目をしておる。ただ、お主のような変態に見られたところで気持ち悪いだけじゃな」

一歩二歩と近づいては、足元から這い上がるような視線で見てくる男に、ミラは明らかな嫌悪を表す。しかし男にとって、そんなミラの反応もまた甘美なようだ。ますます、その表情を歪ませていった。

「つたく、まーたあいつの病気が出たよ。ああなっちまうと、誰の言う事も聞かなくなるからな」

「しかも、あのせいで俺達も同類とみられる事があるってんだから、ほんと勘弁してくれってもんだ」

幹部の一人がほとほと呆れたように呟くと、更にもう一人が同意する。どうやらこの目の前の男の変態性について、他の幹部達は快く思っていないようだ。だが、それでもここにいるという事は、彼が相応の実力を有しているからであろう。

「そうか。お前がそう言うのなら、十分な需要もあるという事だな」

変態男の言葉を受けて、そのような事を言い出したボスは、「ならば殺さずに捕らえて商品に加えるとしよう」と続けた。

すると変態男は、愕然《がくぜん》とした顔で嘆き始める。商品を傷ものにするわけにはいかないため、あの少女を存分に堪能出来ないではないか、と。

「ああ、なんてこったよ……。俺が先に目を付けたってのに……。まあ、ボスが言うなら仕方がない。けどな、せめて味見だけは俺にやらせてくれよな……」

下心剥き出しの目をしたまま、ふらりとした足取りで歩み寄ってくる変態男。下卑《げび》た笑みを浮かべながら棍棒を構え舌なめずりをする様は、変態性の塊といっても過言ではなかった。

(何とも……流石にここまで下衆《げす》な感情を向けられるのは、不愉快じゃのぅ)

多少の下心ならば、これまでに幾度も感じてきた。つい目を惹かれてしまう事だってあるものだ。そう男心を理解するからこそ多少は見て見ぬふりをしてきたものだが、いつぞやの男爵といい、ここまでくると実に不快だと、ミラは嫌悪感を露わにする。

「さて、大人しく眠ってくれよな。次に起きる頃には、全て済んだ後だ」

変態男が一際口元を歪めて、ゆっくりと腰を落とす。彼の性的嗜好は酷く歪んでいるが、その実力は確かなようだ。構えるその姿には一切の隙がなかった。

いつ、どのタイミングで動くのか。どのような手でしかけてくるのか。いやらしく笑いつつもただならぬ気配を放ち、変態男は一歩一歩と距離を縮めてくる。

油断は出来ないと注目するミラ。と、その瞬間――静かに音もなく、それでいて矢のように鋭く動く影があった。しかも完全な死角となる斜め後方よりミラに迫る。

それは確実性を重視した、彼らの策の一つ。果たして演技だったのか、それとも本物だったのか。変態男がこれみよがしにその変態性を見せつける事で、相手に嫌悪感と無視出来ない危うさを植え付ける。そうして必要以上に警戒させたところで、死角より本命が襲うのだ。

この時ミラは、これまでにないほどの嫌悪感を変態男に抱いていた。そして幹部の一人が、その心情の動きを察知し、完璧なタイミングで行動を起こした。

幹部の手がミラの首元に伸びる。しかも残り数メートルから更に加速した。そして瞬く間にミラを捕らえた——ようにみえたところで、迫った幹部の手は、その首をすり抜けていったではないか。

「なんだと……!?」

全てが完璧に整った現状において、それは有り得ないと驚愕《きょうがく》の声を上げる幹部。だがそれは確かに有り得た。彼が少女だと思い手を伸ばしたのは、幻影。《ミラージュステップ》によって生み出された虚像《きょぞう》であり、そもそもミラは油断など一切していなかったからだ。

ミラは幻影の後方、ほんの一歩下がった場所にいた。回避は少しずれた程度。ゆえに幹部の身体は今、絶好の攻撃範囲内にあった。

「残念じゃったのぅ」

そんな言葉と共に、ミラの手が獲物を失った幹部の腕を捕らえる。瞬間、幹部はそれを振りほどこうとするも、時すでに遅し。

直後、強烈な破裂音が轟き、紫の光が空間を奔《はし》った。《紫電一握《しでんひとあく》》。強烈な電撃をその身に浴びた幹部の身体は、そのままずるりと力を失うようにして床に崩れ落ち、落雷にも似た残響だけが、その場を満たした。

僅かな間を沈黙が流れる。幹部達は、ほんの数瞬で起きた出来事を前に息を呑んだ。途中までは思惑通りに進んだ。けれど、最後で全てがひっくり返った。しかも、想像だにしていなかった力を見せつけられる形でだ。

「こいつはまた、とんだお転婆だな。ますます味見をするのが楽しみになってきた」

一番に口を開いたのは変態男だった。やはり彼のそれは本物のようで、むしろ先程よりもその表情には、いやらしさが増している。

ただ、侮りがたいミラの実力も知れたからだろう、少しだけ間合いは広がっていた。

「何なら、今すぐに味わわせてやってもよいぞ？」

ミラは幹部の一人を仕留めたその手を見せつけるようにして目を細める。そして「次は誰が騙し討ちをする予定じゃ？」と、居並ぶ幹部達を見据えた。その姿には、どれだけ不意打ちをしかけてこようと叩き潰せるぞという確信がありありと見える。

その自信に満ちた表情と佇まいを前にして、幹部達の間に動揺が走った。

そんな中、前に出る者が一人。

「どうやらお前も仙術士のようだな……。それで死角からの動きにも対応出来たというところか」

変態男の肩を掴み、どけとばかりに払いのけたのはボスだった。彼は更に一歩二歩とミラに近づいていくと、そのまま視線だけを動かして戦闘不能となった幹部を一瞥する。

「しかもこの威力だ。見た目に騙されるとこうなるわけか。なるほど……尖兵とはよく言ったものだ」

ボスは僅かな苦笑を浮かべつつ、忌々しげにミラを見据えた。対してミラは、「まあ、この程度の集まりならば騙すまでもなかったがのぅ」と笑い返してみせる。

「ふん……まさかそのように見え透いた挑発をされるとはな……。だが面白い」

幹部達だけでなく、ボスを前にしながらの「騙すまでもなかった」というミラの発言。実にわかりやすい煽《あお》りだが、ボスにも相応のプライドがあったのか、あからさまな怒気をその顔に浮かべた。

「そこまで言われて、黙っているわけにもいかないな。ここは仙術士同士、一対一で勝負をつけようじゃないか」

そう提案を口にしたボスは、その証拠とばかりに幹部達に得物を置いて下がれと命じた。すると幹部達は、その命令に従い武器を捨てて下がっていく。それと同時、その言葉が本気である事を示すかのように、包囲されていたワーズランベールも解放された。

「ふむ……いいじゃろう。受けて立とうではないか」

相手は真っ当な職ではない暗殺者であるが、ここまでお膳立てされては断り辛いというもの。ただ、そもそも断る気のなかったミラは、その提案を快諾した。

広間の中心へと歩み出るミラとボス。対して幹部達は隅の方へと移動していった。ワーズランベールもまた、出入り口付近まで退避する。

そうして決闘の舞台が整い、両者が向き合う。真っ直ぐにボスを見据えて、構えをとるミラ。対するボスは余程の自信があるのか、それともミラに合わせてか、ジャマダハルを捨てて徒手空拳で構えた。

場を張り詰めた緊張感が覆う。

「おい、開始の合図だ」

ボスがそう口にすると、変態男が出て来た。そして「では、これで」と、銀貨を一枚取り出してみせる。昼のストリートファイトなどでも目にした合図のやり方だ。

変態男が銀貨をピンと指で高く跳ね上げる。それが床に落ちたところで決闘開始だ。

じっと睨み合う二人。ボスは徐々に重心を低くして、より瞬発力の高い構えをとっていく。対してミラに変化はない。いつも通りの自然体で、ボスの動きを観察していた。

その僅かな間にも銀貨は、高く上がっていく。そして軌道が最高点に達して落下を始めた、その時だった。

音もなく、だが鋭く、それを合図にして幹部達が一斉に動いたのである。しかも隠し持っていた得物を手に、ミラへと襲い掛かっていくではないか。

それは明らかに、二度目の騙し討ちだった。コイントスによる合図は、むしろ幹部達に向けたものだったのだ。

一人では失敗に終わったが、幹部達全員で同時に仕掛けたらどうか。

今のミラは、完全に包囲されているような状態だ。《生体感知》でその動きを察知したところで、これだけの数を同時には相手出来るはずもない。ボス達のそんな考えが、その行動からは窺えた。

瞬間、ボスの口端がにっと上がる。挑発に乗って自ら格好の的となる場所にまで出てきたミラを、あざ笑うかのように。

だが、そんな状況の中にあっても、ミラの顔に浮かんだのは驚きではなかった。ボスとほぼ同時に、ミラもまた不敵な笑みを浮かべていたのだ。

幹部というだけあって、その実力は確かだった。行動に移す速度は驚くほどのものであり、見てから反応したのでは全ての対応が後手に回っていた事だろう。

しかし、今回は違う。幹部達が動き出した刹那、隠し持っていた得物を手にすると同時に、その背を大きな影が覆ったのである。

「なんっ……!?」

「こいつは……!?」

何もなかった幹部達の背後から現れたそれは、背筋も凍りつくような気配を纏った黒色の騎士達だった。

そう、ミラの召喚術で喚び出したダークナイトだ。しかも今回は、実に物騒な見た目の戦鎚を装備していた。それが幹部達を制圧するために、それぞれの背後から飛び出したのだ。

ミラとワーズランベールを狙った幹部達は、その認識外から突然現れたダークナイトに虚を衝かれる形となった。タイミングは攻撃に移った直後であり、どれだけの手練れであろうと、決して対応出来ないだろう絶妙な一瞬。ダークナイトは、その隙を見事に捉えていた。

一人は、ダークナイトの持つ戦鎚によって叩きのめされた。また一人は、両足を砕かれた。僅かにだが反撃の動きを見せた一人は、壁に全身を激しく打ち付けて沈黙する。響くのは、骨がひしゃげる鈍い音と苦悶の声だけだ。

同時に動いた事もあり、終わりもまた同時。幹部達は、そうして仲良く戦闘不能となり床に転がった。

「お見事です」

相手の騙し討ちを逆手に取った騙し討ち。見事に嵌《はま》ったその結果を前に、ワーズランベールが称賛の声を上げる。

「ふむ、思った以上の効果じゃな。やはり素晴らしい能力じゃ」

ボスの動きを警戒していたミラは、事が済んだ周囲を確認してそう答えた。

それを成し得たのは、新しい召喚法によるもの。それはワーズランベールを召喚中にのみ可能な新技、《隠蔽召喚》。召喚術の発動の他、動き出すまで召喚体が光学迷彩と気配遮断状態になるというものだ。

今回はこの《隠蔽召喚》を使って、随分と早い段階から広間を囲むような形でダークナイトを配置していた。結果、幹部達の動きに合わせて迅速に対応出来たわけだ。

「おのれ……！」

幹部達が戦闘不能となった中、唯一ボスだけが立っていた。不意打ちを幹部達に任せて自身は様子見していたためか大きな隙が生じず、そこに確かな実力も合わさって、ダークナイトによる不意打ちを見事に躱していたのだ。

これほどの暗殺者達を束ねるボスだけあって、彼の力量はAランク冒険者の上位勢にまで食い込むほどのものだった。三体のダークナイトを相手にしながら、危なげない立ち回りをする。

ダークナイトも最近は更に成長していた。だがボスはそれ以上の実力であり、三体揃っても正面からの戦いとなれば分が悪い。

ダークナイトは重々しい戦鎚を軽く振り回して鋭い一撃を放つ。しかしボスの対応は見事なもので、その一撃を最小限の動きでいなし、間髪を容れずにカウンターを放ってみせた。しかもそれは仙術も合わさった痛烈なものだ。

更に二体のダークナイトが波状攻撃を仕掛けるが、ボスの動きはその一つ上をいく。仙術を使い分けて猛攻を凌ぎ、必殺の一撃を叩き込む。

そうして装甲を容易《たやす》く貫かれたダークナイトらは、続くボスの二撃目によって爆散してしまった。

ボスは戦闘技術だけでなく、仙術の腕も一流のようだ。

しかし、その直後である。三体のダークナイトを圧倒してみせたボスの顔が戦慄に染まる。

「わしのダークナイトは、なかなかに威圧感があるじゃろう」

ミラは、ボスの背に手を添えながら自慢げに言った。

大きな身体と凶悪そうな武器、一撃の重さ、そして滲み出る存在感。その厄介そうな強敵感を漂わせる見た目を前にすると、正反対の見た目であるミラから一瞬気を逸らせてしまいがちだ。

ミラは、そうして生まれる隙を完璧に捉えて、手の届く範囲にまで接近する事に成功していた。

その状況は、最早勝負が決したも同然。仙術には、手を添えた状態から可能な必殺の一撃が多く揃っている。ボスほどの仙術の腕前ならば、現状が喉に刃物を突き付けられた状態と同じであるとわかるだろう。

「なるほど……こうも見事に後ろをとられるとはな。降参だ」

そう答えながら、ボスは両手を上げた。だが、ミラの位置からは見えないその顔に諦めた様子はなかった。降参する姿勢をみせる事で、相手が捕縛に動いた瞬間を狙う。ホールドアップ後に狙える唯一の、そして確かな反撃の機会だ。

「手応えでわかった。あれは召喚術だろう？　つまりお前は仙術だけでなく召喚術も使えたわけだ。まったく、完全に騙されたな。聞いた事があるぞ。精霊女王という凄腕の冒険者がいると」

ボスはそんな事を話し始めると同時に、その目を鋭く周囲に走らせた。この状況を打破するための切り札になりそうな何かを探して。

そして見つけた。隠し通路の入り口を開くレバーを。それには、隠し通路を開いてから三分後に入り口を崩落させる仕掛けが施されている。その意味するところは、つまり仕込まれた爆薬によってこの屋敷ごと潰してしまうというものだった。また仕掛けは単純であるため、レバーを引かずに強い衝撃などを与える事が出来れば、すぐさま爆薬に火をつける事が出来た。

それは一か八かの賭けだった。だがボスが現状を打破するには、それしかない。

「まさか、召喚術なんぞにここまでしてやられるとはな」

ほんの僅かな間に、そこまでの打開策を考えたボスは、本命の策を悟られないよう関係のない事を口にして、ミラが次に動く瞬間を窺う。

だが、その全ては無駄に終わった。ミラはその見た目に反して、ボスが受けた印象よりずっと容赦がなかったからだ。

【仙術・地：紫電一握】

ミラはボスの背に手を添えたまま、一切の加減なく止めの一撃を放った。再び響いた雷鳴と迸《ほとばし》る閃光。ミラも当然知っていた。捕縛に動く瞬間こそ反撃の好機だと。常套手段だからこそ、最も慎重さが必要な場面だ。

ただ相手は、気を回す必要などない非道な暗殺者。ならば完全に沈黙させてから、簀巻《すま》きなどにした方が色々と早いというもの。

「召喚術なんぞとは、聞き捨てならぬな」

いや、その呟きこそが動機だったのかもしれない。

焦げた臭いが僅かに漂う中、ボスの巨体はグラリと傾き、両手を上げたまま地に倒れ伏したのだった。

〈15〉


「さて、一先ずはこんなものじゃな」

暗殺者達の拠点にあった秘密の地下室。そこにいたボスと幹部達を捕縛布で全員拘束したミラは、一仕事終えたとばかりに抹茶オレを呷《あお》る。茶葉の生産が盛んなニルヴァーナの定番飲料だ。

捕縛を完了した後、ご苦労だったとワーズランベールを送還した今、地下室で動いているのは一人だけ。そんな一人だけとなったミラは、続いて部屋に散らばる包みを開いて中を検めていく。

「……もう少し、抑えめにしておくべきじゃったかのぅ……」

拠点を捨てて逃げ出すとなった状況において幹部達が持って行こうとした品々。相応な高級品ばかりと思えるそれらの半数以上は、見るも無残な状態になってしまっていた。

初めに部屋へ放り込んだ魔封爆石に吹き飛ばされた分だ。

だが、幾らかはその被害から免れたものもあった。

丈夫に作られた一級品の武具や、幹部が咄嗟に庇った芸術品などである。

それらは、ざっと見た限りでも、一つ数百万リフは下らないだろう逸品ばかりだった。

きっと残った分だけでも、合計で軽く億は超えると思われる。そこへ更に彼らが持ち出す事を諦めたものを加えれば、その倍くらいにはなるかもしれない。

ミラは各部屋も見て回りながら脳内でそんな計算をしつつ、にやにやと笑みを浮かべる。

中には盗品などもあるだろう。だが戦利品として、また謝礼金として幾らかは貰えるのではないか。

そんな皮算用が止まらない。

と、そうして地下を調べ回っていたところで、ミラは重大な事に気付く。

「む……そういえば、どうやってここから出ればよいのじゃろうか」

ある幹部の一人が「入り口は塞いできた」などと言っていた。それは事実であり、地下へと下りてきた階段の上がぴったりと塞がっていた。

それを目にしたミラは、ここにきてようやく自分が地下に閉じ込められている状況を察した。

一応、脱出口ならばある。ボス達が使おうとしていた、あのレバーを引いた先だ。しかし、どこに出るかもわからず、この場所が崩落するとの事。

(こういうのは脱出ついでに侵入者を諸共、なんていう仕掛けもあるからのぅ)

秘密基地から脱出すると同時に証拠を隠滅する。スパイ映画やら何やらで、よくある場面だ。崩落がどの程度なのかわからない今、迂闊に手を出すのは危険だろう。

(ならば、上かのぅ)

天井を破壊しての脱出という手もあった。見たところ、その素材は石のようだ。やってやれない事もない。

だが、見た限り相当に頑丈な造りだった。ちょっとやそっとの爆弾程度では、きっとびくともしないだろう。

となれば相応の破壊力が必要となるが、ミラは丁度いい孔を天井にあける手段を直ぐには思い付けなかった。ぱっと頭に浮かぶのは、天井のみならずその上まで吹き飛ばしてしまいそうなものばかりだったのだ。

そんな事をしては、後々面倒そうである。

どうしたものか。折角だから上の屋敷の方を物色……もとい倒し損ねた者がいないか確認したいところだが。と、そう思っていた時だ。

『御屋形様、もう少しで援軍が到着しますにゃー！』

そう、半分忘れかけていた服部にゃん蔵の声が脳裏に響いたのである。遂に本当の制圧部隊が到着するのだ。

『おお、そうかそうか。では、その者達に伝えてくれるか――』

上に制圧部隊がいたのでは、尚更強行突破は出来ない。色々な証拠を諸共に吹き飛ばしてしまうのを目の前で見られる事になるからだ。

よってミラは、現状についてを詳細に服部にゃん蔵を介して伝える事にした。


「という事ですにゃ」

新市街の大通りを、軍馬に跨《またが》り疾走していく集団が一つ。国より派遣された制圧部隊だ。

その先頭、部隊を率いるように先導する騎士の背にしがみ付くようにして服部にゃん蔵の姿はあった。

「既に壊滅とは……素晴らしい手腕ですね。流石は精霊女王と呼ばれるお方です」

そう答えた騎士の名は、セシリア。若くして制圧部隊の隊長を任された天才であり、またニルヴァーナが誇る十二使徒直轄部隊の一人でもあった。

（ただ、一介の冒険者であるはずが、エスメラルダ様をあそこまで慌てさせるなんて。いったいどんなお方なのか……）

服部にゃん蔵がやってきた時、ちょうどその傍にいたセシリアは、その時の様子を思い出しながらどこか不安げな表情を浮かべる。十二使徒のエスメラルダを慌てさせるほどの冒険者など、まったく想像もつかないからだ。

ただ、既に暗殺者達の拠点は壊滅させたという事。しかも一人でだ。

（丁重に、丁重に……）

丁重に王城へお招きするようにというエスメラルダの指示を、今一度心の中で反復したセシリアの顔に、今度は緊張が浮かんだ。拠点の制圧だけならばともかく、賓客の出迎えまで兼任する事となった彼女は、田舎出身故に未だ慣れない礼儀作法を思い返しながら、現場へと静かに急いだ。

ニルヴァーナ皇国の首都、ラトナトラヤの新市街の端。夜もほどよく深まってきた時間。

周りの家からは、所々の窓から明かりがこぼれている。そんな、一見すると長閑《のどか》な住宅街では騒ぎが起きていた。何事かと顔を覗かせる者があちらこちらに見受けられる状況だ。

閑静な住宅街でもあるそこを騒がせていたのは、特にこれといった噂のない場所だった。

夜な夜な怪しい儀式をしている家や、時折奇声が聞こえる家、いかにもな目つきの男が出入りする家、いるはずだが住人を見た事がない家など。他にも問題になりそうな場所が多々ある中、敷地の広さ以外に目立ったところのない屋敷が今、とんでもない事になっていた。

いったい何が起こっているのかと、周辺住民の興味が集まる屋敷。塀に囲まれたその敷地内には、不気味なほどに静まり返った屋敷と、そこを包囲する白い騎士達の姿があった。しかも白い騎士達は、ただならぬ気配を放っているではないか。

家の二階などからそれを目撃して戦々恐々とする人々。何事かと言葉をかわすも、近づく事はなく遠巻きに見守るだけ。

と、そこである時を境に一転、盛り上がり始めた。そんな騒動の中心地に、制圧部隊が颯爽《さっそう》と駆けつけたからだ。

「おお、あれは騎士セシリアではないか」

遠眼鏡で覗く美人好きな紳士が驚きの声を上げる。

「これは凄い……なんの部隊なんだ。精鋭揃いだぞ！」

更に軍事好きの男が遠眼鏡で部隊を一望した後、興奮気味に叫ぶ。ニルヴァーナ軍にある各隊の中でも、優秀な者達を揃えた制圧部隊。それはマニア心をくすぐる顔ぶれのようだ。

普段は、これといった刺激のない閑静な住宅街。だからこそとでもいうべきか、物々しい様子であるにもかかわらず、住民達の興味は増すばかりだった。

『うむ、そうじゃ。そこからもう少し……そこじゃ、その下が入り口じゃ！』

ところ変わって屋敷の地下。自力で脱出する事を断念したミラは、制圧部隊の隊長であるセシリアに、ここから出してもらおうとしていた。

暗殺者達の拠点であった現場は、ミラの手勢が既に陥落させていた。よって制圧部隊の仕事は拠点の調査と、そこらで打ちのめされている者達の捕縛だけとなった。

そうして指示を終えて手すきとなったセシリアに、ミラは服部にゃん蔵を介して、地下に閉じ込められてしまったというような事情を伝えたのだ。

すると、どうにか出来るかもしれないという答えが返ってきた。

破壊するしか脱出手段がなく、自分でやると破壊し過ぎてしまう恐れがある。

だが、責任者であるセシリアにやってもらえば、何かあっても彼女の責任だ。などという卑怯な逃げ道を考えつつ場所を伝えたミラは、そこから幾らか下がって『いつでもよいぞー』と、上にいる服部にゃん蔵に合図を送った。

さあ、どうなるか。ふと訪れた静けさの中、ミラは塞がれた入り口を見つめる。と、その数瞬後だ。

キンッと、何か小さな音が響いた。それも一度ではない。二度三度、四度……繰り返し繰り返し響き渡った後に再び静けさが訪れた、その直後である。

入り口付近の天井から何か欠片のようなものが落ちたかと思ったところで、突如亀裂が走り、その付近の天井が全て崩れ落ちてきたのだ。

「これはまた……とんでもない腕前じゃのぅ……」

音を立てて崩れ落ちたのは、ミラが伝えた場所のみ。つまり地下への入り口があった地点だけが、綺麗に抜けたわけだ。しかも瓦礫《がれき》となった天井の残骸を見てみると、破壊したのではなく切り刻んだように等分されているではないか。

どうやら、石の天井を剣で斬ったようだ。それはもう鮮やかな切り口だった。その残骸一つから、セシリアの剣の冴え具合が窺えるほどだ。

制圧部隊という危険な組織を相手するための隊の長を務め、更にはニルヴァーナという大国に従軍するだけあって、その実力もまたとびきりであるようだ。

「ささ、こちらですにゃ」

ミラが感嘆していると、空いた天井から服部にゃん蔵が下りてきた。そして、その声に招かれるようにして更にひらりと舞い降りたのは、濃い青色の鎧をまとった女性だった。

その女性は地下に降り立つなり、正面にいたミラの姿を捉え駆け寄ってきた。

「この度は、ご協力感謝いたします。貴女様が……えっと……」

一礼した女性は、それからしっかりとミラの事を見据え、そして少々困惑の色を浮かべた。

一見すると純朴そうな女性。それでいて鎧姿の今は、立派な騎士に見える。そんな彼女が動揺している様は、どこか可愛らしくも見えた。

「なんじゃ？　どうかしたか？」

「あ、申し訳ありません。えっと、精霊女王様であるとお聞きしていたのですが、その、聞いていたイメージと違いまして……」

どこかおかしな様子にミラが問うたところ、女性は姿勢を正してそう答えた。聞いていたイメージとは、きっと銀髪で魔法少女風というものだろう。だが今のミラは変装をしているため、黒髪で地味な町娘風の服装だ。だからこその相違に戸惑ったようだ。

「おお、これじゃな。潜入とあって、今はちょいと変装をしておるのじゃよ。結果、奴らはわしの正体に気付かぬまま召喚術の餌食じゃ」

そう適当な事を語ったミラは、それでいて得意げに笑ってみせる。事実、結果は変わらずとも、精霊女王だと気付かれていたならボス達ももう少しは対応が出来ていた事だろう。

「おお、それはお見事です」

ミラのくだらぬ自慢話に対して律儀にそう返した女性は、そこでふと思い出したように姿勢を正し「改めまして、制圧部隊隊長セシリアと申します」と、挨拶を口にした。

「うむ、わしはミラじゃ。知っての通り、精霊女王などと呼ばれておる」

そう自己紹介を返したミラは、服部にゃん蔵から勲章を受け取ってアイテムボックスにしまう。それは、正真正銘の本人であるという証明にもなる行動だった。

「それで早速ですが、ここの幹部達はどちらに!?」

服部にゃん蔵が「そして某《それがし》こそが――」などと言い出したのをスルーして、キリっと表情を引き締めるセシリア。

何よりもまず大事なのは、確実な幹部達の確保だ。真面目なセシリアは、ミラが「あの奥の部屋じゃ」と言うや否や「失礼します」と口にして確認しに行った。

「仕事熱心じゃのぅ」

感心感心とばかりに頷きながら、ミラもその後に続く。と、その後ろでは出番のなくなった服部にゃん蔵が、ぼそぼそと何かを呟いていた。

「時には使者、時には怪盗。しかしてその正体は、闇に生きて闇に死ぬ影の如き忍び、ですにゃ……」

マスター忍者の格好に着替えたものの見る者は誰もない。服部にゃん蔵は［正に影の如し］と書いたプラカードを手に、とぼとぼとミラ達の後を追った。


「ひゃあぁぁぁ！」

静かな地下に悲鳴が響いた。セシリアの声だ。捕縛した幹部達を確認しに奥の部屋へと向かったのだが、そこで彼女に何があったのか。

「何事じゃ？」

どうしたのかとミラが顔を覗かせたところ、そこにはダークナイトらを前に剣を抜いていたセシリアの姿があった。だが状況はそこまでであり、セシリアは剣を抜いた体勢のまま、少しバツが悪そうな表情を浮かべている。

それらを前にして、ミラは全てを悟った。

その部屋の中央には、捕縛布で拘束したボスと幹部達が転がされていた。そしてもしもの時に備え、複数のダークナイトでそれを囲むように見張らせていたという構図だ。

一見すると、生贄を捧げて怪しい儀式でも行っているような、そんな光景だった。しかも部屋に足を踏み入れた者に対し、同時に振り向くという警戒ぶりだ。

部屋に入って早々、ダークナイト達に睨まれれば驚くのも無理はないというものである。

「えっと、その……何でもありません……」

びっくりしたのは、ほんの一瞬。そっと剣を収めたセシリアは、何事もなかったとばかりに転がる幹部達を検めていく。

「ふむ、そうか」

ミラもまた、そんなセシリアを気遣って、それ以上追及するような野暮な事はしなかった。だが空気の読めない者が、ここに一人……いや、一匹。

「乙女の悲鳴はヒーローシグナル！　どんなピンチも即参上、正義の戦士、ケットジャスティスここに見参ですにゃ！」

ケットジャスティス、わざわざ忍び装束から特撮めいたヒーロースーツに着替えての登場である。颯爽と宙を舞い、ひらりと身を翻しての着地からニヒルなヒーロースマイルだ。

しかし、駆けつけたその直後。ヒーローは「お嬢さん、どうしましたにゃ？」という言葉と共に、送還の光に包まれて消えていった。

何か反応してあげるべきだったのではないか。そんな顔で振り向いたセシリアに、ミラは無言のまま首を横に振って応えた。


ダークナイトの手によって丁寧に眠らされている幹部達。その顔や服の他、隠されていた暗器などを手際よく見つけ出しては確認していくセシリア。その手つきは慣れたものであり、正に凄腕の捜査官とでもいった雰囲気がそこにはあった。

「これは……まさか、ヨーグ!?」

幹部達に続き、少々雑に眠らされた痕跡の残るボスを調べ始めた時の事。セシリアは、そこで息を呑むように声を上げる。

「なんじゃ？　知っておるのか？」

セシリアが名前らしきものを口にした。もしや有名人だったのだろうかと気になったミラは、そう問うた。

するとセシリアは少しだけ考え込んだ後、「はい、このヨーグという男は、とある組織に属しているという疑いがあるのです」と答えた。

「組織、じゃと？　つまりここは、その組織とやらの拠点じゃったというわけか？」

どうやら、ただの暗殺者集団ではなく、更に大きな組織の一部だったようだ。

ではいったい、何者だろう。そうミラが詳細を訊こうとしたところ、先にセシリアが口を開いた。

「この件につきましては、エスメラルダ様にお尋ねくださるようお願いします。今回仰せつかった私の任務は、もう一つございまして。それが、ミラ様をエスメラルダ様の下へとお連れする事でした」

そう改めて告げたセシリア。なんでも彼女は、制圧は簡単に終わるだろうからその後に、ミラを丁重に王城へ連れてこいと、そう特別に命じられていたそうだ。

「精霊女王様の事、お忙しいとは存じますが、どうかご同行願えないでしょうか？　きっと今回の件の報酬や、おもてなしの御馳走などが用意されているはずですので」

幹部達を調べていた時は、まるで百戦錬磨の捜査官のような雰囲気のあったセシリアだったが、ここで一転する。

きっとエスメラルダより下されたこの特命を果たせないと、彼女にとって困った事になるのだろう。

何やら急に必死な感じで懇願《こんがん》し始めた。しかも、助けると思ってだの、何でもしますからとまで続く。

「わかったわかった。王城にまで出向けばよいのじゃな。構わぬ構わぬ」

メイリンを見つけるために名簿云々という理由もあり、どちらにしろ王城へ行く予定だったミラは、セシリアを宥めるようにしながら快諾した。

「あ、ありがとうございます！」

ミラの答えに喜び笑顔を咲かせたセシリアは、それから大声で副隊長を呼んだ。そして、もう一つの任務のためにこの場の指揮を預けると伝える。すると副隊長もまた、どこか安堵したような表情を浮かべ「ありがとうございます」とミラに一礼した。

エスメラルダの特命は、相当なもののようだ。

〈16〉

セシリアと共に馬車で揺られる事暫く。ミラはニルヴァーナ城に到着した。

極秘の話という事で、目立たないようにと裏門からこっそり城内に入った二人。

ミラはそのまま応接室に通される。

「では、直ぐにお伝えして参りますので。ごゆっくりとお寛ぎください」

そう言ってセシリアは、ミラの来訪を告げに飛び出していった。それはもう一秒でも早く、少しでもミラを、いや、エスメラルダを待たせないようにとでもいった様子でだ。

「あ奴の笑顔は、怖いからのぅ……」

ニルヴァーナとは色々と交友もありエスメラルダとも知り合いであるミラは、今でも彼女は相変わらずなのだなと苦笑する。

決して怒りを面に出す事はないが、だからこそ滲み出る怖さというものがある。有無を言わせぬ無言の圧力ほど、厄介なものはない。

そう当時を思い出しながら、大きなソファーにどかりと腰掛ける。そして、『好きにつまんでください』とばかりにテーブルに置かれていたクッキーに手を伸ばした。

応接室に通されてから五分と少々。遂にその人物がやってきた。ノックの後、応接室に入ってきたのはミラのよく知る顔。『神言《しんごん》のエスメラルダ』であった。

「お待たせしちゃってごめんねー」

来るなりそう言ったエスメラルダは、太々《ふてぶて》しいほどにソファーで寛ぐミラを見て、そっと微笑む。

「うんと変装しているから噂とは印象が違うって聞いていたけど……貴女が精霊女王のミラさんね？」

歩み寄ってくると共に、エスメラルダがそんな質問を投げかけてきた。対してミラはお茶でクッキーを流し込んでから、「うむ、わしがミラじゃ」と素直に答えた。

「それじゃあつまり……自己紹介はしなくていいのよね。私達、初対面じゃないのだから」

ミラの前に立ち、そう、にこやかな笑みを浮かべるエスメラルダ。

その言葉の意味するところは、要するにミラの正体が、かのダンブルフで間違いないかという確認だ。精霊女王のミラとしては初対面だが、ダンブルフとしてはもはや旧知の仲であるのだから。

「うむ、そうじゃな。わしからしてみれば、数ヶ月ぶり程度じゃが、お主からしてみると数年……数十年ぶりとかになるのじゃろうな、エメ子や」

頷いて肯定したミラは、続けて僅かに口角を吊り上げながら、そう答えた。自身がダンブルフである事を証明するように。

すると、そんなミラの返事にエスメラルダは、ふわりと頬を綻ばせる。だがそれは、ほんの一瞬。

直ぐに唇を尖らせて、「もう、エメ子は止めてって言ってるでしょ」と抗議の声を上げた。

エスメラルダという名は、長くて少々ややこしい。そう言ってダンブルフの頃より、ミラは彼女の事を『エメ子』と呼んでいた。だからこそ本人確認は、それで十分だったのだ。

「うーん……ずるいわ。これだとダン次郎って呼べないじゃないの」

ミラをじっと見つめていたエスメラルダは、少し間を置いた後、不貞腐れ気味にそう呟いた。彼女はエメ子呼びに対抗して、ダンブルフの事を『ダン次郎』と呼んでいたのだ。

だが今のミラの姿は、当時と大きく違う。それこそそんな呼び方とは正反対であり、エスメラルダはますます不機嫌そうに眉を顰める。

「ふふん、残念じゃったな。おとなしく、ミラちゃんとでも呼ぶがよいわ」

最近は今の状態にも慣れてきたミラは挑発するように、それでいて可愛らしく微笑んでみせる。

ここのところミラは、折角だからと美少女であるという状態を利用する方法を色々と考えていたりした。そのきっかけは、喫茶店でスイーツを頼んだ時に可愛いからと色々なオマケを付けてもらえたからだ。

「うう……小憎たらしいわ……」

媚びを売るミラの姿はそれでいて、やはり可愛かった。しかしながらエスメラルダは、反撃する手を考える。

その結果、「ミラ子ね……わたしもミラ子と呼ぶわ！」なんて事を言い出した。むしろ長くなっているが、それがエスメラルダにとっての精一杯の抵抗であった。

「それで、ミラ子さん。今回の件についての話と、もう一つ頼みたい事があるの。来てもらって早々で悪いのだけど、話す前に場所を移させてもらうわね。ついてきてもらってもいいかしら」

久しぶりの再会とちょっとした戯れも終わったところで、エスメラルダは改めてそう言った。

今回の件。それは暗殺者達の拠点と、そこにいたヨーグについての事だろう。

だが、頼みたい事とはいったいなんなのだろうか。

どちらにせよ応接室では話せない、かなり重要な案件であるようだ。

「うむ、わかった」

そう答えて立ち上がったミラは、エスメラルダに案内されて王城の奥へと進んでいく。

ニルヴァーナ皇国における行政の中心、ニルヴァーナ城。プレイヤーが建国した国の中で第二位の国力を誇るだけあって、その規模はアルカイト城のそれを遥かに超えていた。

照明は魔導工学によるものか夜でも城内は昼のように明るく、白い壁や煌びやかな絨毯を鮮やかに照らし出している。

また広さもさる事ながら、ところどころに飾られた調度品、すれ違う役人の数と衛兵からわかる装備の質など、どこをとっても流石としか言いようのないものだった。

「おお……なんと気品に溢れておるのじゃろう……」

ただ何よりもミラが感動したのは、王城勤めの侍女達であった。働く所作の一つ一つにまで気品があり、その立ち居振る舞いも鮮やか。ミラとエスメラルダが通る際にみせたお辞儀は、奥ゆかしくも華やかさを秘めたものだった。

ミラを見つけるなり音もなく忍び寄り、新作衣装を手に大騒ぎしては全力で愛でてくるアルカイト城の侍女達とはえらい違いである。

と、そんな感想を抱いたミラは、場所は違えどこれだけ安心して歩ける城内は久しぶりだと、しゃっきり背筋を伸ばした。

なお、アルカイト城の侍女達も、ここと負けず劣らず優秀な者揃いである。ただミラがミラである以上、その事実を目にする日はこないだろう。

そうこうしつつもエスメラルダについていく事、五分強。気付けばミラは、随分と城の奥の方にまでやってきていた。

そこは応接室を出たばかりの時に比べ、周囲の様子が随分と違っている。静寂、というより厳粛なのだ。

廊下に人の数は少なく、調度品といった類はなくなっている。その代わりとでもいうべきか、これまでよりも装備の立派な衛兵の姿がところどころに見られた。

（随分と警戒が厳重じゃのぅ）

そういった雰囲気からして、この辺りは重役のみが立ち入れるような、そんな場所であるのだろうとミラは察する。早い話が、城の中心部に近づいているというわけだ。

これからする話は、それほどまでに重大なのだろうか。そんな事を思いながら、ミラはエスメラルダが入っていく部屋へと足を踏み入れた。

廊下の突き当たりにあった部屋。そこは廊下の延長かと見紛うような細長い造りとなっていた。そして、そんな部屋の奥に見える扉の前には、明らかに只者ではない気配を纏う騎士が二人。両者は如何にも練達の士といった面構えであり、ただそこにいるだけで強者の風格を放っていた。

そんな二人が入り口を固めている事からして、どうやらその扉の向こうには、かなりのお偉いさんがいるようだ。

「これは、エスメラルダ様」

エスメラルダが近づいていったところ、騎士の二人はそう言って一礼した。それから続けてミラの方へと視線を移し、「そちらが、噂のお客様ですか？」と続ける。

どうやらこの二人には、ミラが来るという話は通っているようだ。しかしそれは、精霊女王云々といった内容だったのだろう。変装しているミラを見て、はてと疑問顔である。

「ええ、そうよ。今は変装しているけれど、この子が噂のミラ子さん」

エスメラルダがそう答えたところ、騎士の二人は「これは見事な」と感心したように呟いた。なお、『ミラ子』についてはさらりと流したようだ。

折角だからと、そう挨拶したところ、二人もまた名乗り返してくれた。一人がグリーズ、もう一人がリグナというそうだ。

「ミラじゃ。よろしくのぅ」

ミラとエスメラルダは、そんな二人が護る扉の先へと進んだ。そして幾つもの扉がある小さな部屋を更に右へ進んでいったところで、ようやく目的の場所に辿り着く。

「あら、随分と早いのね！　まだちょっと準備が終わっていないのよ！」

どことなく庶民感の漂う部屋。特に模様のない絨毯の床と中央に置かれたテーブル、そしてキッチンと、冷蔵庫っぽい箱。また、部屋の隅にはシングルベッド。十畳ほどのその部屋は一人暮らしのワンルームといった状態であり、そこにいた女性はミラとエスメラルダがやってくるなりそう口にしながら、テーブルに食器を並べていた。

「おお、誰がおるのかと思えば、お主じゃったか」

まるで給仕係のようにお茶会の準備をしている女性。スウェットにハーフパンツという恰好をしたその人物の事を、ミラはよく知っていた。というより、きっとニルヴァーナ皇国において、彼女を知らぬ者などいないだろう。

そう、エスメラルダに案内された先にいたのは、ニルヴァーナ皇国の頂点、女王アルマだったのだ。

「エスメラルダさんがここまで連れてきたって事は、貴女がじぃじだったたって事よね！　ほら、やっぱり私が言った通りだった！　どう？　この観察眼。正に女王でしょ！」

食器類を置いてから駆け寄ってきたアルマは、ミラの姿をじっと見つめるなり、そう言ってエスメラルダににやりと笑ってみせた。どうやら、精霊女王がダンブルフであると初めに気付いたのは彼女のようだ。

対してエスメラルダは懐疑派だったのだろう、アルマは実に勝ち誇った顔である。

「うう……だって、あのダン次郎さんが、こんな事になるだなんて思えなかったのだもの……」

勝利に酔うアルマに対し、エスメラルダはそう呟いて唇を尖らせる。そしてちらりとミラを見つめて、「それは趣味なのかしら？」と問うてきた。

「いやいや、この姿はわけあってのもので――」

その答えによっては、ダンブルフとして築き上げてきたイメージが崩れ落ちてしまう。不意にそんな危機が訪れ、ミラが言い訳を口にしようとしたところであった。ほぼ同時にアルマが口を開いたのだ。「――私は、じぃじにこういう趣味があるって気付いていたわ！」と。

「う……！」

確かに、趣味といえば趣味で間違いはない。その言葉に絶句したミラは、かといってそのままには出来ないと名誉挽回をかけての言い訳を始めた。

「これはじゃな、今わしが就いておる極秘任務に関係する事じゃ！」

そう前置きしたミラは、各国を巡るための手段として今の姿になったのだと説明する。ダンブルフは九賢者の顔役として特に有名だったため、そうしなければ自由には動けなかったのだと。

「なるほど……そんな理由があったのねぇ。それで、その極秘任務ってどういう内容なのかしら？」

あのダンブルフが少女の姿になってまで遂行している任務。そこにエスメラルダは強い関心を示した。すると、そんな関心を遮るようにして、アルマが「それより立ち話もなんだから、お茶にしましょう」と言い、我先にとテーブルへ戻っていった。

「うむ、そうじゃな」

国家機密にもかかわる極秘任務である事をアルマは察してくれたのか。流石は一国の女王である。そのあたりは弁えているようだ。

ミラはすぐさま提案に同意して、テーブルへと歩み寄っていった。

三人が腰を下ろした後、アルマがせっせとお茶を淹れる。そしてお茶菓子も並び、ティーパーティの準備が完全に整った時である。

「さあさあ、じぃじ。詳しく聞かせて！」

興味津々といった顔で、アルマがそう言ったのだ。

そう、国家機密がどうとか彼女は考えていなかった。むしろ、腰を据えてじっくりと聞くためにテーブルへと誘ったのだ。

（まあ、そうじゃろうな。こやつがあそこで引き下がるはずもない）

庶民的であり更には好奇心の強いアルマは、やはりミラが知っている時のままのようだ。

こうなると油汚れよりもしつこいのが、アルマという人物だ。

その言い訳として用意している理由は九賢者捜し。また今回は、メイリンを捜すために出場者名簿を見せてもらう必要もあるため、これを明らかにしておく必要もあった。

とはいえ、やはり国家機密だ。一応はソロモンに話を通しておきたいところだが、その途中に暗殺者がどうこうとあったため、未連絡だ。

「話してやりたいところじゃが、事は国家機密にかかわってくるものでな。そう、おいそれとは──」

そう、ミラが明かせぬ理由を口にした時だった。アルマが脇にあった黒い箱を、どんとテーブルの上に置いたのだ。

「それなら今ここで、ソロモンさんに許可とっちゃえば大丈夫ね？」

箱の中にあったのは、通信装置だった。流石は女王の私室というべきか。高価な代物という話だが、それは当然のように置いてあった。

しかもアルマの行動は早く、通信装置は既にソロモンを呼び出している状態だ。

「うむ……まあ、そうじゃな」

その素早さにたじろぐミラだったが、どのみち話は通しておくつもりだったため素直に受話器を受け取った。

『はい、こちらソロモン』

数秒後、通信が繋がりソロモンの声が通信装置から響いた。

になる。

「わしじゃよ、わし」

『あー、君か。それで、どうしたの？　順調に進んでいるかい？』

その声と話し方で即座に理解したようだ。ミラが返事をするとソロモンの口調は一気に砕けた感じになる。

「うむ、それなのじゃがな――」

ミラは、簡単に現状を説明した。今はアルマの私室から連絡をしており、アルマの他にエスメラルダもいる事。そして任務続行のため、その任務内容を明かす必要があると。

『なるほどね。アルマさん達なら、こっちの事情も知っているからね。話しちゃって構わないよ』

ミラが説明を終えて直ぐだ。ソロモンは、さほど気にした様子もなく即答した。

内容は国家機密だが、それでいてあまり気にせずに明かせるほどに両国の関係は良好であり、それだけ信頼も厚いからだろう。

『用事は、これだけでいいのかな？　それじゃあ、引き続きよろしくね』

「――ありがとー、ソロモンさん！　また今度連絡するね！」

そうして通信も切れたところで、アルマとエスメラルダの視線が一気にミラへと集中した。

迅速な展開に押され気味になりつつも、ソロモンの許可は得られた。ならば、もう問題はない。

「えー、実はじゃな――」

ミラはお菓子を抓《つま》みながら、ぽつりぽつりと極秘任務の内容について話していった。それは、各地に散っている九賢者達を捜し出し、国に連れ戻す任務であると。

だがそのためには、自由に動けなくてはならない。しかしダンブルフのままでは、その肩書の重さもあって少し国を出るだけでも大変だ。

事は、国の一大事である。ゆえに国のため、そして民達のため。不本意ながらも姿を大きく変える事で、この難関に挑んでいるのだ。

そのように、ミラは語ってみせた。

実際には、最高の美少女作りに励んだ末、よもやまさかの現実化でこうなっただけだ。けれど趣味全開である事を隠したいミラは、全力の言い訳を並べる。

「……」

「……」

ただ、そんなミラの必死さが、むしろ裏目に伝わってしまったようだ。

別に、そのような理由ならば少女でなくともいいという致命的な欠点が、その言い訳にはあった。

しかしアルマとエスメラルダは、そんな必死なミラを哀れと思ったのだろう。それ以上に追及する事はなく、「そうなんだね」と頷いた。

「それにしても、遂に動き出したんだ！　ソロモンさんどうするのかなぁって思ってたけど、じぃじが動いているのならきっと大丈夫ね」

改まった調子で、アルマが言う。ルミナリア以外の九賢者が不在である事を気にかけていたようだ。

だからだろう、ミラの話のその部分を聞いた彼女は自分の事のように嬉しそうである。

ただ、そんな様子も束の間。次にアルマは、期待と不安が入り交じったような顔をミラに向けた。

「それで、その、進展ってどんな感じなのかな。文香《ふみか》義姉さん……アルテシアさんがどこにいるか、わかってたりするのかな」

アルマとアルテシアは、義理の家族という関係だった。アルテシアの亡くなった夫の妹が、アルマなのだ。その当時や現実での事を詳しく知っているからこそ、また本当の姉妹のように仲良しだったからこそ、心配もひとしおだろう。

「うむ、そうじゃな……アルテシアさんはのぅ――」

この件についてもまた、国家機密である。ミラが許可を得たのは、九賢者を捜すという任務についてだけだ。その後については、また別物と言える。捜している最中なのか、既に帰国しているのかでは大きく変わってくる。

だがミラは、アルマとアルテシアの関係を思い、それを口にした。

アルテシアは一ヶ月半ほど前に発見した事。そして現在は、ルナティッククレイクの新設の孤児院で院長をしている事。帰還を公に発表するのは、アルカイト王国の建国祭である事。ミラは発見時の様子だけでなく、そういった事情も含めて全て伝えたのだった。

「そっかー、沢山の子供達と一緒にか。幸せそうで一安心ね」

ミラがアルテシアの現状を話し終えると、アルマは心底安堵したといった様子で笑った。

また、エスメラルダも嬉しそうだ。「良かったわねぇ」とにこやかである。ただ聖術士として非常に気になったのだろう、「あの頃から、どのくらい腕を上げたのかしら。気になるわぁ」とも口にする。

九賢者『相克のアルテシア』と十二使徒『神言のエスメラルダ』。二人は共に聖術士であり、それでいて方向性の違う成長の仕方をしていた。

アルテシアが回復や防御寄りである事に対して、エスメラルダは攻撃と強化方面が得意だ。

それはある意味で、国の、そして何より仲間の違いによるところが大きい。

ソロモンという盾役がいるとはいえ、他は防御力が飾り程度しかない術士ばかりのアルカイトチーム。よって、それを補うために回復と防御が伸びた。

戦士クラスがしっかりと揃うニルヴァーナチームは、身体強化による恩恵が非常に高い。ただ術士が少ないため、術による攻撃力が不足する。だからこそ聖術でも攻撃の出番があるわけだ。

「会えないかなぁ……」

アルマがそんな言葉を、ふと零した。それはどこか懐かしむようであり、また、希望も含まれた声であった。

「ふーむ、なかなか難しいじゃろうな」

ミラは、そんなアルマの呟きにそう返す。またエスメラルダも、「そうね。アルマが国を離れるには相当な理由が必要になるから」と、残念そうに続けた。

常識的に考えて、大国の女王がただ一個人に会うために国を離れるなど出来るはずもない。可能性があるとすれば、外交としてアルカイトを訪れるなどの理由が必要だ。

けれど現在は、国を挙げてのお祭り中である。尚更離れる事など出来ない。

かといってアルテシアを呼ぶというのも、これがまた困難だ。幾らアルマが会いたがっているとはいえ、ニルヴァーナまで来るとなれば、何日も子供達のもとを離れる事になるわけだ。

そんな状況にアルテシアが耐えられるはずもない。

そしてそういった理由は、アルテシアの事をよく知っているアルマとエスメラルダも十分に把握しているようであった。

「じゃがまあ、やりようはあるかもしれぬな」

それでもやはり会わせてやりたいと思うのが、人情というものだ。少しだけ考え込んだミラは難しい顔をしながらも、そう可能性を示唆した。

「ほんと!?」

アルマが喰いつくと、エスメラルダもまた興味深そうにミラへと視線を送る。そんな二人の期待を受けながら、ミラはニルヴァーナならばどうにかなるかもしれないと前置きしてから詳細を語った。

「将を射んと欲すれば――じゃな」

アルマの立場を考えると、まずこちらから出向くのは不可能。となれば、アルテシアを呼ぶ以外にはない。そしてそのためには、アルテシアではなく孤児院の子供達をこの祭りに招待してしまえばいいのだ。

今、闘技大会で沸くニルヴァーナ。その会場には、それ以外にも沢山の催し物が揃っている。子供達も存分に楽しめる場がここにはあった。

子供が喜ぶとなれば、子供優先のアルテシアは必ず招待を受けるだろう。そして当然、同伴してくるはずだ。

後は、適当に時間を合わせて会えばいいだけである。

「じゃが、招待の仕方といったところには注意が必要じゃな。一つの孤児院を特別扱いしていると、他から好く思われぬからのぅ」

色々と説明したミラは、最後にそう締め括った。ニルヴァーナという大国が贔屓《ひいき》するというのは、何かと問題の種に繋がるものだ。また、その理由を問う者も出てくるだろう。

その結果、厄介事が起こるかもしれない。また、アルマと縁の深いアルテシアの存在に勘付く者が現れる事も有り得る。

まだ新設して間もない孤児院に、そういった面倒事の火種は出来るだけ近づけたくはないが、アルマの気持ちを汲んだミラは必要ならば協力しようとだけ付け加えた。

ミラの案を聞き終えた後、アルマはそのままじっと考え込み始める。そして数分が経ったところでカッと目を見開き「これならいける！」と声を上げた。

「ほぅ、何か妙案でも思いついたか？」

ミラが訊くとアルマは、どこか自信ありげに微笑みながら頷いた。

「最近、ソロモンさんの口利きでね。セントポリーを介しての商路が確立出来たの。あんな西の断崖絶壁に港が出来て驚いた日から十数年、幾ら交渉しても駄目だったのが、ソロモンさんのお陰で、あれよあれよと話が進んだのよ。だからそのお礼って事で、アルカイト王国に招待状を送るってのはどうかな？　孤児院新設の記念とかも一緒に加えたりして」

そう一気に語ったアルマは、どうだろうとばかりにエスメラルダを見る。

「少々、強引な感じがあるのは否めないわね。でも貴女には、これまで孤児院関係の政策に積極的だったっていう経歴があるから、それで無理矢理納得はさせられるでしょう。また女王様のいつもの癖が出たってね」

そうエスメラルダが答えると、アルマはそっと目を逸らした。

アルテシアの影響か、それとも生来のものか、アルマもまた子供の事に関しては積極的だった。とはいえアルテシアほど重度のものではない。ただ、泣いている子供を見て見ぬふりは決して出来ないといった程度の事だ。

だが、そんな者が大国の女王ともなれば、それはもう大きな力が振るわれるのも然り。エスメラルダの様子からして、アルマは過去にも色々とやらかしてきたようだ。

「ふむ、それならばきっと問題ないじゃろう。じゃが一つ。アルカイトには他にも孤児院があるのでな。それも含めた方がよいと思うぞ」

それなりの理由もあり、他国からの嫉妬は抑えられるだろう。だが、国内の孤児院同士の扱いに差が出てはいけない。ミラがその事を口にしたところ、「それなら、全部招待する！」とアルマは即答した。

「まあ、それが確実じゃな……」

招待すると簡単に言っても、色々と費用がかかるはずだ。別の孤児院もとなれば更に費用はかさむだろう。

だがアルマに、そういった事を気にする素振りは一切なかった。

「えっと……アルカイトまでの往復と──」

早速とばかりにノートを取り出して、アルテシアを招くための計画をまとめ始めたアルマ。彼女がまず最初に決めようとしたのは、その送迎手段だ。

「ところで、じぃじ。子供達って、何人くらいいるかわかる？」

「確かアルテシアさんのところには、百人ほどおったな。じゃが他はわからぬ。まあ、規模からして百人以下じゃろう」

アルマの質問に答えたミラは、加えてアルテシアのところには、子供達の面倒をみる教師兼保育士のような者達も十人ほどいたと付け加えた。

「ふんふん……そのくらいかぁ。なら飛空船は中型で十分そうかな――」

そう、すらすらと計画が決まっていく。しかもやはりというべきか、計画内にさりげなく飛空船が出てきた。相当に高価な、国単位の規模でみても高額な代物であるという飛空船だが、ここニルヴァーナにはあるようだ。

しかも中型云々と言っているあたりからして、複数隻所有している様子である。

（送迎が問題になったなら、またカグラに話そうとも思うたが……まったく心配は無用じゃったな……）

その圧倒的国力の違いに、何度目になるかわからない無常を感じつつ、ミラは次々と決まっていく計画の完成を見守る。

ニルヴァーナという大国を統べる女王にとって、孤児院の一つや二つを国に招待するのは朝飯前らしい。更には彼女が立てる計画の全ては、国庫ではなく彼女自身の私財によって実行されるというのだから驚きである。

「――滞在場所は、確か神殿区に空き屋敷があったっけ」

「ええ、まだそのままよ。広さもあるから、子供なら二百人いても問題ないでしょうね」

エスメラルダとも相談しながら瞬く間にまとまっていく計画には、億という単位が当たり前のように出てくる。だがアルマに一切の躊躇《ためら》いはない。むしろ提案したミラの方が、そんなにかかってしまって大丈夫なのかと落ち着きがなくなっていたりするほどだ。

「――よし、こんな感じね。明日の朝一で、とりかかってもらいましょ」

アルテシアとの再会計画は、ものの十分ちょっとで完成した。

雑談時にソロモンから聞いた話によればアルマとエスメラルダもまた、この世界が現実となった三十年前より、ここにいるという。

だからこそと言うべきか。これほどの大国を三十年の間統べてきただけあり、国の様々な情報はアルマの、そしてエスメラルダの頭に入っているようだ。その計画作りは、大国の片鱗を窺わせるほどに慣れたものであった。


「終わったようじゃな。では、そろそろ本題に戻してもよいか？　あの暗殺者共も気になるが、何やらわしに頼みがあるとの事じゃが」

アルテシア招待計画が練られている間、お茶とお菓子を堪能していたミラは、まだまだお菓子を手にしながらそう言った。

「あ、そうだった。ごめんね」

完成した計画書を手に満足げだったアルマは、思い出したように苦笑しつつ「こほん」とわざとらしく仕切り直す。

「えっとね、うちでは今、特別な力を持つ巫女を匿《かくま》っているの。それでじぃじには、その巫女の護衛をお願いしたいと思ってる」

姿勢を正したアルマは改めて、そんな事を口にした。対してミラは、その言葉を受けて首を傾げるも、すぐさま直近で聞いた事があるようなと記憶を辿り始めた。

そして三人の暗殺者が、『ミコ』なる人物をターゲットにしていた事を思い出す。

どうやら、ミコとは巫女の事だったようだ。

「それはもしや――」

三人の話を思い出したミラは、単刀直入に訊き返した。「――未来を見通す能力を持つとかいう巫女の護衛、という事じゃろうか」と。

「もう、その事は知っていたんだね」

「うむ、暗殺者共が話しているのを聞いてのぅ」

少し驚いた様子のアルマに、そう答えたミラは「巫女の痕跡すら見つけられないと泣きごとを言っておったぞ」と続けて笑う。

「それはもう、徹底的に隠してるからね」

にまりと笑い返したアルマは、とても自慢げだった。彼女いわく、巫女の存在については国家機密レベルで情報を封鎖しているとの事だ。

「だから、そんな能力を持つ巫女が確かに存在していると知っているのは、うちの上層部の一部と、もう一人――『闇路《やみじ》の支配者、ユーグスト・グラーディン』だけなの」

その名を口にしたアルマの目は真剣でいて、同時に冷たく鋭かった。そこに秘められた色は、嫌悪や怨恨とは違う。だが強い敵意がこもっていた。

「闇路の支配者……じゃと？　初めて聞くのぅ。それは何者じゃ？」

ここまでの話で初出となる名だ。ただ話の流れからして暗殺者達と、彼らが所属している組織に深く関係している事は間違いないだろう。

そう予感したミラは長丁場になりそうだと、ソファーに深く座り直す。

そしてエスメラルダがお茶を淹れ直したところで、アルマが事の概要について詳細に語り始めた。

それはニルヴァーナ皇国だけでなく、多くの国が戦い続けている、社会に蔓延《はびこ》る闇についてだった。

以前、五十鈴《いすず》連盟と協力して壊滅させたキメラクローゼン。そのような闇組織が、この社会の裏にはまだまだ潜んでいるという。

その数あるうちの一つであり、なかでも最大の規模を誇る組織の名は『イラ・ムエルテ』。

アルマは、この組織こそが今回の件に深く関わっていると告げた。

「それでね、長年に亘って調査を進めた結果、この組織は四つの柱で成り立っている事がわかったの」

そう前置きしたアルマは、続けて四本の柱とはどういったものなのかを説明していく。

一つは、武具や薬といった類の売買を専門とするチーム。ただ他の商人と違うのは、扱う品がどれも真っ黒である点だ。

盗品である事は当たり前。また暗器など、裏稼業の者達が重宝する品も揃えられている。他にも、取引が禁止されている違法術具や、毒物なども含まれるときたものだ。

暗殺に強盗、そして快楽殺人と、このチームが捌く品は真っ当に扱われる事のないものばかりであり、その全てに非業の死が纏わりつく。そこらの死の商人すら真っ青な仕事ぶりというわけだ。

「とんでもない者共がいたものじゃな……」

盗賊が撒いた毒によって、村が一つ滅んだ。正義感に溢れた貴族が、暗器の前に倒れた。違法術具によって、森と動物達が全て焼かれた。などなど。アルマが例として挙げた被害を聞いたミラは、よくそれだけ酷い事が出来るものだと沈痛な面持ちで俯く。

「ほんと、そうだよね」

呟くように同意したアルマ。彼女いわくこれは極一部であり、まだ軽い方なのだそうだ。大陸各地で発生する犯罪のうちの一割は、この組織が売った品が関係しているほどであるという。

それは、ミラも絶句する影響力だった。

「それで、二つ目の柱はね――」

一呼吸置いた後、アルマはこれも使命とばかりに話を続ける。そうして語られたのは、これもまた真っ黒な売買を行うチームの内情であった。

だが先程とは、扱っているものが違う。このチームが扱うのは物ではなく、命だったのだ。

「密猟だけに止《とど》まらず、果ては誘拐や殺人までする最悪な奴らなの」

売買されるのは希少な動物だけでなく、聖獣や霊獣、そして人身にまで及ぶそうだ。

禁猟区など一切気にせず、また三神国による保護法も無視。人の子供は攫《さら》われ、抵抗した親は無残に殺されるという。

加えて、この者達は命を何とも思っていないらしく、売れ残ったり必要ないと判断したりした場合、躊躇《ちゅうちょ》なく処分するそうだ。

「ふむ……。極悪な者共がいるものじゃな……」

アルマが話す詳細な被害内容に、苦悩の色を浮かべるミラ。密猟時に負傷させたため、売り物にならないと処分された聖獣の赤ん坊や、無理矢理に親から引き離された子供など。このチームもまた、悲劇を生み続ける存在だった。

「でもね、一つだけ朗報もあるの」

そう前置きしたアルマは、「あの時、じぃじ達がした事で、このチームは大打撃を受けたんだよ」と、どこか慈しむように口にする。

「あの時とな……？　何かあったかのぅ」

はて、どの時だろう。そう首を傾げるミラにアルマは言った。それは、キメラクローゼンを潰した時の事であると。

「このチームはね、キメラクローゼンとも繋がっていたの。精霊さん達まで売買するためにね」

アルマは、だからこそその一件は、組織への大打撃に繋がったのだと力強く語った。

キメラクローゼンを潰した後、五十鈴連盟は、そこに関わっていた者達から情報を訊き出し、関係者を次々と捕まえていった。

その仕事ぶりは優秀そのもの。それなりに重要な立場にいた人物を捕まえようものなら、そこから多くの情報を引き出し、一気に深くまで入り込んでいくほどだ。

だからこそ、命を売買するチームは組織本体を守るため、多くの幹部や重要な拠点を切り捨てざるを得なくなった。結果、相当な損害を与えると同時に、このチームは大きく弱体化させられたわけだ。

裏から手を回し、冒険者総合組合を中心に動かしている五十鈴連盟。

アルマはこれを、正義の裏組織として認識しているようだ。素晴らしい仕事ぶりだと絶賛する。

「ほう、そうじゃったか。それは、頑張った甲斐があったというものじゃな」

思わぬところに出ていた影響を聞き、ミラは小気味よいと笑った。

しかもキメラクローゼン消滅により、精霊の売買に加えて、それらを行っていた拠点や幹部を失った事で、その後の聖獣や霊獣、人身の売買にも多大な影響が出ているそうだ。

行方不明や禁猟区への不法侵入者、また聖域の侵害などによる被害が、目に見えて減少しているという。特に人身売買については、それ以外にも理由があるのではないかと思えるような減少幅であるらしい。

ゆえにこのチームを取り仕切る者は、今組織の中でも、これ以上にない窮地に立たされているだろうとはアルマの予想である。


「で、三本目の柱なんだけど、ここがじぃじに頼みたい事と関係があるところなの――」

改めてそう言ったアルマは、『イラ・ムエルテ』を構成する三つ目の柱について、詳細を口にしていった。

そのチームが担当するのは、先ほど挙げた二つと密接にかかわるものだった。

それは、流通だ。大陸中から集めた武器や術具、そして動物に人などを大陸中に送る事が、このチームの仕事である。そして先程アルマが出した名、『闇路の支配者、ユーグスト・グラーディン』こそが、このチームを束ねる大幹部だという事だ。

「あ、このユーグストという人物ですけど、結構な悪党でしてね」

巫女の存在を知るという組織の一人であるユーグストについては、エスメラルダが簡単に教えてくれた。

闇路の支配者という通り名の意味は、いわく、彼こそが闇の流通に使われる通商路のおおよそ半分を牛耳っているからだそうだ。

黒い品を運ぶための裏通商路。彼が開拓したそれは大陸中を巡り、今では悪党の大半がその恩恵を受けている。ゆえに大きな取引があった場合、全ての情報が彼の下に集まるわけである。

それほどの人物だ。呪物や禁制品など、表では捌けない品を扱う闇の商人ならば知らぬ者などおらず、かのキメラクローゼンの流通にも関与していたという事だ。

「それで私達もね、じぃじ達の活躍に負けてないいんだよ。ここだけの話なんだけど、実はうちの軍でこのユーグストが支配する裏ルートのほぼ全てを押さえる事に成功したの」

余程、自慢したかったのだろう。アルマの顔には、不敵な笑みが溢れていた。ただ、ちょこっと自慢するような言い回しとは裏腹に、その内容は、とんでもないものだった。

「……何やら、さらりと言うたが……本当か？」

思わず、そう訊き返してしまうほどだったアルマの自慢。だが、それも仕方がない。裏社会の中でも最上位に君臨する『イラ・ムエルテ』の重要な流通を押さえたというのだ。しかもほぼ全て、である。

それはつまり、『イラ・ムエルテ』のライフラインを断ったも同然といえる。どれだけ闇の商品を集めたところで、それを捌く事が出来なければ意味はないのだから。

何をどうすれば、そんなとんでもない事が出来るのか。その異常さに、むしろミラは困惑した。

「うん、本当。今現在で……確か、五千億リフくらいの取引を潰したかな。でね、ここでじぃじの出番ってわけ」

これまた簡単に肯定したアルマは、とんでもない額を告げたその口で、いよいよ巫女の護衛がどうとかいう依頼の詳細を語り始めた。

いわく、『イラ・ムエルテ』の流通を全て押さえられたのは、何といっても巫女の能力あってこそであると。

「未来を見通す能力っていうけど、正確にはちょっと違うの。それに、能力が及ぶ範囲も限定的で、地震や大事故を予知したりとも違う。じゃあ、どんな感じの能力なのかというと――」

アルマは言う。それは個人に対してのみ使えるものであり、だからこそ極めて強力な効果を発揮するものだと。

そして、未来を見通すのではなく、その人物が何をしているのか、更には今何をしようとしているのかを知る事が出来るというのが、この能力の正確な効果だそうだ。

「その能力の発動条件は一つ。対象が愛用している持ち物や、髪や爪といったものに触れるだけ。そして、一度でもこれを入手出来れば、何度でも能力が使えるの。――つまりね、ユーグストは今、組織のために何も出来ず、何も関われない状態にあるって事」

アルマの話によると、ニルヴァーナ皇国は長年に亘り『イラ・ムエルテ』との戦いを続けているという。そして数ヶ月前、多くの兵や間者の尽力によって、とある拠点の情報を入手。そこを調査した際、重要な手がかりの回収に成功する。

それが、ユーグストの毛髪であった。

「この能力の強みはね、一度で終わらないってところ。触れたら、その時点での情報が手に入るの。今触れたら、今ユーグストがしている事、企んでいる事が全てわかるってわけ。だから、うちに巫女と毛髪がある限り、奴は組織の仕事に近づく事すら出来ないのよ」

そう言い切ったアルマの目は、自信というより誇りに満ちたものだった。ニルヴァーナ皇国の力、そして多くの者達の力によって、かの大敵に大打撃を与えられた。それを心から誇っているのだろう。

「なるほどのぅ……。組織の取引の全てを知るからこそ、その能力は大敵になるわけじゃな」

ユーグストが管理する裏通商路。だからこそ、それを使った『イラ・ムエルテ』の取引は全てが巫女に筒抜けとなった。

加えて、これを利用していた他の悪党達の取引までもがニルヴァーナによって押さえられた事で、その信頼性も激減。更に対策をすればするほど、ニルヴァーナ側に手の内を晒す事に繋がる状態だ。

組織の重要な柱を完全に封殺した巫女の能力。その結果がもたらす影響は、もはや計り知れない。

話の内容からだいたいの状況を把握したミラは、それは恨まれるだろうなとも納得する。そして、暗殺者が送り込まれたのも当然の帰結かと得心した。

「ところで、ふと思ったのじゃが。先程、巫女の事を知っておるのは上層部の一部と、そしてユーグストとやらだけじゃと言うておったのぅ」

だいたいの事情はわかった。だがそこで不可解な点に気付いたミラは、そう言ってから更に「なぜ、そ奴だけが知っているとわかったのじゃ？」と続けた。

見た限り、探り回っていた暗殺者達は巫女の手掛かりどころか、存在するかどうかすらつかめていない様子だった。それほどまでに情報封鎖は完璧というわけである。

だがアルマは先程、ユーグストだけは知っていると断言していた。

聞いた限り、巫女の能力に相手が気付ける要素はない。どこかに落ちた毛髪を使っているなど、その能力の存在を知らなければ予想すら出来ないだろう。だが、暗殺者を送り込まれているのが現状だ。どこからか情報がもれたのか、どうして気付かれたのか、そこがミラは気になったのだ。

「それは、この能力の副作用というかなんというか……強力な効果だけあって、デメリットもあるの」

ミラの質問にそう答えたアルマは、お茶で口を湿らせてからデメリットとやらについて話し始めた。

巫女の持つ能力。それは対象の思考を読み取り、何をしているのか、何をしようとしているのかを詳細に把握出来るという強力なもの。

だが、それほど思考の深くにまで入り込み読み取るからこそ、誰がどのような意図で見て、読んで、監視しているかが相手にも伝わってしまうのだそうだ。

「そうなのよね。前に、どの程度か試してみたのですけど、なんだか凄く不思議な感覚でしたわ」

どうやらエスメラルダは実験的に、巫女の能力を受けた事があるようだ。その経験によると、初めのうちは僅かな違和感程度だったという。だが何度も繰り返す事で、巫女の存在をはっきりと認識出来るようになったとの事だ。

現在、巫女はユーグストに対して百回を超えるほど能力を行使しているらしい。となれば相手もまた、相応に感じ取っているとみて間違いはない。

巫女を排除しようとしてくるのは当然といえた。

「なるほどのぅ……。つまり、巫女とやらが狙われる事も想定出来た、という事じゃな。ならば何故わざわざ、わしに護衛などを頼む？　状況からして、護衛は既におるのじゃろう？」

能力を使えば、向こうに気取られる。それでも、巫女の存在が相手に知られる危険を冒してでも、アルマは『イラ・ムエルテ』の裏通商路を封鎖する方法を選んだわけだ。

情報を制限し、巫女の居場所がわからないようにしているとはいえ、いざという時もある。状況からして護衛を付けるのは当たり前であり、アルマがその程度の事をおろそかにするはずもないとミラは知っていた。だからこその疑問だ。

「えっと、その……。いるにはいるんだけどね……」

ミラが問うたところで、急にアルマの歯切れが悪くなった。

いるにはいる。その言葉からすると、やはり巫女には初めから護衛がつけられていたようだ。そして状況から考えても相当な実力者、もしかしたら十二使徒の誰かである可能性も高い。

となれば、それこそミラの出番はないというもの。しかし、いるにはいるという言葉が示すように、どうにも中途半端である事も確かだ。

「どういう意味じゃ？　はっきりせぬか」

ちゃんと理由を述べろと催促するミラ。対してアルマは、どこか落ち着かない様子で何かを言おうとしては言葉を呑み込む仕草を繰り返すばかりだ。

「いったい何なのじゃ」

そうミラがむすりと膨れたところで、エスメラルダが一つ、大きなため息を吐いた。

「では、私がお話ししますわね」

仕方がないとばかりの顔で告げた彼女もまた言い辛そうにしながら、それでも護衛が既にいるにもかかわらず、ミラに護衛を頼む事になった経緯を語った。

「今はね、ノイン君が護衛についているの」

そんな言葉から始まった事情説明。そしてミラは、その名を聞いて更に疑問を深める。

「なんじゃ、これ以上ないくらいの護衛ではないか」

十二使徒の一人、『白牢《はくろう》のノイン』。彼はソロモンと同じ聖騎士であるが、邪道を行くソロモンとは違い、王道を行く聖騎士だった。

とことんまでに防御を極めた彼の力は随一であり、全力で護りに入れば、かのアイゼンファルドのドラゴンブレスすら防ぎきるほどだ。

かつて行われたダンブルフ対ノインの試合は、長時間決着がつかず引き分けとなったものである。虎の子のアイゼンファルドの一撃が通じないため攻めきれず、軍勢で足止めする事しか出来なかったダンブルフ。

対してノイン側も、どれだけ倒そうと、どれだけ防ごうと一歩も前進を許してくれない軍勢に完封状態。

ゆえに、埒が明かないと引き分けで決着になったわけだ。

と、そういった事からしてノインならばどれだけ強力な攻撃だろうと、どれだけの数で攻められようと護り切れるだけの実力がある。巫女の護衛として完璧な人選といえた。

「わしの出番なぞ、皆無に思えるのじゃがのぅ」

だが巫女の護衛を頼まれるとは、どういう事か。いったい何が問題なのか。護衛役という面でみれば自分では及ばないと自覚するミラは、嫌がらせか何かかとばかりにエスメラルダを睨む。

「ええと……そうなのだけど、そうじゃなくなってしまったのよ」

そっと逸らせた視線を彷徨わせながら、言い淀むエスメラルダ。だが、このままではミラを納得させられないと覚悟を決めたのか、一つ大きく息を吐いて、それを口にした。

「実はね、あの子……巫女の女の子はね、男性恐怖症になってしまったの。だからノイン君じゃ同じ部屋どころか、近くにいるだけで情緒不安定になっちゃって……。今は離れた扉の前で見守ってくれているのよね。でもそれだとやっぱり、ねぇ」

エスメラルダの表情は、心底困ったといった様子であった。確かにそのような状態では流石のノインでも、いざという時に能力を半分も活かせないだろう。

ただ、それを聞いたミラは、また新たに飛び出してきた疑問に表情を改める。

言い方からして、初めのうちは男性恐怖症などではなかったようではないか。だが、それがどうしてそうなったのか。

ノインが何かしでかしたという可能性もある。何かと女性好きな性格だ。だが彼は、だからこそ女性が嫌がる事は決してしない。

加えてその容姿は、ザ・聖騎士である。巫女が惚れる事はあっても、男性恐怖症の原因になる事はない、はずだ。

「ふーむ……男性恐怖症のぅ……これまた、なぜそのような事になったのじゃ？」

途中から、というのが気になったミラは、単刀直入にそう問うた。護衛すら出来なくなるほどの事となれば相当な事態だ。その原因は何なのか。気になるところだ。

ただ、エスメラルダの反応が芳しくない。アルマに至っては、完全にそっぽを向いてしまっていた。それほどまでに酷い事があったのか。そう察したミラは、嫌なら言わなくてもいい、と告げようとした。だがその直前で、意を決したようにエスメラルダが話し始める。

「実はユーグストが……ね──」

ぽつりぽつりと語られた内容は、ミラでもドン引きするようなものであった。

巫女の能力によって、現状と全ての企みを見抜かれていると気付いたユーグストがとった行動。エスメラルダが赤面しながら告げたそれは、子供には見せられないような事のオンパレードだった。

そう、彼はこれ見よがしに、そして見せつけるように女性との変態的な遊戯《ゆうぎ》を行い始めたというのだ。

エスメラルダが言うには、巫女はまだ十四歳。そんな多感な時期の少女が、大人の汚い変態性をこれでもかと見せつけられたとなれば、男性恐怖症に陥るのもまた無理からぬことであろう。

だが、かといってユーグストを監視しなくなれば、向こうの思う壺である。巫女の監視がなくなれば、彼はまた盛大に仕事を始められるのだから。

ただ、それでも巫女の事を考えて、回数は減らさざるを得なかったそうだ。結果、時間のかかる大きな取引の計画は見張れるが、小さいものは難しくなったとの事だった。

「何とも、ド変態じゃのぅ……」

巫女が少女である事を知ったユーグストがとった対抗策。馬鹿げてはいるものの、それなりの効果が出ているため今でも続いているそうだ。

それはただの策なのか、それとも彼にそういう性的嗜好あってこそだったのか。そこまでは判断出来ないが、ミラは呆れ顔で呟いた。そして同時に、ここのところ、どうにも変態が関わってくる事が多いのではないかと苦悩した。

〈19〉


「わしに、そのような依頼をしてきた理由は理解した。じゃが、そもそも男以外でよいのなら他にもおるじゃろう？　それこそ、エメ子でもよさそうなものじゃが」

巫女が男性恐怖症になってしまったため、中身はともかく見た目は女の子なミラに役目が回ってきた。そこまでは、まだどうにかわかる。

だが、そういう事ならば十二使徒にだって女性はいるのだから、そちらで選抜すればいいだけの話だとミラは言った。

するとそれに答えたのはアルマだ。

「普段ならそうしたんだけど、今はちょっと人手不足なんだよねぇ」

その疑問はもっともだとばかりに頷きながら、アルマはそう出来ない理由があるのだと続ける。現在は、ノイン以外の十二使徒全員がそれぞれの任に就いていると。

そして、それを告げたところでアルマは笑みを深めた。その表情は女王ではなく悪巧みをする悪女のそれに近かったが、彼女にしてみると精一杯の策士顔だったのだろう。自信に満ちた雰囲気を前にミラは何も突っ込まず、聞く事に徹した。

「実はね、この闘技大会には狙いがあるの。何を隠そう、この大会は『イラ・ムエルテ』を攻略するための作戦の一環だったのよ！」

十二使徒の女性陣は何をしているのか。そんな話をしていたはずが、再び話があらぬ方向に向かい始めた。

だがそれは関係ないようでいて、むしろ根幹にかかわってくる内容だったりする。

ニルヴァーナ皇国にて開催されている闘技大会。実はその裏で『イラ・ムエルテ』の最高幹部達を暴き出し、これを壊滅させるための作戦が多数実行中だという事だ。

「──そういうわけで協定を結んでね。うちで盛大に舞台を用意しようって事になったのよ」

相手は、大陸中に影響を及ぼす大組織である。いくらニルヴァーナ皇国といえど、これを単独で相手するのは難しい。よって幾つかの国と内密に連携し、今回の作戦を実行したそうだ。

その内容は単純なもの。大陸最大規模の祭りを開催し、それを理由に大きく人を動かしていく。そこには危険が伴うが、上手くいけば一気に組織の深部まで暴けるという大胆な作戦だった。

「なるほどのぅ……。それで全員が出張っておるわけか」

作戦の一つは、各国の重役をニルヴァーナに招待するというもの。だが、ただの重役ではない。そっと隠しながらも調べればわかる程度に、ある情報を流した者達だ。

その情報とは、『組織を潰すべく、各国で指揮をとっている者であり、ユーグストに仕掛けた作戦にも関わっている』というような内容だ。

つまりは、組織に狙われる動機を与えた上で、警備が行き届いた国内の安全な場所より外に出すといったものである。正に、狙って下さいと言っているようなものだ。

なお、襲ってきたところを確保するのが、この作戦の狙いらしい。

重役達は、そんな作戦である事を承知で同意したという。組織の手がかりを掴めるなら、我が身を囮にするなど安いものだと。

「だから全員出払っているのよね」

当然、ただ囮にするばかりではない。そこには、確実に賊を捕らえるための準備もあった。

それが十二使徒である。

招待した重役は四人。一人につき、二人の十二使徒が護衛として付いているそうだ。しかも、それとわからぬように変装し、そこらの護衛に紛れているという。

残る十二使徒は四人。うちエスメラルダを含めた三人が国防のため、大会の見張り役も兼ねて残っており、もう一人は巫女の護衛であったノインとなる。

この四人の中で、女性はエスメラルダだけ。しかしながら、これだけの人が集まる大会だけあって毎日のように怪我人やら何やらが出るため、彼女が指揮をとる救護隊は大忙しだ。

よって、巫女の護衛に回せるだけの余裕がないというわけだった。

「何とも、危ない橋を渡っておるな……」

闘技大会の隠された開催理由。それは、大陸中を蝕《むしば》む悪の組織『イラ・ムエルテ』を壊滅させるための一手だった。

その事に驚きながらも、同時にミラは巫女の護衛として選ばれた事に納得する。

敵は、巨大な組織だ。今は巫女の特定を進めている状態のようだが、いずれは相当な手練れを送り込んでくるだろう。となれば巫女の護衛も、それに対応出来るほどの者でなければいけない。

だが、ニルヴァーナにおいて最も適した力を持つノインは、巫女の男性恐怖症によって不可となった。更に手の空いている十二使徒はいないときたものだ。

そこへ、のこのことやってきたのがミラである。精霊女王だなんだと有名になってきたが、そもそもミラは十二使徒と同列に扱われる九賢者の一人。

しかも、幾らでも頭数を揃えられる召喚術士ときたものだ。

巫女の護衛の件で悩んでいたアルマにとって、これはもはや天恵《てんけい》のようなものだった。

「それと、実はね――」

説得材料の一つとばかりに付け加えるようにして、アルマは言った。大会本戦中、巫女がお忍びで会場に顔を出す予定であると。以前にそのような情報を、そっと流していたという。

そう、今回の作戦は、巫女すらも囮にするものだったのだ。

「それもこれも、ノイン君がいてこそだったんだけどね……。だから今は観戦中止の方向に話を進めているんだけど、凄く楽しみにしていたみたいで……」

ノインが護衛についているなら、それこそ大規模レイド戦ですら、ジュースとお菓子を手に近くで観戦出来ただろう。だがノインが傍にいられなくては、どうしようもない。

更に観戦の情報は流してしまった後である。『イラ・ムエルテ』の情報収集力からすれば、既に伝わっているはずだ。

つまり、確実に守れる状態でなければ観戦は難しい。しかも巫女は、そういった作戦が裏で進行している事を知らない。だからこそ、その落ち込みようもまた相当らしい。

「ふむ。まあ、いいじゃろう。そういう事ならば引き受けようではないか」

現状についてだいたい把握したミラは、そう快諾した。

重要な流通網を握るユーグスト。その動きを大きく封じる巫女を、『イラ・ムエルテ』は是が非でも排除したいと思っている事だろう。

相手は、大陸規模に及ぶ悪の組織。巫女は、そんな巨大な敵と戦う勇敢な少女。ただ何より落ち込んでいる巫女を、どうして放っておけるというものか。

「ありがとう、じぃじ！」

「ありがとう、ミラ子さん。助かるわ」

ノインさえいれば護衛は十分であったはずが、予想も出来ないまさかの状況となって相当に難儀していたようだ。礼を言うアルマとエスメラルダは、それはもう安堵した様子だった。

「しかしまあ、そう旨くいくものかのぅ」

巫女の護衛については理解した。だが、重役や巫女を囮に暗殺者達を誘い出し『イラ・ムエルテ』の情報を手に入れるなどと簡単に言うが、それほど簡単だろうかとミラは疑問を呈した。

「世の中には、金だけでそういう事を引き受ける者がいるのじゃろう。そういった者を捕まえたところで、組織に関係する情報は持っていなそうじゃが」

ニルヴァーナという国が相手であるため、『イラ・ムエルテ』側も、相応な刺客を送り込んでくるのは間違いない。

だが、その者が『イラ・ムエルテ』の情報を持っているかどうかが問題だ。ただの雇われでは、大した事がわからず終わるだけというもの。

「その点については、半々ってところかなぁ」

何かしら理由があるのだろう、半々と言いつつも自信満々に答えたアルマは「だからここで、四本目の柱について説明しちゃうね」とも続けて、その理由を話し始めた。

組織を構成する四本目の柱。それは情報部であり、同時に暗殺なども担当するチームだという事だ。

「あ、そうそう。報告にあったけど、じぃじが捕まえてくれたヨーグって男も、このチームに所属しているか、所属する者と繋がりがあるって情報が回ってきててね。拠点まで見つけて、しかも一網打尽だなんて、ほんとお手柄だよ。ありがとう、じぃじ」

「まあ、お安い御用じゃ」

あの暗殺者集団、そのボスであったヨーグが、この組織のチームと関係があったようだ。

また、その狙いが巫女だったという事からして、アルマの策が幾らか効果を発揮していたというわけだ。

取り調べを行えば、何かしら情報が得られるだろうとアルマはほくほく顔だ。

「それで続きなんだけど、この『イラ・ムエルテ』って、すっごく秘密主義で。外部との繋がりがほとんど無いの――」

話は組織の情報部について。情報というものは時に金よりも価値がある。それらを管理統括し、時に操作や削除をするのがこのチームであり、組織の中でも特に優秀な者が揃っているようだ。

そして、だからこそというべきか、決して外せない重要な仕事には、このチームの者が必ず就くという。

「特に今回の件は、とびきりだろうからね。ほぼ間違いなく、組織のお偉いさんが出張ってくるはずだよ」

ニルヴァーナの巫女の力によって、柱の一人であるユーグストの仕事情報が筒抜けになってしまっているという事実。

これは組織にとって、決して同業者に知られたくない秘密であろう。

長い間、社会の闇の頂点に君臨し、多くの悪党を牛耳ってきたのが『イラ・ムエルテ』だ。影響力もさる事ながら、その絶対的な地位は悪党達からの信頼ゆえでもある。また矜持《きょうじ》を持して、だからこそ舐められるような原因を放置は出来ないだろう。

今回の件は、それらを失墜させるような出来事といえた。

巫女と呼ばれる少女によって、五千億リフ規模の損害を被り、重要な裏通商路を全て押さえられてしまったというのだ。『イラ・ムエルテ』にとっては、絶対に知られたくない失態である。ゆえに、誰にも知られないよう確実に任務を遂行するため、組織内部で既にこの事実を知る幹部クラスが動かざるを得ない。そうアルマは推測を述べた。

「ふーむ、何ともややこしい話じゃが、身内の恥は身内でという事じゃな」

仕事を依頼した外部の者が標的である巫女から情報を入手しようものなら、組織の汚点が知られてしまう。そのため、事態を把握している情報部の上が動くと睨んだわけだ。

「まあ、そういう事。で、そんなお偉いさんだからこそ、こっちの重要な標的にもなるの。なんてったって、組織が関係する色々を隠蔽するのもまた、この情報部のお仕事だからね」

今回の件のように、組織の不利となる要素を静かに排除する。情報部はそういった事を担当しており、だからこそ組織についての重要な情報も握っているわけだ。

アルマは言う。今回の作戦、これだけの闘技大会を開催した理由は、この情報部の幹部を捕らえる事に集約していると。

「なんともまた……大胆で大雑把な作戦じゃな」

ミラは、そう率直な感想を述べた。

可能性はあるものの、確実に情報部の幹部が出てくるというわけではない。また、観戦のために守りの厳重な王城から闘技場に巫女が出てくるとしたら絶好の機会だが、律儀にそこを狙う必要もない。暗殺するならば、他にも色々な手があるのだから。

ただ、そのようにミラが難色を見せたところで、アルマがこう続けた。「でもね、じぃじのお陰で、もっと勝算は上がったと思うんだ」と。

「なんじゃ、それはどういう意味じゃ？」

やけに自信ありげなアルマの様子に、ミラはそう問うた。するとどうやら、それにはノインの存在が関係しているようだ。

「ノイン君の鉄壁ぶりは国外でも有名だからね。彼が護衛についていたら警戒されるのは間違いないと思うの。だから成功するかどうかは半々だった。でもじぃじが代わってくれた事で、ノイン君は動き回れるようになった。そこがポイントね」

アルマは言った。見張りからフリーになったノインが、それとなく大会のあちらこちらに姿を見せる事で、より誘い込みやすくなると。

ノインの目撃情報が広まれば、彼が巫女の護衛を離れたと組織側も気付くだろう。

巫女が男性恐怖症になった事は、能力を介して向こう側にも伝わっていると思われる。その結果については作戦か偶然かは不明だが、ユーグストの行動によって護衛が変更になったとすれば、向こうはそれをチャンスだと考えるかもしれない。

「完全無欠な護衛じゃなくなった。しかもそれは、ユーグストのお手柄によるもの。となれば、これを隙が出来たって思うのは自然の流れじゃない？」

どうだとばかりのアルマの顔。ただ、彼女の言う事も一理ある。考えうる限りで最高の護衛が、ちょっかいをかけた事で交代になった。しかも仕方なくとなれば、きっと最高ではなくなったと誰もが考えるはずだ。

「確かにのぅ」

元々がノインだった事を思えば、たとえ同じ十二使徒の誰かに代わったとしても、護衛力は落ちたと言える。その流れは納得出来ると、ミラは頷き答えた。

「更に更にじぃじが、というか精霊女王が新しく護衛についたって事も能力を使えば向こうにも伝わるから、そこもポイントね。なんてったって、今話題の冒険者だし」

その容姿は、男性恐怖症の巫女に就く護衛として申し分なく、噂から見えてくる力量も確か。急遽、護衛を替えなくてはいけなくなったという状況において、決して向こう側にも怪しまれない人選であるはずだと、アルマは胸を張る。

変装した今のまま謎の護衛少女となる手もあるが、それよりも召喚術士であるという情報が明らかになっている精霊女王の方が、『イラ・ムエルテ』側は御しやすいと考えるだろうというのが、アルマの予想だ。

「幾ら凄腕と噂になっているとはいえ、結局、精霊女王は新進気鋭の冒険者。打つ手はあるって、あっちはむしろやる気を出してくるかもね。でも本当は、ノイン君と同列の九賢者。ただの凄腕だと舐めたら痛い目に遭うってわけ。ね、完璧な作戦だと思わない!?」

この策士っぷりは如何かとばかりにドヤ顔なアルマ。対してミラは「面白いではないか」と、こちらもまた乗り気だった。

素人だと思ったら世界王者の変装だったというタイプのドッキリに似た作戦である。これは全力で迎え撃たなければと、ミラのやる気は急上昇だ。

「でしょでしょ。じぃじならそう言ってくれるって信じてた！」

普段から好戦的な気質のあるミラだが、その実、ゲーム時代での戦争では、防衛や護衛に回る事が多かったりした。

その理由は、なんといってもホーリーナイトの存在にある。護る事に長け、召喚主が気付いていなくとも行動を命じておくだけで自動で迎撃してくれる。しかもお手軽に召喚出来るときたものだ。ホーリーナイトを配置するだけで、防衛力が飛躍的に向上するとなれば、使わない手はない。

護衛に関していえば、ミラはそれなりに自信があった。だが今回は、それ以上の事を画策して薄ら笑っている。

（これは新たに考案した方法を試す、よい機会にもなりそうじゃな）

塔で過ごした日々。存分にあった時間で召喚術の活用法を多く考案したミラは、ここでもまた幾らか使えそうだと実験を目論む。だが、そんな事を考えているなど表には出さず、「わしが護衛に就くからには、傷一つつけさせぬぞ」と自信満々に豪語してみせた。

そんなミラの言葉を、頼もしいと感じたようだ。アルマとエスメラルダは、ありがとうと今一度感謝を口にしたのだった。

〈20〉


「じゃが、護衛に就く前に一つ用事があってのぅ――」

巫女の護衛を引き受けた後、ミラはそう切り出した。

頑張る巫女のために引き受けたとはいえ、ミラはミラで、ここにはメイリンを見つけるという任務でやってきている。それを達成するまでは、まだ動き回れる状態でなければいけないのだ。

ゆえに、正式な護衛となるのは、それらの用事を完全に済ませ終えて戻ってからだと告げる。

「あ、そうだったんだ。で、どんな用事!? 私達に出来る事があったら何でも言って！」

ミラが護衛を引き受けた事に対する感謝はかなりのもので、アルマは任せろとばかりに胸を張る。

そしてエスメラルダもまた、「ええ、私に出来る事なら手を貸しますわ」と続けた。

「おお、そう言ってくれるとありがたい。ならば、頼みたい事があるのじゃが――」

二人の言葉は、正しく今求めているものだった。よってミラは、ここぞとばかりにそれを口にする。

「大会の参加者名簿を確認させてくれぬか」と。

「大会の参加者名簿？」

ミラの頼み事に対して、首を傾げるアルマ。そんなものを確認してどうするのかと疑問を抱きながらも、その目は興味の色で染まっていた。

「ミラ子さんが、それを望むのなら構いませんわ」

エスメラルダには、なぜ参加者名簿などをといった疑問を持った様子はなかった。だがアルマ同様、興味を抱いたようだ。

「大会参加者は、今の時点でも数千人になっていますわよ。それを確認するのかしら？　相当に大変な事ですけど……なんならそちらも手伝いましょうか？」

そんな理由をつけて手伝いを申し出たエスメラルダ。つまり、手伝うので参加者名簿の何を確認するつもりなのか教えてくれという意味が、その言葉にはこめられていた。

「うんうん、何でもするよー」

更に便乗するアルマ。そんな二人の様子に苦笑するミラ。ただ、どのみち参加者名簿を確認するのに人手はほしかったところだ。

「それならば手を貸してもらおうかのぅ」

そう返したミラは、「実はじゃな――」と、そもそもニルヴァーナまでやってきた理由について二人に語り始める。といっても、九賢者を捜しているという事は既に説明済みだ。よって説明は簡単に終わった。

かの九賢者が一人『掌握のメイリン』を捕まえにきたとだけ話せば、だいたいは伝わるというものだ。

「まあ、メイちゃんが来てるの!?　あ、でもそうね、そうよね。これだけおっきな大会だものね」

実際、エスメラルダは事情を直ぐに把握していた。少し驚きつつも納得といった顔だ。

同時に嬉しそうでもあった。九賢者と十二使徒の関係はなかなかに深く、また不思議と馬が合うようで、メイリンとエスメラルダは特に仲が良かったからだろう。

「なるほどなるほど……。そうだよね、メイリンちゃんなら絶対来てるよね。うん、わかった。ばっちり手伝っちゃう！」

参加者名簿を確認してどうするのか。アルマとエスメラルダは、その意味まで察したようだ。今夜中に手配して、明日には全部用意しておくと約束してくれた。


護衛だ任務だといった話は一通り終わり、自然とその場は乙女達（？）のお茶会に変わっていった。

ゲーム時代の事や、この世界に来てからの事などを面白おかしく語らうミラ達。他愛もない話を交わしながら、お茶とお菓子を楽しむ優雅な一時である。

「しかしまた、とんでもない大会を開催したものじゃな。いったい運営するのにどれくらいの費用がかかっておるのじゃ？」

そこでふと、ミラは興味からそんな質問を口にした。

無差別級の優勝賞金が五十億リフという、とんでもない金額である事に加え、伝説級やら何やらといった高級な武具がゴロゴロ賞品として並んでいる闘技大会。更には巨大な闘技場と、各催し物のスペースなど。会場は、ちょっとしたテーマパークさながらの雰囲気で溢れていた。

アルカイト王国では間違いなく実現不可能である規模の大会。実に夢のある一大イベントだが、これだけのものを用意するには、どれくらいのお金が必要なのかと気になったミラ。

対するアルマは、にやりと笑って答えた。「二兆くらい」と。

「ちょ……う、じゃと……？」

それは、億よりも上の単位であった。個人でお目にかかる機会など皆無な桁であり、国家規模でみても、おいそれと動かせるような額ではない。

そんな、アルカイト王国では国家予算にも匹敵する金額が、一度のイベントで使われたというわけだ。

（プレイヤー国家ランキング第二位だけあって、桁違いじゃのぅ……）

片や小国のアルカイト王国がこれだけの大会を開催したとしたら、それはきっと終国祭になるだろう。

「流石はニルヴァーナじゃな。大会のために、それだけの金をぽんと出せるとは……」

そう返したミラは、国力の違いにただただ苦笑する。だがドヤ顔のアルマに比べて、エスメラルダの表情はどこか呆れた様子であった。

「もう、アルマったら。そんなに自慢しないの。あのね、ミラ子さん。いくらうちでも、ぽんとは出せないのよ。私達全員が私財を持ち寄って補填《ほてん》して、やっとだったんだから」

何やらエスメラルダがそう暴露したところ、アルマが「うっ」と息を詰まらせる。

続くエスメラルダの話によると、何でも少しずつ進めていた大会計画を、今年に入って少し過ぎたあたりから一気に推し進めていったのだという。

その理由は、『イラ・ムエルテ』の状態の変化だ。

巫女の力に加え、他の何かしらが関係し大幅に弱体化する様子をみせたためだという。そこで、もとより計画していた大会に、焦る『イラ・ムエルテ』を誘い込む作戦を組みこんで実現したのが今の闘技大会だった。

ただ、既に今年度の予算については割り当てが決まっていた。よって加速する大会準備に拡大した規模、そして運営費に割ける資金は少なく、超過分については全て十二使徒達が自腹を切ったという。

結果、ゲーム時代に貯め込んだ蓄えが、全て消し飛んだとの事だ。

その額、なんと一兆リフ。十二人で出し合ったとはいえ、一人当たりの負担は八百三十億リフほど。ミラにとって、この時点でもう途方もない金額であった。

「よくもまあ、それだけの私財を抱えておったものじゃな……。わしには、その一パーセントも残っておらぬというのに」

驚くべきは、個人でそれだけ貯め込んでいた十二使徒達の懐だ。

同格の実力を持ち、ゲーム当時も同じくらいに活躍していた九賢者。だが全員で私財を持ち寄ってどれだけの額になるかといえば、きっと百億あればいい方だったとミラは思い返す。

「やはり、国という大きな基盤の違いによるものなのかのぅ……」

どこでそれだけの差が生まれてしまったのだろうか。思えば、地位に比べて給与はそれほどでもなかった、などと考え出すミラ。だが、そんなミラにアルマとエスメラルダの視線が突き刺さった。

「それはそうでしょ。じぃじのところは皆、実験だなんだって派手に散財していたじゃない」

「国というより、個人の違いでしょうねぇ。私達は決められた予算でやりくりしていましたけど、ミラ子さん達はちょっと……」

そう言って二人は、盛大に溜め息を吐いた。あれだけ豪快に稼ぎを使っていながら、お金がないと嘆くなど、何をほざいているのかと。

「う……いくらわしらとて、そこまでは……そこまで……む……うぬぬ……」

確かに、それなりに実験はしていた。そこそこの金額もかかっていた。だが、数百億単位の差が生まれるほどのものではない。ましてや、合わせて兆にまで届くほどなど、流石にありえない。

そう反論しようとしたミラであったが、思い返せば思い返すほど、心当たりになりそうな記憶がぽつりぽつりと浮かんできて徐々に表情を曇らせていった。

(あの時に建てた神殿は、いくらかかったのじゃったか……)

聖なる遺物に触れたり、由緒正しき神殿で祈りを捧げる事により会得出来る聖術の数々。はて、そこで誰ぞが思い付いたのは、新しい神殿を建てて由緒正しい場所にしたら、聖術は会得出来るのかというもの。

そうして出来たのがルナティックレイクよりいくらか西にある、大聖区という場所だ。三神を祀る大神殿と、多くの信徒達が暮らす寮、そしてそこまで続く道を整備したなんて事もあった。

思い出す限り、その時で既に少なくとも千億リフほどかかっていた。なお実験結果は、未だ出ていない。由緒正しい場所と認識されるには、やはり時間がかかるものであるからだろう。

（それと、あ奴の実験は随分と豪快じゃったな……）

様々なアイテムを触媒として燃やす事で会得出来る魔術。力ある品には、その力の基盤となっている何かがある。それらを炎によって抽出し、パズルのように組み合わせ、一つの術式として完成させる事が魔術を会得する方法の一つだ。

だが、まずはピースの形を知らなければ、組み合わせ方などわからないというもの。そのために魔術の塔の九賢者であるルミナリアは、入手可能なほぼ全てのアイテムと武具を集め、片っ端から燃やしていくという手段に出た。それこそ名品から英雄級、果ては伝説級までを燃やし尽くしたのだ。

（特に伝説級ともなれば数十億としておったからのぅ。貯まるはずもなしじゃな）

その結果、解明した術式は五つほど。加えてわかったのは、魔術会得の組み合わせは、そう単純なものではないという事実だった。

（ソウルハウルの奴も、思えば遺品やら何やらと集めておったな……）

聖人や英雄などと呼ばれる者達は、特別な力を秘めている場合が多い。そんな者達が生前に愛用していた、そして死の直前に傍にあった品というのは、特別な力が移りやすかった。

死霊術は、こういった品から取り出した力を術式に組み込む事が出来た。

力持ちの英雄の遺品より、『物理攻撃力上昇』の術式を獲得するといった具合だ。

よってソウルハウルは、聖人や英雄といわれていた者や稀代の大悪党、天才学者、更には歴史に名を残す芸術家まで、数多くの著名人の遺品を蒐集していた。これもまた全て合わせれば相当な額になる事だろう。

（今思えば、あれにも随分とかかった気がするのぅ……）

色々と心当たりを思い返す中、自身が取り組んでいた大仕事に行き着いたミラ。

その大仕事とは、荒れ果てた聖域を、かつての状態に戻すといったものだ。

アルカイト王国より、幾らか北東。そこにある山地の中程に、遥か昔は楽園と呼ばれていた聖域があった。多くの霊獣が暮らしていたという、平和で豊かな場所だ。

しかしその場所は、遠い昔に起きた大戦の戦火に巻き込まれて焼失してしまった。

そんな聖地を復興させようと尽力したのがミラである。神秘の薬やら何やらを使い森を蘇らせ、戦火などに巻き込まれないように周囲を補強したのだ。

そんな努力の甲斐もあり、今一度聖域として機能し始めたその場所には、霊獣や聖獣などがちらほらと集まるようになった。そして当然と言うべきか、かつてダンブルフは、それらとの召喚契約を目論み足しげく通っていたりした。

しかも、そんな聖域が他にも幾つかあったりする。これもまた全ての復興費を合わせると、かなりの額である。

また、どんな術の実験でも出来るように巨大な実験場を銀の連塔の地下に造ったり、実験に必要な素材を育てるために盛大な治水工事を始めたりと、考えれば考えるほど、どれだけ散財していたかがみえてくる。

予算内でやりくりしていた者達と、思い付くまま突っ走っていた者達。違いが出るのも当然といえた。

「色々と積み重なって今があるのじゃな。うむ、うむ」

出費だけではない。色々あったからこそ、今の力を手にする事が出来た。などと都合よくまとめるミラだったが、アルマとエスメラルダの視線は厳しいままであった。

〈21〉


ニルヴァーナ皇国の首都ラトナトラヤに到着した日。アルマ達と遅い夕飯を共にしたミラは、当然の如く別々に入浴してから通された客室で、そのまま眠りについた。

そうして翌日の朝。目を覚ましたミラは朝の支度を整えて、しゃっきりとした気持ちで部屋を出る。

「おおぅ!?」

出た直後、扉の傍で待機していた侍女の姿に、びくりと肩を震わせた。城という環境と侍女という存在が、かの天敵であるリリィを記憶より呼び起こさせたからだ。

「おはようございます、ミラ様。ご用意がお済みでしたら、食堂へご案内させていただきます」

清楚でいて、落ち着いた所作の侍女。ここまではリリィも同じだが、目の前の侍女からは、その奥底に黒く蠢《うごめ》く何かが一切感じられなかった。実にすっきりとした透明感に満ちているではないか。

「うむ、よろしく頼む」

侍女といえばリリィなどという間違った印象が、あまりにも強く焼き付いている。だが本来、侍女の中にあのような者がそういるはずもない。これが本来の姿である。

この城は寛《くつろ》げる城だと安心したミラは、緊張を解くなり侍女の後に続いて食堂へと赴いた。

「朝から食い過ぎてしまったかのぅ」

食後、満足そうに呟いたミラ。通された食堂は、ビュッフェ形式となっていた。本来は客人用ではなく、使用人達の朝食として用意されているものだという。

ただ、ミラならば貴賓用のモーニングコースよりもこちらの方がいいだろうというアルマの計らいがあったようだ。

それは大正解だった。好きなものを好きなだけ食べて、デザートで締めたミラは、それはもう幸せそうだった。

そうして朝食が済んだ後、再び侍女に案内され、そのままアルマの部屋へと通される。

「では、失礼いたします」

そう言って下がる侍女に「案内感謝する」と礼を言ったミラは、振り返りアルマと対面する。

「おはよう、じぃじ」

「うむ、おはよう」

そう簡潔に挨拶を交わしたところで、ミラは執務机の上に散らばる書類を見て思う。女王様も大変そうだな、と。

それから、よく眠れたかだとか、朝食は絶品だっただとか、昨日のミラの活躍によって色々とわかりそうだとか、巫女の護衛についての件だとかを話し合った。

「おはようございます、ミラ子さん」

いた。

「時間が空いたら手伝いにいくねー」

そんなアルマの声を背に受けて、なるべく早めに頼むと答えながら、ミラはエスメラルダの後に続

暫くしたところで、エスメラルダもやってきた。朝からにこやかな彼女は、昨夜に約束した大会出場者の名簿を用意してくれていたようだ。既に別室にまとめてあるという事だった。

「おはよう、エメ子や」

やってきたのは、沢山の棚が並ぶ大きな部屋だった。エスメラルダが言うには、ここは情報管理部の保管室だそうだ。

幅が三百メートルはあるのではというほど広く、中央の吹き抜けから見上げると、それが四層も重なっているのがわかる。流石は大国というべきか、管理されている情報の量がアルカイト王国とは比にもならないほどだった。

「これはまた……とんでもないところじゃな」

「こういうところにいると、価値観が狂いそうになるわ」

その光景を前にミラが呟くと、エスメラルダは苦笑気味に答えた。

どうやら彼女も、もともとが庶民気質なようだ。今でもまだ、王城暮らしは慣れないと笑う。

アルマといい、エスメラルダといい、そしてソロモンといい、現代よりも長い時間をこの世界で過

ごしながら、当時の感覚が抜けきらないという者は多いそうだ。

この世界が特別なのか、それとも肉体に何か秘密があるのか。

この件については、記憶の経年劣化が著しく遅い事が要因の一つではないかと、ソロモンが言っていた。

と、話の中でそんな事を思い出しながら到着したのは、書類室の更に奥にあった部屋。主に書類の整理などを行う場所だそうだ。

「これはまた……とんでもない量じゃな」

多くのテーブルと椅子が並ぶ部屋の一角、大きなテーブルの上に高く積み上げられた書類の山を目にしたミラは、見ただけで疲れ切った声をもらした。その山の全てが、大会出場者の名簿であったからだ。

「それじゃあ、ミラ子さん。私も用事を済ませたら手伝うから……頑張ってちょうだいね」

案内だけしたエスメラルダは、そう言って去っていった。

手を貸してくれるというアルマとエスメラルダだが、女王と十二使徒という役職だけあって相当に忙しいようだ。

「まあ、こうしてまとめておいてもらえただけでも有難い事じゃな……」

少しだけ寂しく感じながらも、ミラは最初の束を手に取る。

出場者名簿は、まず出場する試合別に分けられていた。術士クラスや十八歳以下のトーナメントごとといった具合だ。

そして、そこから登録順に並べられていた。つまり、早く来た者から順になっているというわけだ。

メイリンの性格を考えるなら、やはり無差別級だろう。そして、この大会の事を知ったら、いの一番に飛んでくるはずだ。よって登録順も、そこまで後ろになるとは考え辛いというもの。

「さて……見つかりますように……」

そう祈ってから、ミラは無差別級の名簿の一冊目を開いた。


デジタルデータでの情報管理は、非常に便利である。条件を設定すれば、一括で並べ替えなりなんなりと自在に出来るのだから。

確定している『仙術士』というクラス別にでも分けられたら、ずっと楽そうだ。そんな事を考えながら名簿をめくり、クラスを確認し続ける事、三十分と少々。

「あ……おった」

なんとクラスの欄に、きっちり『武道仙術士』と書いている人物がいたのだ。それは武道家であり、仙術士でもあると言っていた彼女がいつも名乗っていたもの。仲間内では有名な呼び方だった。

更に名前の方を確認してみたところ、その人物の名は『メイメイ』とある。

仙術の九賢者の名は、『メイリン』。多少は弁えているであろうから、偽名を使っているという予想と、偽名ながらさほど凝った名ではないという推測も見事にぴたりと当てはまった人物が見つかったわけだ。

「まさか、ここまで推理通りにいくとはのぅ。ふむ……ファジーダイスの一件で、わしの中に眠る探偵の才能が目覚めたのかもしれぬな！」

むしろメイリンという人物を知っているのならば誰でも一番に思い浮かぶような単純な推理だった。

だが、よほど思った通りにいったのが嬉しかったようだ。気分はまさにホームズである。

この人物こそが、捜しているメイリン本人で間違いない。そう確信したミラは、自信満々に笑う。

そして、あまりにもあっけなく見つかったなと、名簿の山を見つめながら、そっと苦笑した。

ここまで集めてもらっておいて、全体の一割も確認せずに見つけてしまい、少々申し訳ないと。

「まあ、運が良かったという事にしておこうか……」

そう言い訳を用意していた時だった。ドタドタと足音が聞こえたかと思ったら、バーンと部屋の扉が開いたのである。

「じぃじー、手伝いに来たよー！」

「進捗は如何かしら？」

そう言って顔を出したのは、アルマとエスメラルダだった。朝の公務を素早く終わらせて、約束通り手伝いに来てくれたようだ。

「おお、わざわざすまぬな。じゃが……」

ただ既に見つかったも同然なため、二人を苦笑しながら出迎えたミラは、そのまま黙って名簿を差し出した。

「どうしたの？」

　はてと首を傾げながらも、その名簿に視線を落とすアルマとエスメラルダ。それから少しした後に彼女達も気付いたのだろう、「あ……」と短く声を上げた。

「これは、メイリンちゃんで確定だよねー」

「ええ、きっとメイちゃんね」

　二人もまた、間違いなくメイリンだと確信したようだ。いざ名簿の山に挑もうとしたところで既に必要がなくなったという事実に、若干気が抜けた様子だが、見つかったのならそれでいいと笑い合う。

「えっと、それでメイリンちゃんの宿泊先はっと……」

　捜していたメイリンは、確かに闘技大会へ来ていた。それはほぼ確定したが、問題はその先。知りたいのはメイリンの居場所だ。

　出場登録の際に、滞在場所として宿の名や仮設キャンプの番号などを記入する欄がある。それを確認する事で、放浪修行娘のいつもは安定しない居場所がわかるという算段だ。

「アダムス家……って、どこなのさ」

「あらあら、どこかしらねぇ」

　見ると、そこにはただ『アダムス家』とだけ書かれていた。念のため、ラトナトラヤにある宿泊施設名簿を確認したが、『アダムス家』などという名の場所などなかった。

となれば、考えられるのは一つ。

「これはつまり、どこかの個人宅に居候しておるという事か……？」

「うん、多分そう」

「そういう意味でしょうねぇ」

そのように三人の意見は一致した。メイリンは今、アダムスなる人物の家に居候しているようだと。

「アダムス……何者じゃろうか」

宿泊施設ならば簡単だったものの、個人宅となると、また面倒だ。アダムスは、さほど珍しい名ではない事に加え、ラトナトラヤは人口数十万人規模の大都市である。どれだけの候補がいるか見当もつかなかった。

「一先ず、社会統括部にいって、全アダムスさんをピックアップしないと、かな」

これ以上の情報はないため、アダムス家を一軒ずつ回ってみるしかない。そのためには、国で管理している住民情報を調べる必要がある。

そうアルマが言うと、何軒くらいあるのだろうかと、ミラはげんなりとした表情を浮かべた。

「それにしても、個人宅だなんて驚きよね。メイちゃんの知り合いだったのかしらねぇ」

そんな事をぽつりと呟いたエスメラルダ。しかし、あちらこちらを放浪している修行娘に、寝床を貸してくれるような都合の良い知り合いなどいるのだろうか。そう誰もが疑問を抱く。

「あ、メイリンちゃんて、じっとしていれば可愛いから……」

不意にアルマが、そんな事を言い出した。犯罪チックな香りのする事態ではないのかと。

「流石に、それはどうかしら」

いくら何でも、そこまでの事ではないだろうとエスメラルダは否定する。彼女を力ずくでどうにか出来るような者は、まずいないと。

だが同時に、三人の脳裏に一つの予感が過る。言葉巧みにとなれば、可能性も多少は出てくるぞと。

「アダムスかぁ……」

「アダムスさん……ねぇ」

「ともかく、アダムスなる人物を調べてみなければ始まらぬな」

ここで話していても進展はない。まずは、社会統括部とやらに行ってみよう。そうミラが口にしたところだった。

「あの、新しい参加者名簿が運ばれてきたのですが、こちらへお持ちした方がよろしいでしょうか？」

扉のノックの後、一人の女性が顔をのぞかせたのだ。

彼女はエスメラルダの指示で、テーブルにある出場者名簿を運んだ者だった。あるだけ運ぶようにという指示だったため、大会の受付から追加で届いた出場者名簿も運んだ方がいいのかと考え、こうして訊きに来たようだ。

「ありがとう。でも、もう大丈夫よ」

メイリンだと思える登録者を見つけた事で、出場者名簿の出番は終わった。よって、新しい名簿は必要ない。エスメラルダが労うように答えたところ、女性は「かしこまりました」と一礼する。

だが彼女は、そのまま帰ろうとはしなかった。極度に緊張した顔をしつつも立ち去らず、何かを考え込むように俯いたのだ。

「まだ、何かあるのかしら？」

そうエスメラルダが問うたところ、女性は意を決したように顔を上げた。

「あの……アダムス先輩がどうかしたのでしょうか!?」

そう言った彼女の顔は、不安というより心配に染まっていた。どうやらアダムスがどうたらという、先程までの話し声が聞こえていたらしい。

そして彼女の先輩にあたる人物に、アダムスという名の者がいるようだ。そんな先輩と同じ名を、女王と十二使徒が悩んだ声で口にしていたとなれば、何事だと思うのも仕方がない事だ。

「ほぅ……そのアダムス先輩とやらの事を聞かせてもらってもよいじゃろうか？」

こんな身近なところに、一人目のアダムスの情報が転がっていた。これは、ただの偶然なのか、それとも。何かしら感じ入るものがあったミラは、真っ先に反応する。

「あの……えっと――」

女王アルマと十二使徒のエスメラルダ。そんな二人と一緒にいた謎の少女ミラを見て、何者だろうかと戸惑う女性。だが、その堂々とした態度を前にして、女性はどこか反射的に答えた。

アダムス先輩。話によると彼は騎士隊の隊長であり、今は闘技大会の受付責任者だそうだ。

「ほぅ……受付責任者か……」

それを聞いたミラは、ピンと閃く。もしかしたら、早々に当たりを引いたのではないかと。メイリンの事である。きっと、宿だなんだといった事など、まったく気にせず大会の登録にやってきたと思われる。となれば登録の際に、その点について色々なやりとりがあった事だろう。

「して、お主から見て、そのアダムス先輩とやらの人柄はどうじゃ？　例えば、捨て猫を放ってはおけなかったりとかせぬか？」

ミラは、更に深いところまで踏み込んでいく。すると女性は戸惑いつつも、少しだけ顔を赤らめながら口を開いた。

「はい、その通りです。怪我している野良猫とか、直ぐに連れて帰っちゃうんです。そして責任感が強くて、誰にでも優しくて、それでいて乱闘を始めるような人達を軽く制圧出来ちゃうくらい強いんです」

どうやらアダムスは、余程のお人好しなようだ。そしてだからこそ、この女性は必死でもあるのだろう。女王と十二使徒の会話に割り込んでしまうほどに。

「ふーん、そっかそっかー」

「あらあら、まあまあ」

アルマとエスメラルダは、その様子から彼女の内に秘められた淡い恋心を察したようだ。不敵な笑みを浮かべながらも、どこか微笑ましそうであった。

そしてミラもまたそれに気付いたが、こちらは「ほほーう」と、にやにや気味だ。

ただ、そんな三人の反応を前にして、女性は不十分だったと感じたらしい。いったい何が原因で、アダムスの名が挙げられていたのか。それを知らぬ彼女だが、悪い事にならないようにといった思いで、更に最新のエピソードを語り始めた。

「えっと、あの……一月くらい前の事です。一人の女の子が大会の出場登録にきたのですが――」

そうして女性が話した内容は、まさかというほどにミラが想像した通りのものだった。

無差別級の試合出場の登録をしに来た少女は、最後の宿泊場所についての欄に、初めは『どこでも』などと書いていたそうだ。

ただ、『どこでも』では意味が分かり辛い。それはどういう意味かと問うたところ、少女は近隣の森でも公園でも路上でも、といった意味の『どこでも』であると答えた。

それを聞いた受付の者達は、困惑したそうだ。衛兵達のお陰で治安は悪くないとはいえ、少女をそのような場所に寝泊まりさせるなど出来ないだろうと。

だが、金銭の持ち合わせがほとんどないため宿に泊まるのは難しい。選手キャンプもあったが、集団生活である事と、各施設や食事、消灯の時間などが決まっていると伝えたところで拒否されたそうだ。

(実にらしいのぅ。好きな時に食べて好きな時に寝る自由人じゃったからな)

その女の子がメイリンであると決まったわけではないが、間違いないと考えるミラは、そんな感想を抱きながら続く女性の話に耳を傾ける。

終始、どこでもまったく問題ないという少女。流石にそのような暮らしはさせられないため、選手キャンプを勧める受付員。そのようにして、どっちとも話が決まらずにいたところで、問題を聞き付けたアダムスがやってきたという。

「アダムス先輩も、女の子が『どこでも』なんて看過《かんか》出来ないって同意してくれまして。それで一つの案を出してくれたんです」

熱く、それでいてうっとりと語る女性。

お金がないので宿には泊まれない。自由人なので集団生活は窮屈になる。そんな少女をアダムスは実家に招いたのだそうだ。そして少女は今、アダムスの家族達と仲良く過ごしていると、最後に女性は羨ましそうに言って話を締めた。

「なるほどのぅ」

「とりあえず、問題なさそうかな」

「そう、優しいのねぇ」

女性が語った出来事は、正しく出場者名簿にあった『メイメイ』なる人物の宿泊先が『アダムス家』となっていた理由そのものだった。

経緯を知ったミラ達は、納得といった様子で頷いた。すると女性の方も、その反応に安心したようだ。顔には安堵の色が浮かんでいた。

(これは、幸先がよいのぅ!)

思わぬところで『アダムス家』を探す手間が省けたと喜んだミラ。ここまでわかれば、後はアダムスの実家の場所を聞いて、メイリンで間違いないであろうメイメイとやらに接触するだけだ。

「それじゃあ、アダムス君をここに呼んできてもらってもいいかな」

話も一段落したところでアルマが告げた。その直後、女性の顔には再び緊張が浮かぶ。

心を寄せる相手が女王直々の呼び出しを受けたとなれば、心配になるのも無理はない。表情からその感情を読み取ったエスメラルダは「安心なさって。悪い話じゃないのよ」と、優しく微笑みかける。

「わかりました。直ちに呼んで参ります」

エスメラルダの言葉によって、不安が解消されたようだ。女性は素早く跪《ひざまず》いて一礼してからアダムスを呼びに飛び出していった。

そうして待っている間の事だ。今いる場所は、情報管理部の奥の部屋。ニルヴァーナ皇国の情報が集まる中心地。よってミラ達は、折角だからとアダムスについて調べ始めた。

メイリンだと思われる少女がご厄介になっている実家について。そして何より先程の女性が恋心を抱いている相手は、どんな男なのだろうかと。

出歯亀根性が九割である。

国のトップであるアルマと、将軍位のエスメラルダがいるため、どのような閲覧制限も無効。よって軍の情報だろうと調べれば幾らでも出てくる。

「これまた、立派な男じゃのぅ」

そこにはアダムスの経歴なども網羅されていた。

騎士隊の隊長である彼のフルネームは、ヘンリー・アダムス。その経歴は、騎士として実に優秀であった。

ニルヴァーナで一番の騎士学校を次席で卒業。軍属となった後、剣技大会で準優勝、馬上槍試合では団体戦で優勝し、他にも勇猛さを証明するような賞を幾つも取っている。

隊長という立場に恥じぬ、確かな実力の持ち主のようだ。

「あらあら、アウグスト君がいたところの隊長さんだったのね」

エスメラルダは、偶然とばかりに声をあげた。

大国であるニルヴァーナには大きな三つの軍がある。それらの軍には、それぞれ四つの騎士団があり、その騎士団は更に三十二の隊によって編成されている。

そしてヘンリーの所属は、陸軍重装兵団第十六騎士隊だ。なんでも数年程前にエスメラルダ直属の部隊に加わったアウグストなる人物は、この十六騎士隊の元隊長であったそうだ。

つまりヘンリーは、アウグストが抜けた後に隊長となったわけだ。

「あ、そっかそっか。あのアダムスさんちのお子さんかぁ」

資料を確認していたところで、アルマはふと思い出したようにそう口にした。彼女が言うにアダムス家は、二十五年程前に騎士の称号を贈った者の子息だそうだ。

現実となったこの世界に降り立ってから、まだ五年。魔物の対策やらで忙しかった頃に活躍した一人が、ヘンリー・アダムスの父、ロイド・アダムスだという。

そんなロイドの才能を、しっかり引き継いでいるのだなと、アルマはどこか嬉しそうに微笑んだ。

そうして色々と調べた結果、後輩の女性が惚れるのも当然だなという結論に至ったミラ達。なお、後に精霊王から聞いた事だが、その裏ではマーテルもまたテンションが上がりっぱなしで大変だったそうだ。


色々と人柄を知った事もあり、ヘンリー・アダムスに会うのが少し楽しみになっていたミラ達。そんな三人の前に当の本人がやって来たのは、調べ尽くしてからほんの二分後の事だった。

「お呼びでしょうか、アルマ様、エスメラルダ様。ヘンリー・アダムス、参上致しました」

扉がノックされた後、聞こえてきた声には若干緊張の色が浮かんでいた。だが、この二人からの呼び出しともなれば、それも仕方がないというものだ。

「ご苦労様。お入りなさい」

エスメラルダが告げたところで、いよいよヘンリーが「失礼いたします」と顔を出した。

「如何なされましたか。何なりとお申し付けくださいませ」

流麗な所作で、アルマの前に跪くヘンリー。なぜ呼び出されたのかわからず不安であるはずだが、それでいて何でもこいとばかりに堂々としている。来歴通りに実直な騎士そのものだ。

ただ、そんなヘンリーを見て、ミラがまず最初に感じたのは驚きだった。

後輩がそっと思いを寄せる先輩騎士であり、更に騎士の家系の生まれで、騎士らしく育ち、騎士としての才能に恵まれ、しかも騎士隊の隊長であるヘンリー・アダムス。

そんな、ザ・騎士といった要素をこれでもかと詰め込んだような彼であるがゆえに、ミラの脳内では自然と一つの騎士像が出来上がっていた。

どことなくいけ好かない、だが女性達の心を掴むイケメン騎士の姿が。

しかし、現実は別にあった。やってきたヘンリーは、そんなイメージとは大きく違っていたのだ。

跪き畏まるヘンリー。そんな姿勢でありながら、顔の位置は立っているミラとさほど変わらぬほどの高さがあった。

そう、彼は二メートルを超える巨漢だったのだ。それに加え非常にガタイも良く筋骨隆々で、特大剣も片手で振り回せそうなほどだ。

そして顔の方であるが、騎士と聞いてイメージするイケメンとは大きく違った。いうなれば、心の澄んだ傭兵や海賊といったタイプの顔。少々男臭さが強く、そんな彼を一言で表すとしたら、熊のような男、となるだろう。

（なんとも、俄然応援したくなってきたのぅ！）

先程までとは一転。女性にきゃーきゃー言われるタイプではない彼を目にしたミラは、マーテルほどではないにしろ、後輩とヘンリーの恋の行方が気になってきていた。

「ちょいと訊いてもよいじゃろうか――」

きっと後輩の女性は、彼の見た目ではなく人柄などに惚れたのだろう。ミラはそんな失礼な事を考えながら、アダムス家で厄介になっている『メイメイ』について、ヘンリーに問うのだった。

「流石に、でっかいのぅ」

ヘンリーと出会ってから一時間後。ミラは今、アダムス家の前にいた。歴史はまだ浅くとも騎士の家系というだけあって、その屋敷は立派なものだ。大きな門の先には見事に整えられた庭があり、奥には堂々とした屋敷が鎮座《ちんざ》していた。

「こちらでございます。この時間ならば、きっとまだ妹達の相手をしてくださっている頃かと」

そんな屋敷を案内してくれているのは、ヘンリーだった。話によると彼には年の離れた弟と妹がいるそうだ。

弟と妹が二人ずつ。そして四人とも実にやんちゃで困っていると楽しげに語った。

王城にて、アダムス家に居候しているメイメイなる人物は捜している人物かもしれない、と話したミラ。更に幾つか特徴を挙げたところ、それらがピタリと当てはまった。

これはきっと間違いないというアルマのお言葉により、ミラはこうしてヘンリーと共にアダムス家を訪れる事と相成ったわけだ。

「ほぅ、子守をしておるのか。想像もつかぬな……」

拳で語るメイリンに子守など出来るのだろうかと苦笑するミラは、もしかしたら極めて似ている別人なのではないか、などと考え始める。

ただ、それもあと少しで判明する事だ。玄関から真っ直ぐに奥に向かっていくヘンリーに続き、ミラも奥へと足を踏み入れていった。

「やはり、まだやっているようですね」

案内された扉の向こうからは、何やら激しい音が響いてくる。加えて気合の入った声やら、何かを叩き付けるような衝撃音まで聞こえるではないか。

子守で、どうしてこんな音がするのか。そうミラが困惑する中、ヘンリーが扉を開いた。

「おお、なるほどのぅ。流石は騎士の家じゃな」

扉の向こうからは、音と同時に熱気が溢れてきた。そしてミラは、その先にあった光景を目にして納得したように呟く。

メイメイと名乗る人物が妹達の相手をしているその場所とは、訓練場であったのだ。つまり子守と思っていたそれは、稽古だったわけである。

（ふむ……あの服に見覚えはないが、あの姿……そして動きからして、やはりメイリンで間違いなさそうじゃな！）

土を圧し固めた床と、石造りの壁に天井。そして片面は、庭が一望出来る大きな窓。今は広く開け放たれており、涼やかな風が流れ込んでいる。

面積以上に広く感じる訓練場の真ん中。そこには、五人の子供達の姿があった。

そのうちの一人。チャイナ服のような特徴のある服装、素人目にもわかる身のこなし、そして何よりも天真爛漫《てんしんらんまん》そうな少女の顔を目にした瞬間にミラは確信した。メイリンその人だと。

見たところメイリンは、一対四で乱戦形式の訓練をしているようだ。とはいえ、実力差は歴然。木剣を持った子供達を相手に、片手で圧倒している。ただ、それでいて子供達は、まだまだと挑んでいく。そこには、強くなりたいという意志が燃え滾《たぎ》っていた。

そんな熱意を邪魔しないようにと、ミラとヘンリーは暫し訓練を見守った。

そうして五分ほどが過ぎた頃だ。

「あ、兄ちゃん！」

「お兄様！」

メイリンにひょいと投げ飛ばされた際に、ちょうど目に入ったのだろう。少年と少女が、片隅で見守っていたヘンリーに気付いたのだ。

「あ、ほんとだ！」

「おかえりなさい」

するとそんな二人の声に反応するようにして、残りの二人も振り返り、ヘンリーの姿を認めるなりキラキラとした笑顔で駆け寄ってきた。

しかしである。次の瞬間、その二人は宙を舞っていた。それは、目にも留まらぬ早業によるもの。慈悲も容赦もないメイリンによって、放り投げられたのだ。

「油断大敵ヨ、何があっても敵に背を向けるのは駄目ネ」

床に転がる二人を前にして、そうピシリと注意をするメイリン。対して二人はというと、むくりと起き上がりながら「はい！」と返事をした。随分とメイリンを尊敬しているようで、実に素直な態度であった。

ミラはというと、その容赦のなさに相変わらずだと呆れながら苦笑する。

と、そうしてヘンリーに気付いたところで訓練は自然と中断となった。同時に子供達がヘンリーのもとに、今度こそ無事に駆け寄ってくる。

「紹介しよう、ミラ殿。こちらが次男ライアンに三男のファビアン。で、長女のシンシアと次女のローズマリーだ」

一人ずつ、頭にぽんと手をのせながら紹介していくヘンリー。子供達はというと、そのたびに誇らしげに胸を張ったり照れたりお辞儀をしたりと反応は様々だ。ただ、その中で一人、ライアンの反応は特に激しかった。

　今まで呼吸を忘れていたかのように息を呑んだかと思えば、みるみる頬を赤く染め、これでもかと背筋が伸びたのである。

　それは、騎士を目指す少年が初めての恋に落ちた瞬間であった。

「それで、に……兄ちゃ──兄上。そ、その子──そちらのお方は？」

　ライアンは緊張に震える声で、それでもどうにかヘンリーにそっと問う。ヘンリーはそれに頷くと、今度はミラを紹介した。

「こちらは、ミラさんだ。エスメラルダ様より凄腕の冒険者であると伺っている。何でもメイメイ殿をお捜しだったという話で、お連れした。粗相のないようにするんだぞ」

　その直後だ。ライアン以外の子供達の顔色が、明らかに変わった。これまでは、どちらかというと子供らしからぬ、キリリと真面目そうな表情であったのだが、ぱっと、それこそ好奇心に満ちた子供の顔に戻ったのだ。

「冒険者さんなんだ！　凄い！」

「凄腕なの？　ランクはいくつなんですか!?」

　どこの国、どこの街であっても冒険者の活躍話の人気は絶える事がない。一番身近で一番現実的だからこそ、それに憧れる子供というのは多いのだろう。

　騎士の家系であっても、そこは変わらないようだ。子供達の喰いつきは、すこぶるよかった。

ただ、憧れと同時に恋心も抱いているライアンにとっては、少々複雑な心境に見える。初恋の女の子が遥かに格上ともなれば、男として思うところもあるというものだ。

「ふむ、それはじゃな──」

子供達にせがまれて、そして期待の眼差しを一身に受けたミラは、まんざらでもなさそうに踏ん反り返る。Aランクだと教えたら、きっと更に盛り上がる事だろうと思いながら。

だが、それを口にしようとしたところで思わぬ横槍が入った。

「わたし、アナタの正体、わかったヨ」

先程からミラをじっと見つめていたメイリンが、急にそう言い出したのだ。

瞬間、ミラの脳裏に最悪な展開が浮かんだ。

武道の達人であるメイリンは、僅かな動きの癖や足音などから、相手の正体を言い当てる特技を持っていた。もしかしたら、ミラ自身気付いていない癖か何かがあり、それでダンブルフだと気付かれたのではないか。そして彼女は、それを今ここで言ってしまうのではという展開だ。

「いや、待つのじゃ──!」

事情云々を知らないメイリンならば、十分にあり得る。そう考えたミラは、待ったをかけようとした。しかし、その声は自信たっぷりなメイリンの声によってかき消される。

「アナタ、ずばり精霊女王ネ!」

メイリンがそう告げると、今度はそれを聞いた子供達が騒ぎ始めた。ただの凄腕冒険者ではなく、二つ名持ちの有名人だという可能性がそこに生まれたからだ。

強者の情報となると、メイリンの耳は恐ろしく早くて正確である。だからこそ精霊女王についても、よく知っていたようだ。

ずばりと告げた今は、子供達よりも期待に満ちた目をしていた。

(なんじゃ、そっちの方か)

対してミラはというと、大いに安堵する。

一度城で風呂に入ったところで、髪の色は元に戻している。また服も変装用ではなく、いつも通りに侍女作の代物だ。推理出来る要素は十分に整っていた。

ともあれ正体を明かすという一番盛り上がる瞬間を妨害されたものの、致命的な正体バレはせずに済んだ。

流石のメイリンといえど、ここまで姿形が変わり、そこまで大きな動きをしていない今なら、それとは見抜けないのだろう。

「ふむ……よくぞ見破ったのぅ。その通り。わしこそが精霊女王じゃ！」

ワクワクしている子供達――と、メイリンの期待に応えるようにして、ミラは少し大げさ気味に胸を張ってみせた。

すると途端に、子供達の笑顔が眩しいくらいに輝き出す。

「おおー、すっごーい！」

「わぁ、女王様なんだ！」

驚きと憧れが入り交じった表情の子供達。実に素直な反応に、ミラもまた気分良く「凄いじゃろう」と笑顔で返す。

だが、そんな子供やミラよりも更に輝く笑みを浮かべている者がいた。

そう、メイリンである。

「やっぱりそうだったネ！　ここで会ったが百年目とはこの事ヨ！」

それはもう嬉しそうに飛び上がりながらも、そんな事を口にするメイリン。ミラはというと、何か恨みでも買ったのだろうか……などとは思わず、やれやれとため息をもらす。

「いや、それは、この場面で使う言葉ではないじゃろう……」

前にも、こんな事がよくあったものだ。そんな当時を懐かしく感じながら指摘したミラ。するとメイリンは少し小首を傾げ考え込むと、「それなら、飛んで火にいる夏の虫ネ？」などと言い直した。

「それも違うのぅ」

呆れたようにミラが笑うと、メイリンはますます難しい顔で考え込む。だがそれも、ほんの僅かな間だけだ。次の瞬間には「まあ、いいネ！」と開き直り、期待に満ちた表情でミラに迫り、こう言った。「ぜひ、手合わせ願いたいヨ！」と。

（やはり、そうきたのぅ）

それは、予想通りの言葉であった。

強者を求めて大陸中を旅していたメイリンにとって、噂になるほど名の売れた冒険者というのも修行相手の候補になる。

特に今話題の『精霊女王』ともなれば、福徳の百年目とでもいった状況に感じているだろう。それはもう、これでもかというくらいに爛々《らんらん》とした目をしていた。

（とはいえ、まずは任務が優先じゃな）

メイリンを捜していたのには、明確な目的があった。大会の出場にともない、彼女が九賢者であると身バレしないようにするという目的だ。

ここで勝負を受けてしまった場合、始まるのは九賢者対九賢者という頂上決戦。きっと激戦になるだろう。場合によっては、非常に目立つ事態になるかもしれない。目立てばそれだけ、身バレするリスクも増える。やるにしても、まずはメイリンを変装させてからが得策であるというものだ。

「うむ、よいじゃろう。受けてたとうではないか！」

だがミラは、気付くとそう快諾していた。

研究期間中に編み出した様々な戦術。その有用性を試すために、同格であるメイリンは打ってつけの相手だったからだ。

また、手合わせと聞いてからの子供達の様子も要因の一つである。仙術士のメイメイ先生と召喚術士の精霊女王はどっちが強いのかと、それはもう盛り上がっていた。

ゆえに、ここで断ると逃げただなんだと言われたりして、召喚術の沽券《こけん》にかかわるかもしれない

――といったミラなりの言い訳もあったりする。

「やったネ！　感謝感謝ヨ！」

そう飛び上がって喜んだメイリンは、すぐさま位置についた。そして両脚を僅かに曲げて両手は上段と下段に、守備寄りの構えをとる。そして更に「さあ、幾らでも召喚するといいネ」と告げた。

対するミラはというと、それに首を横に振って答える。

「いや、結構じゃ。戦いの最中に使えてこそ真の召喚術士というものじゃからな」

こと一対一の試合において、あらかじめ召喚などしたら有利過ぎる。ハンデなど必要はないと返したミラは、更に「お主こそ、様子見などしておる暇はないと思うた方がよいぞ？」と続け、不敵に笑ってみせた。

メイリンの構え。ミラは、それをよく知っていた。

戦い好きなメイリンの基本は、攻勢一辺倒。そんな彼女が防御寄りに構える事は、つまり相手の力量を把握するためのものである。そうして把握した力量に合わせた制限を自身に課すのが、メイリンが好んで行っていた修行法だった。

だからこそミラは、自身も位置につきながら忠告する。攻めてこなければ、そのままこちらが攻め勝ってしまうぞ、と。

「なるほどヨ。確かに言う通りかもしれないネ」

ミラの構え、そして何よりもその気配から、これまで相手した誰とも違う何かを感じ取ったようだ。

メイリンは嬉しそうに笑いながら低く構え直した。彼女が得意とする、突撃重視の姿勢だ。

「合図は任せるヨ」

メイリンが言うと、ミラはそのまま視線をヘンリーに向けた。彼も武人であるためか、その流れで察したようだ。小さく頷き応えると、両者の中程より幾らか下がった位置に立ち、その役目を全うした。

「では用意……――始め！」

ヘンリーが上げた手を振り下ろした瞬間、ミラとメイリンによる最高峰同士の試合の幕が上がった。

〈23〉

九賢者の一人であるメイリンを捜しに、ニルヴァーナ皇国までやってきたミラ。その苦労とアルマ女王達の助力もあり、遂にヘンリー・アダムスなる騎士の家で御厄介になっていたメイリンを見つける事に成功する。

そして二人は今、アダムス家の訓練場で当たり前のように試合を始めていた。

「行くネ！」

ヘンリーが開始の合図をした直後の事だ。嬉々とした表情から一転、獲物を狙うような鋭い眼差しをみせたメイリンは、言葉と同時にふっと消える。

その光景を前にして目を見開くヘンリーとその弟妹達。対してミラはというと、一切慌てる様子もなく直ぐに索敵《さくてき》を始めていた。

（予想通りじゃな）

メイリンが消えたように見えたそれは、仙術士の技能の一つ《縮地》だ。ミラもまた多用する技能であるため、その特性もまた重々把握している。

目にも留まらぬほどの速度で移動するという慣性の法則も真っ青なそれは、だからこそ幾つかの欠点も存在した。

一つは直線でしか移動出来ない事、もう一つは急に停止したりが出来ない事だ。ゆえに、《縮地》に入る瞬間と出る場所がわかれば、回避不可の一撃を見舞う事が可能となる。

メイリンの言動や性格からすると、《縮地》による真正面からの特攻が最も可能性の高い一手目だ。よって正面を警戒したミラだったが、その耳は僅かな物音も聞き逃さなかった。

「そこじゃ！」

左後方。ミラにとって聞きなれた音が、そちらの方向より微かに響いてきたのだ。その音とは、《縮地》の出と、入りである。メイリンはミラよりもずっと巧みにそれを扱うため、立つ音は極めて小さく、次への繋がりも鮮やかだ。

しかし、だからこそ、その音はタイミングを計る合図にもなった。

即座に反応したミラは、音の方向と自身の間に挟むようにして塔盾《タワーシールド》を部分召喚した。裏をとってから、更に《縮地》によって接近する。メイリンは、そんな戦法もまた好んで使うとミラは知っていた。表面から読み取れるイメージとは違い、彼女の戦術は王道から搦《から》め手まで多種多様。中途半端に相手を分析出来る者ほど、この手にかかりやすかっただろう。

だがミラは、メイリンとの付き合いが長かったからこそ、その選択肢まで読み切っていた。

両者の間に割り込んだ塔盾。それは、直進しか出来ず急に止まれないという《縮地》の特性からして、衝突は免れないベストなタイミングでそこに現れた。

「甘いネ！」

衝突したと思った瞬間だ。なんと塔盾が砕け散ったではないか。

それは、メイリンの一撃によるものだった。彼女は塔盾との衝突を避けるため、その塔盾を破壊するという手段に出たのだ。《縮地》による高速移動からの鋭い飛び膝蹴り。それは、魔獣の一撃すら防ぎきる塔盾を容易く砕くだけの威力を秘めていた。

「なんと……！」

即座に飛び退いたミラは、置き土産とばかりにダークナイトを複数召喚し、メイリンを取り囲む。

しかし稼げたのは一秒にも満たない時間だけ。メイリンは片足で着地するなり勢いそのまま跳躍し、正面のダークナイトを蹴り飛ばした。更にその反動をもって身を翻《ひるがえ》すと、振り下ろされる黒剣を紙一重で躱しながら、更に回転をつけて残るダークナイトをなぎ倒していく。

（あの頃より、ずっと強くなっておるようじゃな……）

知る限り、《縮地》から繋げられる攻撃には制限がある。その数少ない一つが飛び膝蹴りなのだが、修行の成果とでもいうべきか、メイリンのそれはゲーム時代よりも更に磨きがかかっていた。

威力だけでない。その後の派生まで、より洗練されていたのだ。

塔盾を一撃で砕かれるどころか、ダークナイトも鎧袖一触《がいしゅういっしょく》にされるとは。そう驚いたミラであったが、メイリンに驚かされる事など、もはや慣れたものである。その後の対応もまた迅速だった。

「これならば、どうじゃ？」

メイリンの回転が止まるより前、体勢を整えきるより早くに、ミラは次の手を打った。

砕かれたダークナイトに代わり、再びメイリンを取り囲んだのは六体の灰騎士。かつてより実力を上げているメイリンだが、ミラもまた当時とは違うのだ。

「これは見た事がない術ヨ！」

同じ武具精霊ながら、ダークナイトやホーリーナイトとは似て非なる存在。より洗練された屈強な騎士の姿に驚きを露わにしたメイリンは、同時に笑う。「面白そうネ」と。

メイリンの動きは、それこそ流水のように止めどなく滑らかに連続する。ほぼ一斉に繰り出された灰騎士のシールドバッシュ。前後左右の逃げ場を塞いでからの容赦ない包囲攻撃だったが、メイリンはそれを上に飛びあがる事で回避していた。

「これでどうじゃ！」

まるで野生動物かとも思えるほどに素早い動きだが、それは用意しておいた逃げ場だ。ミラは、予定通りに飛び出したメイリンに向けて、仙術の《練衝》を放つ。

幾重にも練られた衝撃波の束がメイリンを襲う。

「まだまだネ！」

直後の事だった。激しい衝撃音が響くと共に、全ての灰騎士が上方へ弾き飛ばされたのだ。しかもそのうちの一体は、メイリンとミラを結ぶ射線軸上に割り込むようにして舞い上がってきたではないか。

（ここで『掌握』を出してきおったか）

それは、『掌握のメイリン』などと呼ばれる由来になった技であった。《無手夢想》という名のその技は、手の届く範囲を認識出来る範囲にまで拡張する効果を持つ。

その意味するところは、離れていてもその手で掴めてしまえるという事。つまりメイリンは、手の届く範囲でなければ効果のないゼロ距離専用の仙術を、どの距離からでも繰り出せる状態にあるのだ。

その技によって行使された術は、《烈衝一握》。強烈な衝撃波によって対象を弾き飛ばし破壊する、強力な仙術である。

それによって、灰騎士は天井へと吹き飛ばされた。そしてミラの《練衝》は、その灰騎士に直撃し、強烈な破裂音を響かせ、余波で訓練場を震わせるだけに終わったわけだ。

天井に大きな穴を開けた灰騎士が、ガラガラと音を立てながら床に落ちていく。と、その光景を前にしながら、ミラは既にメイリンの姿がそこにない事に気付いた。

だがミラの耳は、その音を確かに捉える。鮮やかな《縮地》の出と、入りの音をだ。

「正面じゃな！」

降り注ぐ灰騎士と共に床へ降り立ち、間髪を容れずに正面から。そんなメイリンの動きを気取ったミラは、考えるより反射的にそこから飛び退く。

刹那の後、メイリンの飛び蹴りがミラのいた場所を貫いた。僅かにでも遅れていれば直撃していたであろう、正確無比な蹴りだ。

「また避けられたネ！」

一直線に空を切るメイリンは、嬉しそうに笑う。それと同時だった。《空闊歩》で宙を蹴り強引に軌道を変えて、再びミラに迫ったのである。

「おおっと！」

隙のない方向転換と連続するメイリンの攻撃。ミラは、どうにか身を捻《ひね》って対応したが、そこから先が困難だった。

巧みな足さばきにより、近接戦にもち込んできたメイリン。ミラはというと、多少なりとも近接戦に心得はあるが、そもそもそれは、メイリンに教わった武術が基だ。

師弟の差は未だに大きく、近接での戦いにおいてミラに勝ち目はないといっても過言ではなかった。

それでいて何回も凌げているのは、無尽蔵に召喚し続けるホーリーナイトと、部分召喚によるところが大きい。

「倒しても倒してもきりがないヨー」

ばったばったとホーリーナイトを殴り倒すメイリンは、それでいて次に出てくるのを楽しみにしている様子だった。実に殴り甲斐のある相手だと、そう感じているようだ。

距離を離すため、狙いを分散させるために活躍するホーリーナイト。その堅牢な防御力をもってしても数発で粉砕されてしまうが、接近したままという状態を回避出来るのは大きかった。

また、神出鬼没な部分召喚で牽制する事で、僅かな隙をカバーしていくミラ。

けれど、それも長くは続かない。ホーリーナイトと部分召喚による波状防衛に慣れてきたのか、メイリンの対応速度がぐんぐんと増してきたからだ。

「もう足止めにもならぬとはのぅ」

新しい部分召喚として長槍に戦斧、弓なども交えたが、流石はメイリンである。開発してから日の浅いそれらは、既に通用しなくなっていた。

そして、いよいよミラに最大の危機が訪れる。メイリンの強烈な飛び膝蹴りによりホーリーナイトが砕かれたと思えば、更に宙を足場にしての飛び蹴りが部分召喚の塔盾を貫きミラに迫った。

ミラはそれをミラージュステップでもって、かろうじて回避する。だが、メイリンの捕捉からは逃れられない。素早く方向転換した後、メイリンの鋭い拳打が遂にミラへと炸裂したのだ。

その一撃は、ミラの意識を刈り取るだけの十分な威力を秘めていた。メイリンは何合と打ち合っていた際に、そんな加減まで計測していたのだ。ゆえに、たとえ両腕を交差して直撃を防いだとしても、その防御を抜けてミラを戦闘不能に陥らせるだけの威力を秘めていた。

「やはり、とんでもない連撃じゃな」

圧倒的な命中率を誇る、メイリンの二連撃。きっと初見だったなら、ここで勝負は決まっていただろう。だがミラは、その技を知っていた。そして対策も用意してあった。だからこそ、あえてメイリンがそれを繰り出してくる状況を作ったのだ。

ミラは、両腕を交差させるようにして、その一撃を防ぐ。しかし、ただ防いだわけではない。直前にホーリーナイトフレームを纏っての防御だ。近接戦に影響する全ての能力値でメイリンに劣

るミラが、それでいて不利を補うための武装召喚を温存していたのは、この一瞬のためであった。

メイリンの直感的で完璧な威力調整を狂わせ、僅かな好機を生み出すために。

ずしりと重く、身体の芯にまで響いてくるような衝撃。それを受け止めきったミラは、瞬間にメイリンの手を掴まえる。

「なんと、耐えられたネ⁉」

メイリンが浮かべた表情。それは、これまで見せていた何かを期待するかのような感情が混じったものでありながら、倒しきれなかったという驚きも含まれたものだった。

「召喚術には、こういった使い方もあるのじゃよ！」

これぞ召喚術の新たな可能性だとばかりに叫んだミラは、腕を掴んだままバットをフルスイングするかのようにしてメイリンをぶん投げた。

ただのミラが投げ飛ばしただけならば、そう大した事にはならなかっただろう。しかし現在、ミラはホーリーナイトフレームを装着している。

これは、防御力を補うためだけの代物ではない。パワーアシスト効果により、装着者にホーリーナイトと同等の筋力も与える術である。

ゆえにその渾身のフルスイングによって投げられたメイリンは、直線を描き猛烈な勢いで壁に激突した。

激しい衝突音が響き、壁にあった掲示板も砕け散る。それは誰の目から見ても、ただでは済まないと思える激突っぷりだった。

ヘンリー達も、大丈夫なのかと息を呑む。

しかしだ。

「今のはびっくりしたヨ!」

次に聞こえてきたのは、嬉しそうなメイリンの声であった。まるで壁に着地するかのように両脚をバネにして、激突の衝撃を緩和していたのである。

「そうじゃろう、そうじゃろう」

対してミラは、一切のダメージもないメイリンを前にしても動揺する事無く、そう笑った。ミラはわかっていたのだ。メイリンが苦も無く激突を回避する事を。あの程度では、どうにもならないと。

だが次の瞬間、ミラの顔に驚きが浮かんだ。

「もっともっと上げていくネ!」

そう気合を入れたメイリンが、そのまま床に下りずに立ち上がり、壁を歩き出したからだ。そして遂には天井に、逆さまに立ち構えたではないか。まるで重力を無視したような光景にヘンリー達もどよめく。

「随分とまた、器用な事をするものじゃな」

ミラは、それを見て直ぐに思い出した。五十鈴連盟の精鋭であったヒドゥンのサソリも、同じ技を使っていたと。

グリムダートの西の森にあるというサソリの出身地。カラサワの里に伝わるという伝統の技。才能があれば、外部の者に教える事もあるというような事をサソリが言っていたが、メイリンのそれは同じものなのかどうか。

「ところで、わしにもそれのやり方を教えてくれぬじゃろうか」

いずれカラサワの里を訪れて教えてもらおうと考えていたミラは、試しとばかりにそう頼んでみた。

「それは出来ないヨ。誰かに教えるのはダメと言われているネ」

その返事からして、それはサソリと同じ技能のようだと推察するミラ。流石はメイリンというべきか。その才能を認められ、教えてもらえたようだ。見事な天井立ちっぷりである。

「カラサワの里の村長にじゃな？」

「おお！　その通りネ！」

ミラの質問に胸を張って答えるメイリン。やはり伝統技能であるためか、そのあたりはきっちりしているようだ。

技術を習得する才能もだが、きっと約束を守れるかどうかについても、見極められているのだろう。一見すると騙し易そうなメイリンであるが、こういった約束はきっちり守る真面目な性格である。この場でメイリンに教わるというのは出来そうになかった。

だが、そんなメイリンが何やら続けて口にする。「でも、私に勝てたら考えてもいいネ」と、それはもう爛々とした目でだ。

「ほぅ、その言葉、忘れるでないぞ」

口止めされていながらも、考えてもいいなどと言ったメイリンの心中を、付き合いの長かったミラは確かに読み取っていた。

一つは、もっと本気を出してきてほしいという要望。そしてもう一つは、負けるはずがないという圧倒的自信である。

ただ、それでいてメイリンの言葉には『考えてもいい』などという、いざという時の予防線が張られていた。考えたけどダメ、というよくあるパターンだ。実に卑怯な手である。

なお、これについてはソロモンの入れ知恵の結果だったりする。九賢者といえど、全戦全勝という事もない。勝ったり負けたりと様々だ。

その結果、売り言葉に買い言葉の末、メイリンがちらほらと秘密の作戦やら何やらを話してしまっていたものだから、ソロモンが教えたのだ。そういう時は「勝てたら考えてやる」と言えばいいのだと。

とにかく本気で戦えるのならそれでいいというメイリンは、素直にそれを使い始めた。そしてそのまま今に至るわけだ。

ゆえにミラは、ここで勝ったところではぐらかされるとわかっていた。それでいて、その口車にのっかったのは、単純にミラもまた本気で新戦術の実験がしたいからであった。

両者が構えると、しんとした静けさが広がった。

次に何が起きるのか。ミラとメイリンが見せた先程の攻防を目にした子供達は、一瞬たりとも見逃すまいといった目で二人を見つめる。ヘンリーもまた、思わぬレベルの戦いを前にして興奮気味だった。壊れていく訓練場が気にならない程に……。

先に動いたのはメイリンだ。天井を駆けたかと思いきや、《縮地》によってその姿を消す。

次に動いたのはミラだ。僅かな音を聞き分けて、背後から迫るメイリンの飛び蹴りを両腕で受け止めてみせた。

と、そこまでは先程と同じようなやりとりだった。だがその先より、ステージが一つ上がる。受け止めた直後、中空に現れた腕が黒剣を振り下ろすと、その剣線上にいたメイリンの姿が再び掻き消えたのだ。

しかも次の瞬間、メイリンの拳がミラの背に打ち込まれていた。それは確かな威力を秘めた重い一撃であった。

「ぬぐっ……！」

振り向きざま、間髪を容れずに背後を一閃する。だがそこには既にメイリンの姿はない。それどころか、今度は側面から一撃を見舞われるミラ。素早く反応したものの、既にメイリンはそこにいない。

（やはり、こうなると不利じゃな……）

メイリンを相手に向かい合っての近接戦ほど勝ち目の薄い戦いはない。加えて室内となれば尚更だ。

壁や天井などを足場にして三次元に動き回るメイリンは、もはや手の付けようがなくなるからである。

それでいて直ぐに決着がつかないのは、ひとえにホーリーナイトフレームのお陰といえた。召喚術によって生み出された外装は、通常の鎧などにはない特殊な性能を秘めている。

それは、防護効果だ。召喚時に召喚体へ付与される防護膜が、ホーリーナイトフレームにも付与されているのだ。この効果によって防御力を補えるだけでなく、一定のダメージを無効化出来た。

つまり武装召喚が健在の時は、怪我などを気にせず戦えるというわけだ。

「それ、思ったよりずっと堅そうネ」

ミラを強《したた》かに蹴り飛ばしたメイリンは、それでいて直ぐに起き上がるミラを興味深げな目で見つめる。ホーリーナイトフレームの性能を確かめているようだ。先程から、完全な死角をつき威力の違う攻撃を繰り返してきていた。

「最近のお気に入りじゃからな。ちょっとやそっとで傷つく代物ではないのじゃよ」

生身だったなら既に十回はノックアウトされていただろうが、ミラはけろりとした顔で立ち上がり構え直す。とはいえ縦横無尽に飛び回るメイリンを目で捉えるのは不可能に近く、また速さもぐんと増しているため、音で判断するのも困難を極めた。

五感で捉えた時には既に一撃を打ち込まれる寸前。ミラに出来るのは、《生体感知》によってどこから打ち込まれるかに備える事だけだった。

頑丈とはいえ、もう数発も受ければホーリーナイトフレームは砕けてしまうだろう。だがミラは、ただ打たれ続けるばかりではなかった。目で捉えるのは不可能でも、追うように視線を走らせ続けていたミラは、いよいよ準備の整ったそれを発動させる。

「それともう一つ。お気に入りに加えるかどうか、試させてもらうとしようかのぅ！」

さあ実験だとばかりの顔でにやりと笑ったミラ。その周囲から訓練室全体に無数の魔法陣が一斉に浮かび上がった。

「おお、凄いマナを感じるヨ！」

それらを前にして警戒する、というより何が出てくるのか楽しみといった様子のメイリン。対して訓練室の端で、その光景にただただ驚愕するヘンリー達。そうした様々な感情が入り交じった目の先に、それらは姿を現した。

「これは、さっきと変わらないネ」

じっくり見つめたメイリンは、少々不満げに首を傾げる。

訓練室に数十と立ち並んだのは、ホーリーナイトだった。先程まで、メイリンに幾度となく打ち倒されてきたのと変わりのない、いつものミラのホーリーナイトだ。

違うところがあるとすれば、その数だろうか。今回は訓練室を埋め尽くさんとするほどに、その数は多かった。

「なに、これからじゃよ」

より一層笑みを深めたミラは、そこでいよいよ仕上げにかかった。召喚した全てをホーリーロードに変異させたのだ。

壁のような盾を両手に持った、極端なほどに防御特化のホーリーロード。その防御力をもってすれば、メイリンの攻撃にだっていくらか耐える事が可能だろう。

しかもこれだけの数が揃った今、訓練室内は渋滞状態。壁や天井を足場に出来たところで、これだけ障害物が多くては、その速度が活かせなくなる。つまりメイリンは、ホーリーロードをどうにかしない限り、これまで通りの機動力を発揮する事が出来なくなったわけだ。

だがミラの策は、そこで終わらなかった。精霊王の加護を使い、そこへ光の精霊の力を加えて、ホーリーロードをこれでもかと輝かせたのである。

その結果、訓練室内は目も開けていられない程に眩しい光で溢れ返る事となった。

「これは眩し過ぎるネー」

堪らずといった様子で目を塞ぐメイリン。その声にミラは「そうじゃろう、そうじゃろう！」と笑いながら、こちらも目を閉じていた。

「これも召喚術なのか。面白い効果だ」

「兄ちゃん、何も見えなーい」

ヘンリーとその弟妹達もまた、太陽のように眩く光り輝くホーリーロードを前に目を閉じた。誰も目を開けていられないほど、その光は強烈であり、だからこそ続く召喚術のえげつない活用法を見られずに済んだともいえる。

「さて、この状態でどう戦う」

共に目で相手を確認する事は出来ない状態。だがミラは、《生体感知》でメイリンの場所を特定出来ていた。

とはいえ、それは仙術士であるメイリンも同じだろう。ミラの居場所は、わかっているはずだ。しかし決定的な違いが二人にはあった。

召喚主であるミラはホーリーロードの配置の全てを把握しているが、メイリンには出来ていないという点だ。

「これは、厄介ネ」

光の中を自在に動き回るミラとホーリーロード。どうにか近づこうとするメイリンの動きを確認すると、ホーリーロードによって通せんぼする。更には凶器そのものといえる巨大な盾で、さりげなくシールドバッシュを狙っていくではないか。

音と気配を察知しているのか、それを紙一重で躱すメイリンは流石といえた。しかしミラ側も、そのままでは終わらない。数十というホーリーロードの中に、静寂の力を組み込んだ消音タイプを数体紛れ込ませていたのだ。

数秒の後、その強烈なシールドバッシュが炸裂し鈍い音が響いた。

「むむ！　今のは何ヨ、気付けなかったネ！」

通常は紙装甲のミラとは違い、修行によって確かな頑丈さを備え、更には仙術による強化も可能なメイリンの防御力は、その鈍器の一撃を受けてなお、さほどダメージはないようだ。

（かなり強めにいったのじゃがな……怯《ひる》まぬどころかカウンターまで決めてくるとはのぅ。何とも恐ろしい武道娘じゃ）

近接クラスにも負けないほど丈夫なメイリン。その事をよく知るミラは、だからこそ強めに仕掛けたが、結果は予想を更に超えていた。

目を塞ぎ耳を誤魔化した事で、メイリン相手に痛烈な一撃を叩き込む事に成功する。だが次の瞬間に、そのホーリーロードは痛烈な反撃によって砕け散ったのだ。

その反応速度と、合わせてくるタイミング。武者修行をしていた成果か、よく知る当時の頃よりも更に洗練されているようだった。

わかってはいたが、メイリンに勝利するのは並大抵の事ではないと改めて感じたミラは、それでいて次はどのような作戦を試してみようかと笑う。

「これは、大変ヨ」

視界を封じられながらも、的確にミラがいる場所へと仙術による攻撃を仕掛けてくるメイリン。対してミラは決して射線が開かないように注意しつつホーリーロードを動かし、常に一体ではなく複数体で攻撃を受け止めさせた。

加減を調整しているのだろう、繰り返すごとに威力が増していくメイリンの一撃。

彼女の事である。全力を出したならホーリーロードといえど、まとめて蹴散らされてしまうだろう。

だがそうしないのは、ひとえにここがヘンリーの実家だからである。

これだけの頑丈さを誇るホーリーロードを打ち倒すには、相応の一撃を繰り出す必要があった。一体だけならば、先程の反撃のような一撃で十分だ。しかし今は、常に数体がかりで受け止めている。これをまとめて打ち砕くとなると、それこそ屋敷を半壊させるだけの破壊力が必要になる。

流石のメイリンも、そのあたりはわきまえているようだ。大技は一つも使わず、様々な応用技で対応していく。とはいえ、ほどほど程度の破壊には気が回らないようだ。徐々に訓練場が荒れ始めていた。

と、そうした攻防の末、この包囲戦もいよいよ終わりの時が近づいてきた。

「次は、このパターンじゃ！」

輝くホーリーロードによる様々な戦術。そこから派生する別の策を試そうとした時だった。加減具合を把握したメイリンにより、包囲陣に穴が開いたのである。

メイリンが放った一撃は、五体のホーリーロードを軽く吹き飛ばしてしまうほどのものだった。とはいえその程度ならば、居並ぶ他のホーリーロードが受け止めて終いだ。

だが、そうはならなかった。見事に狙いすまされた一撃は、訓練場の一面を占める大きな窓から、ホーリーロードを叩き出してしまったではないか。

「なんと……！」

メイリンは、ホーリーロードを二重に並べないように動いていた。そして、もっとも守りが薄くなったところを完璧に抜いてみせたわけだ。更に、輝くホーリーロードが埋め尽くす室内では不利と判断したのだろう、華麗に対応してみせながら、ミラが驚いた一瞬をついて自らも庭に飛び出していった。

「やっと眩しくないネ」

庭に転がったホーリーロードに素早く止めを刺したメイリンは、光の漏れ出る訓練場を向いて、さあこいとばかりに手招きをする。

「逃げられてしまったのぅ。まあ、仕方がないわい」

戦いの場を庭に変えての継戦。屋内の次は野外での実験だと張り切り出したミラは、早速とばかりに庭へと飛び出していった。

〈24〉

ヘンリーの屋敷の庭は、広々とした芝生に覆われていた。この庭もまた訓練に使っているのだろう、ところどころに木人などが置かれている。

ただ、それでいて庭を囲う植え込みや一部の場所は、良く手入れがされているようだ。訓練場の延長でありながら、四季を楽しめる庭としての顔も持ち合わせていた。

とはいえ、そんな庭の景観よりも実験や修行に夢中な二人は、外に出たという事で更に白熱し始める。

「早速、いくネ！」

向かい合ってから僅かの後、メイリンは意気揚々とした表情で一歩を踏み込んだ。

瞬間、《縮地》を起点とした連携技を警戒して構えたミラ。壁や天井がなくなった分だけ選択肢は狭まったが、かといってメイリンのそれは一切の油断も許されない熟練の技だ。何千何万と近くで見てきたミラだからこそ、後手後手に回らず対応出来ている状況といえた。

ただ、だからこそ、対応出来るという技術があったからこそ、その事に集中し過ぎてしまう。踏み出されたメイリンの一歩。それは《縮地》だけでなく、別の選択肢にも繋がる動作であったのだ。

ほんの小さな間、微かな違和感。ミラが気付いたのは、それが下から顔を出す直前だった。

「なん――っ!?」

思わず声を上げた直後、激しい衝撃音と共にミラは空高く打ち上げられていた。その正体は、強烈な衝撃波。踏み込んだメイリンの足を起点として地を這うように進み、ミラの足元で炸裂したのだ。

それはメイリンが独自に開発した新しい術。だからこそミラは、その可能性に気付くのが遅れたわけである。

(このような二択も用意しておったか……!)

一瞬で相手の懐に飛び込めるという強力な仙術士の技である《縮地》。とはいえそこには、起点となる一歩の予備動作が必要だった。熟練者ほど、これを流れるように行い、また見抜く。

当然メイリンのそれは、達人ともいえるほどに卓越していた。それでいて、その一歩に別の選択肢が含まれているというのだから、厄介な事この上なしというものだ。

あっという間に地上十メートルほどまで飛ばされたミラは、どうにか《空闊歩》で体勢を整える。と、その途中。苦難はそれだけで終わるはずもなかった。

マナの放出を感知したミラは、ほぼ反射的に召喚術士の技能《退避の導き》を行使して、訓練場に置きっぱなしのホーリーロード達を手前に呼び戻す。

その直後、先程の数倍はあるだろうという衝撃音が響き渡った。

宙を舞ったミラを狙い放たれた、メイリンの《練衝》である。それが両者の間を遮るように現れたホーリーロード達に炸裂したのだ。

しかも、ほぼ加減のない一撃であり、盾となったホーリーロードが二体ばかりまとめて砕け散った。

「おっかないのぅ……」

流石の威力に、ひやりとするミラ。だが、追撃はそれだけで終わらなかった。ミラは更なるマナの高まりを感知し、「ぬおおお!?」と慌てて宙を蹴り飛び退く。

対してそのような機動力を持ち合わせていないホーリーロードは、重力に引かれるままバラバラと落ちていく。その数、二十体と少々。けれど、それらが地上に降り立つ事はなかった。

【秘伝仙術・地：朧蒼月《おぼろそうげつ》】

寸前、先程よりも更に威力を増した一撃が地上から空高くへと突き抜けていったのだ。

強烈な衝撃と、巻き起こる暴風。地面は抉《えぐ》れ、全ての窓が鳴り、そして空に浮かんだ雲にはっきりとした穴が穿《うが》たれた。

天まで貫くメイリンの一撃。その直撃を受けたホーリーロード達は、あっという間に目で見えぬほど高くへと吹き飛ばされていた。そして、そのまま雲と共に散っていった。

(相変わらずの威力じゃな……)

奥義クラスの術を連続技に組み込んで来るメイリンにゾッとしながら、ミラはひらりと屋敷の屋根に着地する。そして更なる追撃を警戒し、メイリンの姿を確認した。

メイリンは、その場からほとんど動いていなかった。それどころか追撃してくる気配はなく、ただ何かを期待した目で、こちらを見上げている。

その目に、ミラは見覚えがあった。次はそっちの番だという目であると。

大技を見せたのだから、そっちも大技でこいというのが彼女の要望であるわけだ。

（こういうところも相変わらずじゃのぅ）

向かって来る様子は一切なく、ただ何をしてくるのかとワクワクした顔で構え続けるメイリン。それを前にしたミラは、ならば丁度いいと笑みを浮かべた。

宙に飛ばされた際、既に仕込みは完了している。後は、それを起点として召喚術を発動すればいいだけだ。

「次は、こちらの番じゃな！」

ミラがそう言うと、メイリンはぱっと表情を輝かせる。そして「受けて立つネ！」とはつらつとした声で答えた。

「では、ゆくぞ！」

ミラは、さあ実験だとばかりに召喚術を発動した。すると一瞬で、頭上を覆い尽くすほどに無数の魔法陣が浮かび上がった。しかも二重に連なった、これまでにない魔法陣である。

そこから現れたのは、得物を手にしたダークナイトの腕。それが無数に出現して空を覆い、次の瞬間、その得物を地上に向けて投擲した。

それは、前に古代地下都市でスカルドラゴンを相手に試した召喚術だった。しかし今回のそれは、その時のとは違う。そこから更に改良を加えた完成版である。

一斉ではなく、僅かにタイミングをずらしての継続した投擲。しかも的確に標的を狙い、また動きに先んじて予測投擲まで行う進化ぶりだ。更には剣に槍、斧と降り注がせながら、他より出現時間の長い腕が、弓矢を次々と射かけていく完成度である。

「これはとんでもないヨー！」

空から降り注ぐ凶器の雨。かのメイリンも、これには相当に度肝を抜かれたようだ。ワクワクドキドキといった様子から一変、慌てふためいたように庭中を駆け回り、容赦なく飛来する凶器を躱していった。

「でも、負けないネ！」

このまま逃げるだけでは終われないと立ち止まったメイリンは、降り注ぐ凶器の雨を前に構え直す。そして静かに、両腕を交差させた。

「ぬ……あれをするつもりじゃな」

その動きを確認したミラは、ならばと残り全てのタイミングを合わせてメイリンに狙いを定める。待機状態だった全ての魔法陣を起動して、一斉に武器と矢を放った。それはAランクの魔物ですら容易く屠《ほふ》れる威力を秘めた一斉掃射。

対してメイリンは構えたまま動かず、殺到する凶器の雨を見据えている。

刹那の後、数多《あまた》の剣や戦斧に槍、そして矢が容赦なくメイリンに降り注ぎ直撃していった。その威力は確かなもので、鈍くも激しい着弾音が響き渡る。

「して、どうじゃった。最近のとっておきだったのじゃがな」

全ての武器は、数秒して消えていった。するとそれらに埋め尽くされていたところにいたメイリンが、満足そうな笑みを浮かべながら顔を上げる。

「今のはまずまずの強さだったヨ！　びっくりしたネ」

交差させた腕を下ろしたメイリンには、傷一つなかった。あれだけの攻撃を受けてなお、無傷で耐え抜いたのだ。そしてその理由は、仙術士の技能にある。

メイリンが使ったのは《仙道剛法《せんどうごうほう》・岳《がく》》というものだった。

それは一定時間、《縮地》や《空闊歩》といった仙術歩法と、仙術・天──遠隔系仙術を犠牲にする代わりに鋼のような頑丈さを得る技。また、仙術・地──近接系仙術を強化する効果もあった。

メイリンは【仙術・地：甲武】という防御強化の仙術も併用し、一斉投擲を無傷で耐えきったわけだ。

そんなメイリンは嬉しそうに答えたところで「他のとっておきも見せてほしいヨ」と続ける。

「ふむ、そうか。それはよかった。ならば、また応えてみるとしようかのぅ！」

メイリンが、まずまずの強さと言ったなら、それは上級でも十分に通用するレベルであるとって間違いはない。

部分召喚のみで構成された今の技は、その派手さの割りにマナ消費が少なくて済む。百本の投擲でダークナイト十体分となり、それはミラのマナ総量の三％程度だ。それだけの効率でメイリンのお墨付きが得られるならば、実験は大成功といっていいだろう。

その事に気を良くしたミラは更に張り切って、屋根の上から庭に下り、メイリンの正面にまで駆け寄った。

「下りてきてよかったネ？　今の私は、近い方がすっごく強いヨ」

忠告、というよりは確認するように言うメイリン。その言葉通り《仙道剛法・岳》の効果が継続中の今、近距離においてメイリンの戦闘力は、これまで以上のものとなっている。

対して遠距離の対応力は弱体中だ。距離を容易に詰められる《縮地》などの仙術歩法が使えない他、仙術・天も封じられているため、遠距離から仕掛けた方が有利に戦えるというもの。

しかしミラは、そんな有利を捨てて近接戦の距離にまで歩み寄った。そして言う。「うむ、だからこそじゃよ」と。

近接特化になっている今だからこそ、試してみるには丁度いい。今のメイリンに通用するならば、上級魔獣クラスにだって通用する。そう考えたミラは、早速とばかりに更なる術を発動した。

「これが次のとっておきじゃ。ゆくぞ！」

発動と同時、ミラは光に包まれる。メイリンはというと、何がどうなるのか楽しみといった顔で、その様子を見守っていた。

渦巻くマナが形を変えて、ミラの全身を包み込んでいく。そして、武装召喚に秘められた更なる力を呼び覚ました。

ホーリーナイトフレームにダークナイトフレームの力が重なった事で、それは灰騎士の基盤となるフレームへと進化する。だが、それだけでは終わらない。ミラが新たに開発した術は、その更に先をいったものだった。

ミラは研究により、理論上は灰騎士に近い武装召喚までならば他の術者でも可能であるという道を見つけた。ゆえに、それを基礎として次のステージへと進む事こそ術士個人の個性だとして、この術を構築した。

ダークナイトとホーリーナイトを合わせたフレームに聖剣サンクティアの力を繋ぎ合わせた、ミラだけが持つ新たな召喚術。

【武装召喚・換装：セイクリッドフレーム】

光の中から現れたミラが纏うのは、神々しい輝きを放つ鎧だった。スカート状に広がった腰周り。ティアラのような兜。胸当ての面積は最小限で、動き易さが重視された形状となっている。

今のミラは、一見するならこれまでと同じように、ヴァルキリー姉妹達を思わせる鎧姿に近い。しかし今のそれは、これまでとは明らかに違う絢爛さも兼ね備えていた。いわば、ドレスのような鎧であり、さながらヴァルハラの女王とでもいった様相だった。

更に極めつけは、背後に浮かぶ二本の光剣だ。

聖剣サンクティアの特別な力である光剣。それは本来、卓越した剣の腕がなければ顕現すら出来ない代物だ。

よって剣術はさっぱりなミラにとって、扱いきれるものではなかった。

だが今回、剣術を習得している武具精霊製の武装召喚を纏う事によって、この光剣の発動条件を無理矢理に満たしたというわけだ。

「なるほど、そういう事だったネ！　凄い力を感じるヨ！」

これまで以上の武装召喚。それを前にしたメイリンは、ミラが近接戦の舞台に下りてきた事に納得を示した。確かにそれならば、十分に戦えそうだと。

そして期待以上だとでもいうように笑い、構え直す。

「それなら私も、とっておきネ！」

そう言うと共に、メイリンは右手を後ろに向けて突き出した。するとどうした事か、その手からマナが溢れ出し白く輝き始めたではないか。

(これは……見覚えのない術じゃな)

初めて見る構えと術の兆候に、警戒するミラ。メイリンの状態からして、それは近接系の仙術である事は間違いない。しかし、そこにマナが集まっているだけで、術の全容はさっぱりと見えてはこなかった。

(まあ、ぶつかってみるしかないじゃろう)

観察してもわからなければ、もう実際に効果を見てみるしかない。とはいえ、メイリンがとっておきというくらいの新術だ。その威力は推して知るべしだろう。

ミラは、フレームバランスを防御寄りに調整し、光剣を右腕に宿らせた。攻撃に耐えつつ、必殺の一撃を放つためのスタイルだ。

「ゆくぞ！」

「いくネ！」

相対した二人は、ほんの少しだけ笑い合うと同時に飛び出した。そして共に光を帯びながら疾走し、庭の中心にてとっておきの一撃を同時に放つ。

瞬間、眩いばかりの光が辺り一帯を支配し、強烈な爆音が轟いた。それでいて吹き荒《すさ》ぶ爆風は一瞬。残りは衝撃波となり大気を震わせて広がっていく。

その中心となった場所にて、拳を交えたまま睨み合うミラとメイリン。

「面白い術じゃな。ちらりと見えた光の線にはどういった意味があるのか、気になるのぅ」

互いに駆け出した時より、メイリンの拳は宙に光の線を描いていた。それを確認していたミラは興味深げに見つめながら右腕に力を込める。

「それは秘密ネ。それより私も気になるヨ。右手に宿った剣は一本、もしも二本だったらどうなっていたカ」

メイリンはミラの背後に浮かぶ光剣を僅かに垣間見てから、じっとミラの事を見据えつつ右腕をぐっと押し込む。

一本で互角、ならば二本だったら押し負けていたのではないか。そんな可能性が、更にメイリンを燃え上がらせているようだ。ただ、その期待には応えられそうにない。

「二本か。それが出来たらわしの勝ちだったじゃろうな。だが生憎《あいにく》と、二本目は特訓中なのじゃよ」

今はまだだが、自信満々に可能性を口にするミラ。セイクリッドフレームでの必殺技、ミラが『光剣パンチ』と仮名を付けているそれは、まだ開発途中の代物である。ゆえに今、装填出来る光剣は一本までが限界だった。

「つまりアナタも修行中ネ？」

「まあ、そういう事じゃな」

特訓も修行も、さほど変わらないだろう。そうミラが認めたところ、メイリンは親近感を覚えたようだ。それはもうはつらつとした表情で、「修行はとてもいいヨ！」などと言い始めた。

「ふむ……そういうわけじゃからな。もう一発、付き合ってはもらえぬか？　まずは一本での限界がどれほどか試してみたいと思っておったところなのじゃよ」

そう口にしながら、ゆっくりと拳を引いたミラは、そこへ残る一本の光剣を装填する。そしてフレームバランスを攻撃寄りに調整し直した。どこまで通じるのかを確かめるために。

「それは面白そうネ！　望むところヨ！」

そう笑顔で応じたメイリンは、ぱっと後ろに飛んでから、更に二歩三歩と下がっていく。そして先ほどよりも遠めに離れたところで足を止めて構え、その右手にマナを集束させ始めた。

こちらが威力を上げると言った以上、メイリンもまた同じように威力を上げてくるはずだ。しかし構えにも、感じ取れるマナの量にも違いはない。あるとすれば、彼我の距離くらいのもの。

（ふむ……威力は距離に関係しておるのじゃろうか）

どこか調整するように下がったメイリンの行動から、ミラは新術の特性を、そのように推察する。助走距離の長さによる威力の増減。単純だからこそ、その使い勝手もまたすこぶるよさそうだ。

「では、ゆくぞ！」

「いくネ！」

向かい合い低く構え、いざ二度目の激突と、両者が飛び出そうとしたその時――

「ミラさーん、メイメイさーん、待ってくださーい！　そこまでー、そこまででお願いしますー！」

そんな声が響いてきたのだ。

ふと振り向いた先には、訓練室の窓から飛び出して駆けてくるヘンリーの姿があった。彼は両手を振りながらミラ達のもとに慌てたようにやってくると、「これ以上は彼女が泣いてしまうので、そのくらいでどうか」と苦笑しながら、ちらりと庭の隅へと目を向けた。

その視線に促されるようにして、ミラとメイリンも同じところを見る。するとそこには、一人のメイドがいた。

試合に夢中で気付かなかったが、最初からいたらしい。しかも手には厚手の手袋をして、シャベル、バケツを持っている。その様は一目見て、庭の手入れをしていたものだとわかった。

彼女はガーデニング作業中、急に庭で始まった激戦に巻き込まれ、逃げる事すら出来なくなっていたようだ。

しかも、それだけではない。大丈夫かと近づいてみたところ、そのメイドは「お庭が……お庭が……」と、うわ言のように繰り返していた。

振り返り見れば、その惨状は明らかだった。ミラとメイリンによる戦闘の影響で、綺麗に整っていた庭は、無残にも荒れ果ててしまっていたのだ。

〈25〉


ミラとメイリンの戦闘によって荒れ果てた庭。そんな庭を前にして放心気味のアダムス家のメイドが一人。

その様子からして、彼女が庭の手入れを担当していた事は明白であり、だからこそミラとメイリンは事態を悟った。

「これはなんとも……すまんかった」

「う……ごめんなさいヨ」

ようやく戦いの高揚から醒めた二人は、素早くメイドの前に駆け付けると、それはもう平身低頭して謝罪した。

そしてその後、二人は庭の復旧作業に尽力した。メイドの指示に従いながら、抉れて穴だらけになった芝生を平坦に整地して、周囲に飛び散った土や草花を選り分け、瓦解した生垣と、その土台を修繕していく。

そのように庭を復旧していた最中の事だ。見かねた、というよりは単純な親切心だったのだろう、マーテルが手伝うなどと言い出したのである。

これまでより更に精霊王の加護が馴染んできたお陰か、力の活用法が増えてきた昨今の事。その加護を介してマーテルの力を注ぐくらいは出来るようになっていた。

ミラは、このマーテルの申し出を快く受け入れ庭の修復に挑む。

「植物の事ならば、わしに任せるがよい！」

自信満々にそう言ったミラは、マーテルの力でもって荒れた庭を蘇らせていく。

その効果は、予想以上に劇的だった。馬車馬のように働くメイリンによって、瞬く間に整地された庭。そこへマーテルの力を授かったミラが触れると、あら不思議。力強く青々とした芝生が蘇っていくではないか。

しかもそれは、ミラ達が荒らしてしまう前よりもずっと活力に満ちた芝生だった。

「こんなに瑞々《みずみず》しく……凄いです！」

「そうじゃろう、そうじゃろう！」

メイド——ヴァネッサに大絶賛された事で、ますます調子に乗ったミラは、生垣から何から庭にあった全ての植物を元気に復活させていった。

生垣は力強く蘇り、花達は華麗に咲き誇る。更には、これまでなかった霞羽《かすわ》の木が、立派な大木となって庭の四隅に聳《そび》え立っていた。

霞のような羽がひらりと舞うように見える花が特徴的な霊核種の木であり、アダムス家の当主——ヘンリーの父がどこからか持ち帰った種が成長した姿だ。

安定するまで生育させるのが難しいという事で、どうしたものかと悩んでいたそれを、ヴァネッサはここぞとばかりに持ち出してきたのだ。

そんな彼女にミラは言う。「月に一度マナポーションを与えると、葉が僅かに光を帯びて、幻想的な美しさを見せてくれるようになる。試してみるのも一興じゃよ」と。

それは霞羽の木が持つ特殊な性質による反応であり、あまり知られていない裏技のようなものだ。

そしてそれらの知識は全て、マーテルの受け売りでもあった。

だが、この言葉でミラに対するヴァネッサの評価は、庭を荒らした召喚術士から植物博士に傾いた。

「今夜試してみます！」と嬉しそうに答えたところで、「あっ」と何かを思い出したように、どこかへと走っていった。

そして少しして戻ってきた彼女の手には、黒い三つの種が握られていた。

「あの、こちらなんですけど……」

その種もまた、ヘンリーの父がどこぞから持ち帰ったものだそうだ。

だが、問題が一つ。どうやら、どこかのパーティで出された果実の種だというだけで、それ以外の情報がないという。

経緯は、こうだ。食べたら美味しかったので、その種を持ち帰った。しかし、感想は美味しかったというだけであり、そもそも何という果実だったのかが不明。

更に、切り分けられていたので、元がどういった形をしていたのか、どんな色をしていたのかすらもわからないそうだ。

しかも、とっておきの珍しい果実という事から、パーティの主催者に聞いても得意げになるだけで答えは聞けずじまいだったという。

「前に時期や土などを変えて植えてみたのですが、五回とも芽を出したところで、枯れてしまいました……。もうどうすればいいのか」

種の形状から種類を判別するのは難しいため、植える時期や手入れについての準備が出来ないとヴァネッサは話す。

残る種は三つ。これ以上は試せず、どれだけ調べても種の正体はわからない。それでいてヘンリーの父は、楽しみにしている様子。今一番の悩みの種だと、ヴァネッサは縋《すが》りつくかのようにミラに迫った。

「ふむ……メイドも大変なのじゃな……」

似たような立場でありながら、どうも自由奔放過ぎるように見える王城の侍女リリィ達の事を思い浮かべつつ、ミラはヴァネッサを難儀な立場だと思いやる。

「どれ、見てみるとしよう」

どことなくいたたまれない気持ちを抱いたミラは種を一つ手に取ると、それを観察するようにじっと見つめた。

その黒い種の大きさは親指ほど。楕円形であり、他にはこれといった特徴が見当たらない。どこにでも転がっていそうな、そんな種だった。

『それは、王樹林檎の種ね。間違いないわ！』

流石は、全ての植物の生みの親である始祖精霊のマーテルだ。ちょっと見ただけで直ぐに答えが返ってきた。

しかも、それだけではない。ヴァネッサが、なぜ育てる事に失敗したのかという理由までも教えてくれた。

「ふむ、この種はじゃな――」

マーテルの話を聞き終えたミラは、さも知っていましたとばかりに、その知識を披露する。

この種は、王樹林檎という特別な果物の種であると。また林檎と呼ばれてはいるが、その果肉はメロンに近く、それでいて林檎のように皮が薄いため傷に弱い。ゆえに食べ頃まで育てるのは、極めて難しい果実だとミラは語った。

「それでも挑戦するというのなら、一つ重要な事がある――」

種の正体がわかったところで、その果実を口にするには相当な苦労と時間がかかる。

ミラはそのように大変だと話したが、ヴァネッサの目に秘められた熱意は冷める様子がなかった。むしろ燃え上がっているほどだ。

ゆえにミラは王樹林檎を育てる上で、最も大切な事を告げた。「芽が出てからは、高さが三メートルを超えるまで、決して光を当ててはならぬぞ」と。

「光を……ですか!?」

驚いたように声を上げるヴァネッサ。

それもそのはず。美味しい果物を育てるのならば、健康な土に加え、十分な陽の光が必要というのが当然だからだ。

しかしミラは、正確にはマーテルはそれを厳禁だと言った。

光の届かぬ森の奥、神樹に守られた深い場所こそが、本来の王樹林檎の生育圏。暗闇で育まれる事が前提の種なのである。そのためか出たばかりの芽は、光に滅法弱かった。そして、この特性こそ、ヴァネッサが失敗してきた要因であるわけだ。

「まさか、そんな植物があったなんて……」

愕然とした様子で、種を見つめるヴァネッサ。そんな彼女に「極めて珍しい種類じゃからのぅ。仕方がないというものじゃよ」と、慰めの声をかけるミラ。

これだけ光に弱くなってしまうなんてと、作ったマーテルもまた苦笑気味だったりした。

最初は、腐りかけの落ち葉ばかりを食べるしかない動物達の食料になるようにと、王樹林檎の木を作ったそうだが、環境によって今のように変化したそうだ。

そういった変化を我が子の成長として見守るのもまた楽しみなのだとマーテルは言った。

「ところで、三メートルに成長するまで、どのくらいかかるのでしょうか？」

先程ミラは、高さが三メートルを超えるまでは、光に当ててはいけないと言った。それはつまり、超えてからは光に当てても大丈夫という意味でもある。これもまた、マーテルに教えてもらった事。

そのくらいになれば、成長した表皮によって光に弱い部分が完全に護られると。

「だいたい、二年ほどじゃな。ただ実を付けるのは、そこから更に三年ほどかけて倍にまで成長せねばならぬがのぅ」

早くても五年。うち二年は、決して光を当ててはいけない期間。人の手で、人の生活圏で育てるには、かなり厳しい条件だ。

「合わせて五年ですか……。でも一番大切なのは、最初の二年ですね……」

かなりの難易度だが、ヴァネッサの顔に諦めの色は浮かんでいなかった。むしろ、どうやって真っ暗な部屋を用意するか、どうやって真っ暗な部屋で二年間世話をすればいいのかと検討している様子である。

「いや、そこはもう大丈夫じゃよ」

ミラは言いながら、三つの種に手をかざす。すると淡い光がふわりと広がって、そのまま種に吸い込まれていった。

「今のは、何だったのでしょうか」

困惑気味のヴァネッサに、ミラは答えた。「種に活力を与えたのでな。一週間もあれば、三メートルまで成長するはずじゃ」と。

それはマーテルの優しさであり、同時に厳しさでもあった。一生懸命に育てようという意思を持つヴァネッサへの思いやり。そして、これ以上は枯らしてほしくないという、母としての想いだ。

「これは、わしが契約している植物の精霊からの贈り物じゃ。大切にするのじゃよ」

始祖精霊という大物の存在までは明かせない。とはいえミラは、精霊との繋がりが何かと多い召喚術士だ。嘘は言っておらず、このような言い方をすれば相手が自然とそのように受け取ってくれるというものである。

「あ、ありがとうございます！　きっと立派な木に育ててみせます！」

ミラが少々回りくどくもマーテルの想いを伝えたところ、ヴァネッサはそう答えてから、「精霊さんにも、ありがとうございますとお伝えください」と続けて頭を下げた。

『あらあら、どういたしまして』

どこかはにかむような、それでいて嬉しそうなマーテルの声がミラにそっと届いた。


一度は盛大に荒れ果てたアダムス家の庭。だが破壊と再生によって以前よりもずっと立派に、またヴァネッサの理想が詰まった姿に生まれ変わった。

（よし、どうにか誤魔化せたようじゃな！）

その後のリカバリーによって、庭を荒らしたという失態は有耶無耶に出来た。そう確信したミラは、ほっと胸を撫で下ろす。ソロモンにでも報告されたら、それはもうこっぴどく叱られるだろうからだ。

またメイリンとの試合も、なかなかの好印象をもたらした。

アダムス家の居候であるメイリンは、宿泊費代わりとして子供達の訓練に付き合っている。そのため子供達は、メイリンの途方もない実力に気付いていた。そんな彼女を相手に互角の戦いを繰り広げてみせた事が、子供達の印象に強く残ったようだ。

ミラは弟妹の尊敬も集め、あれよあれよとアダムス家に歓迎される立場となっていたのだ。

そのおかげか、訓練室の惨状もまた、これだけの二人がぶつかり合ったのなら仕方がない、という方向でお咎《とが》めなしとなった。

そして今、アダムス家での自由を許されたミラは、屋敷の一室でメイリンと向かい合っていた。なお、この部屋は客室であり、現在はメイリンが居候している部屋だそうだ。

「ところで、なんで爺様がここにいるヨ？　爺様も、大会に出場するためネ？」

激しい戦闘から、続けての庭整備。随分疲れたとソファーに腰掛けたところで、メイリンが開口一番にそう問うてきた。

爺様——それは本来、正面の少女に対して使うような言葉ではない。だがはっきりとそれを口にしたメイリンに、ミラは苦笑しながら答えた。「やはり、わしじゃと気付いておったか」と。

「当然ネ。動き出す瞬間の重心、足の運び方、目線の外し方、癖が全部昔のままヨ。姿形は変わっても、私は誤魔化せないネ」

そのように理由を挙げたメイリンは、その程度ではまだまだ、とでもいった様子で笑う。

メイリンがミラをダンブルフだと判断した基準に、最もわかりやすいはずの要素である召喚術は一切入っていなかった。ただただ一挙手一投足を見ただけで、ミラがダンブルフと同一人物であると見抜いたわけだ。

「それだけでバレるとはのぅ。流石としか言いようがないわい」

相変わらずの洞察力だと改めて感心したミラは、そこで一度姿勢を正してから、「さて、わしがここに来た理由じゃが――」と、今回の目的を切り出した。

〈26〉


「というわけで国に連れ戻すために、お主を捜していたのじゃよ。まったく連絡の取りようがないからのぅ、苦労したものじゃ」

国の現状と九賢者の現状について簡単に説明した後、ミラはそう用件を告げた。

対してメイリンはというと、少々渋い表情だ。まだまだ修行の旅を続けたいという気持ちが強いようである。

（こんなところもまた、相変わらずじゃのぅ……）

あからさま過ぎるほど感情が顔に出るメイリン。そんな彼女を前に、あの頃もこうだったとミラは思い出す。

ゲーム時代の頃から、メイリンは自国でじっとしている事がほとんどなかった。戦争が始まるよと連絡すれば直ぐに帰ってきたが、戦う事以外のイベントとなると、迎えにいって多少強引に連れ帰るくらいしか、彼女をアルカイト王国に留める方法がなかったものだ。

「あ、皆いるならきっと大丈夫ヨ。私いなくても問題ないネ！」

長考の末、メイリンは名案が閃いたとばかりに輝いた顔でそう言った。

案の定の反応である。今回の用件を簡単にいうならば、戦争を回避するための集合だ。ただのシンボルとして国にいるだけだと落ち着かないというのが、メイリンの本心であろう。

とはいえ九賢者という立場にある以上、そして何より現実となったからには、そうも言っていられないのが現状だ。

それを承知しているミラは、ここで心を鬼にして第一の刃を振り下ろす。

「お主が帰らぬと言うのなら、それもよい。じゃがな、一つ問題があってのぅ──」

どうしてもと言うのなら、帰らずとも構わない。一度はそんな優しさをみせたミラだったが、そこから一気にメイリンを追い詰めていった。

九賢者時代のメイリンの正装──戦争や冒険、政の時など、表に出る際の衣装は道士服と狐を模した仮面というものだった。よって一般層に素顔は割れていない。

だが元プレイヤーに加え、各国の重役、また腕自慢などには、メイリンの素顔を知る者が多い。

「お主も偽名を使うなどして、配慮しておるようじゃが──」

ミラはそういった部分について、ちくりちくりと釘を刺し、今の状況についてメイリンに理解させていく。これまでは運よく、そういった者達と出会わずに済んでいたから、そう大きな問題にはならなかったのだろうと。

「しかし、今回ばかりは無理じゃ。わかるじゃろう？　この国で開催される闘技大会は、見ての通りの規模となっておる。しかも、各国から武芸に秀でた者まで招待しておるというではないか。となれば当然、この街に集まる者達の中には、お主の素顔を知る人物もおるはずじゃ──」

そう丁寧に説明したミラは、ソロモンとも話していた問題について、メイリンの存在が世間に広まった時に起こり得る事態を更に詳しく話して聞かせた。大陸各地でメイリンの目撃情報が挙がった時、アルカイト王国の立場はどうなるのか、と。

「――ソロモンさんに、迷惑かけられないヨ……。でも、大会出たいヨ……」

アルカイト王国の将軍位である九賢者が、停戦条約中に各国を渡り歩いて何をしていたのか、もしや偵察していたのか、などと疑われる恐れがある。

ミラの話を聞いて、事の次第を理解したようだ。俯いたメイリンは、しょんぼりとしょぼくれながら、そう呟く。だが相当に楽しみだったのだろう、理解はしたが、それでも諦めきれず顔には葛藤が浮かんでいた。

「さて、そこでわしからの提案じゃ」

そんなメイリンの様子を確認したミラは、ここぞとばかりに用意してきた策を披露する。早い話が、九賢者のメイリンだという証拠を与えなければいいのだと。

「そのために用意したのが、この変装道具一式じゃ。国に帰ると約束するならば、これをお主に授けよう。ソロモンも、これで変装するならば闘技大会に出場してもよいと言っておったぞ」

一式の内容は、リリィ達特製の魔法少女風の衣装とヘアカラー。加えて魔導工学部が開発した、カメラ対策用のチョーカーだ。特殊なマナ力場を発し、ピントが顔に合わなくなるという優れものである。

「わかったヨ！　約束するネ！　だから闘技大会出たいヨ！」

一度落としてからの譲歩。闘技大会を諦めるように言ってからの、出られる選択肢の提示。ソロモンの入れ知恵であったが、単純な彼女には見事に嵌ったようだ。

喜んで帰る事を約束したメイリンに、ミラは「それならば、この一式を授けよう」と、したり顔で応えるのだった。


とにもかくにも、メイリンがアルカイト王国に帰るという約束をとりつける事に成功したミラ。これで、今回の任務の半分は達成したも同然だ。後は世間一般にメイリンの正体がバレないように闘技大会を終えるだけである。

というわけでミラは早速、メイリンの変装準備を始めていた。まずは髪だ。ヘアカラーを使って、青みがかった紫の髪を真っ赤に染めていく。

「ふむ……こんなものじゃろうか」

闘技大会出場のためにと、いつになく大人しくしているメイリン。ミラは、そんなメイリンの染め終えた髪を見つめながら、問題はないと頷いた。

昨日変装した際に、テレサがしてくれた髪染めが参考になった。色むらは、ほぼ無い。若干、配分を間違えて毛先部分がグラデーションになっている。だが見ようによっては、炎が揺らめいているかのようで、むしろカッコいいのではないかとミラは偶然を味方に巻き込んだ。

「凄いヨ、真っ赤っ赤ネ！」

終わると同時に姿見の前に駆け寄ったメイリンは、ガラリと変わった髪の色を見てはしゃぐ。そして、先の方がグラデーション状になっている事に気付き、言った。「炎みたいでカッコいいヨ！」と。

「そうじゃろう、そうじゃろう！　そこがポイントなのじゃよ！」

メイリンもまた、気に入ったようだ。計算通りとばかりに言ってのけたミラは、もう一度メイリンを座らせてから次に安定剤を取り出した。そして染めた色を定着させて、変装の第一段階は完了となった。


髪が終わったら、いよいよ服だ。リリィ達特製の変装用魔法少女風衣装の出番である。

「爺様……これ、よくわからないヨー……」

まずは試着という事で着替えてみるように言ったところ、ものの数秒でメイリンからの救援要請が入った。

「ふむ……何がわからないのじゃ？」

着替えという事で一応は後ろを向いていたミラだが、こうなったらどうしようもない。振り返り状況を確認し、「うわぁ……」と眉をひそめてから、やりやがったなとばかりに溜め息を吐いた。

変装用衣装として受け取った際、ミラはそれがどんなデザインかを確認してはいなかった。メイリンに着せるためのものだった事もあり、どうでもよかったからだ。言ってみれば、他人事《ひとごと》である。

加えて、これまでの衣装を色々と着せられていたため、リリィ達の事を少しはわかった気でいた。しかし、それが間違いであったのだ。

ミラが見てきたこれまでは、彼女達が秘めた業の、ほんの一部でしかなかったのである。それを今、ミラは目の当たりにする事となった。

メイリンが手にした衣装、よくわからないと言ったそれは手加減なしの魔法少女だった。

カラフルな色使いと、短めのスカートにさりげない露出、そしてピンクのスコート。それらが、ふんだんにあしらわれたフリルによって可愛らしくまとめられたのが、このメイリン用変装衣装であった。

「うむ、これはわからぬな。……ちと待っておれ」

イメージが予想と違う事に加え、付属パーツがおかしくないくらい用意されていた。何をどうすればいいのか、ぱっと見た限りで把握するのは難しく、これはどうする事も出来ないと判断したミラは、急遽ヴァネッサに助力を求めようと決めて部屋を飛び出した。

「わぁ、素敵！　すっごく可愛いですよ、メイメイさん！」

十数分後、援軍ヴァネッサの活躍によって、メイリンは完璧に変装用衣装を着こなす事に成功していた。ヴァネッサの手腕に加え、彼女が見つけてくれたデザイン画によって完成形が判明したのも大きい。

こういった複雑な衣装には完成図があるはずだ。そんなヴァネッサの言葉通り、探してみると衣装が入っていた包みの底に封筒があり、その中にデザイン画が入っていたのだ。後は、その通りにヴァネッサが着付けてくれて、メイリンは格闘魔法少女として、ここに新生したのである。

「これはびっくりヨ！　私じゃないみたいネ！」

わくわくした面持ちで姿見の前に立ったメイリンは変装完了した自身の姿を見て、驚くと共に喜びを浮かべた。そしてそこから「まるでプリピュアみたいヨ！」と、ミラが思っていても言わなかったそれを、はっきりと口にした。

そのデザインを簡単に表現するとしたら、メイリンの言葉通り、大人にも人気の女児向けアニメに登場する戦う変身ヒロインだ。しかも最初から、中盤くらいに登場するパワーアップフォームといった豪華さである。

(あやつ……やりやがったようじゃな)

必要なのは変装であって、変身ではない。だが現時点において、新たなプリピュアが爆誕してしまった。そしてミラは、この状況を仕掛けた犯人について心当たりがあった。

それは、ラストラーダだ。特撮ヒーロー好きで自身の胸にも正義を秘めた彼にとって、それらのテレビ放送がある日曜の朝は神聖な時間だった。

プリピュアは、そんな正義が溢れる時間に放送されている。ゆえにラストラーダは、プリピュア好きという裏の顔も持っていたのだ。

メイリン変装計画の話をソロモンから聞いた時の事。今回の衣装制作は変装という目的が大前提であったため、ラストラーダにも協力を要請したとソロモンは言っていた。

つまり今回は、ラストラーダが理想とするヒロイン像を、リリィ達が見事に再現したという形になるわけだ。

(なんと、業の深い……)

メイリンの変装衣装のはずが、変身衣装であった。その事実に苦笑するミラだが、同時に思う。これをメイリンが着こなしたなら、まず間違いなく誰にも気付かれる事はないだろうと。

プリピュア風衣装は、武道家で仙人のようなこれまでのメイリンとは、イメージがガラリと変わるデザインだからだ。

更に髪を染めた事も相まって、見た目は完全にプリピュアである。状況はどうあれ、目的自体は完璧にクリアしているといっても過言ではなかった。

「いっその事、ポーズも真似てみてはどうじゃ？」

ミラがそう言ったところ、メイリンは「それ面白そうヨ！」と答え、早速とばかりにポーズを決め始めた。彼女も子供の頃は、大のプリピュアっ子だったようだ。それはもう、ポーズだけでなくセリフまで完璧に決まっていた。

その様子を眺めながら、ミラは考える。いっその事、この方向性で大会に出てしまってはどうだろうかと。

変装しているかどうかにかかわらず、メイリンが闘技大会で戦えば、その強さからして目立つのは確実。だが、闘技大会に突如として現れた正義のヒロイン、プリピュアとしてなら同じ目立つにしても、いいカモフラージュになるかもしれない。

プリピュアからメイリンに辿り着ける者は、果たしているのかどうか。その真実をばっちり把握しているミラ自身すら今のメイリンを目の当たりにして、本当にメイリンなのかと僅かに疑問が生まれてしまうほどの変身ぶりだった。

「あの……プリピュアとは何でしょうか？」

実に堂に入ったメイリンの動きを目にしながら、置いてけぼりだったヴァネッサが首を傾げる。その質問に対してミラは、「それは、とある地方に伝わる愛の戦士の名じゃよ」とだけ答えた。

なお、ミラがプリピュアに詳しいのは、妹のゴッコ遊びに散々付き合わされ、そのためにテレビも一緒に見せられていたからである。

まさかのプリピュアに変身したメイリン。その衣装を随分と気に入ったようで、早速とばかりに動き易さの確認を始めた。

ただ確認とはいえ、そこはかの九賢者であり武道家でもあるメイリンだ。一つ一つの動きが鋭く速く、そして真剣だった。軽い所作から空を切る音が響く一撃を放っては、流れるようにそれを繋げていく。

「これ、凄く動き易いヨ！　ばっちりネ！」

一連の動きが終わったところで、そう評価したメイリン。リリィ達特製の衣装は、武道家の彼女も太鼓判を押すほどの仕上がりのようだ。

そうかそうかと、嬉しそうなメイリンに頷き返したミラ。するとそこで扉をノックする音が響く。

「ミラさん、メイメイさん、夕食を一緒にどうかな」

それはヘンリーの声だった。用事は言葉通りのようだが、どうにも彼の後ろが騒がしい。他にも誰かいるらしい。

「ご飯、食べるヨー！」

誰よりも早く反応したのはメイリンだ。夕食と聞いて一目散に駆け出し扉を開け放つ。するとどうだろう、そこにはヘンリーだけでなく弟妹も全員揃っていた。

そして次の瞬間、弟妹達は「今だー！」と木剣を振り上げてメイリンに飛びかかった。いつでもどこでもどんな時でも一本とれれば、というよくある訓練もしているようだ。

と、その直後である。突如として木剣を止めた弟妹達は、その顔に驚きとも戸惑いともつかぬ、きょとんとした表情を浮かべてメイリンを――愛の戦士プリピュアを見つめた。

「あれ……？　メイメイお姉ちゃんは？」

「え？　誰？」

原因は、メイリンの恰好だった。あまりにも変装が完璧過ぎて、同一人物だとは気付けなかったのだ。

するとメイリンは、そんな弟妹の脳天に隙ありとばかりに手刀を打ち込んで「まだまだネ」と笑う。

「ええ!? メイメイお姉ちゃん!?」

「え? そうなの?」

声と動きはメイメイのものだが、その見た目の違いに大きく困惑する子供達。そんな子供達の様子を前にして、メイリンは得意げになって言い放った。

「メイメイとは、世を忍ぶ仮の姿ヨ。その正体は、愛の戦士プリピュアだったネ!」

正義のヒーローが自ら正体を明かすというのはアレだが、本人は随分とノリノリである。そして子供達もまた、というよりは素直なのだろう、そうだったのかとばかりに表情を輝かせた。

愛の戦士プリピュアが何なのかという点はあまり気にしていないようで、ただただ何か凄いとはしゃいでいる。

「この事は、秘密ヨ」

そうメイリンが言うと、子供達は「わかりました!」と頷き答える。そして暫しの間を置いたところで再び、今だとばかりに斬りかかった。

「まだまだネ!」

軽やかな身のこなしでそれを躱し、綺麗に全員の足を払うメイリン。その姿たるや正にプリピュアといっても過言ではない華麗さである。

「ところでじゃな、あの姿で大会に出場する事になったのじゃが、登録名も変更出来たりはせぬかのう？」

そのようにメイリンと子供達が戯れている時、ミラはヘンリーにそう問うた。この際メイメイという単純な偽名ではなく、およそメイリン本人とは結びつかないだろう名に変えられないだろうかと考えての事だ。

「えっと、愛の戦士プリ……ピュア、でしたっけ。まあ、その程度でしたら問題ありませんよ」

もはや名前とは違う呼び名だが、ヘンリーはこれといって考える素振りもなく承諾した。

いわく、そのような登録名も沢山あるそうだ。『純白の姫』や『真夜中の貴公子』など、主に腕試しを目的とするお忍びの貴族だったり、目立ちたくない有名人だったりといった人物が、そのような名で登録しているとの事である。そこに『愛の戦士プリピュア』が加わるだけというわけだ。

「しかしまた、見事な変わりようですね。……もしかしてミラさんがメイメイさんを捜していた目的は、こうする事だったのですか？」

完全に変身ヒロインと化したメイリンを見つめながら、そうぽつりと呟くヘンリー。二人っきりになって暫くしたら、この状態だ。それに気付くのも無理はない話である。

「うむ、その通りじゃ」

ヘンリーには、色々と融通してもらう事になるだろう。よってミラは多少誤魔化しながらも状況を説明した。実は彼女は、それなりの立場にあり、あまり目立つような真似はさせられないのだと。

「なるほど……実はお忍びだったと。あれだけの実力者ですから、何かしらありそうとは思っていましたが」

正確にはどうであれ、ヘンリーは察してくれたようだ。彼は納得したとばかりに微笑むと、それ以上はもう口にしなかった。

(よし……これでもう、任務は達成したも同然じゃな!)

出来る事は全てやった。あとメイリンに繋がる事といえば、もう仙術くらいしかない。だが、それを禁止にするというのは野暮というものだ。闘技大会という強者達が集まる大舞台で全力を出せないなど、生殺しもいいところである。大会に出場する意味がなくなるに等しいともいえるほどだ。

出場すら禁止されてしまったミラは、ゆえにこれだけの舞台を前に全力を出せないもどかしさを知っている。だからこそ、それ以上は何も言わなかった。

これでメイリンだとバレるようなら、もう何をやってもバレるだろう。後は野となれ山となれである。

〈27〉

全員で席を囲み、楽しい夕飯の時間は過ぎていった。そして次は入浴の時間だ。

ヘンリー達は食後の日課だと、訓練場へ。食後であろうとも直ぐに動けなくては、騎士としての役目を果たせないという事らしい。

そして、メイリンはというと。

「私は、昨日入ったから大丈夫ヨ。問題ないネ」

「いえいえ、昨日は昨日でございますよ」

ヴァネッサとそのような攻防を繰り広げていた。

メイリンは風呂嫌いであるのだ。だがヴァネッサは、それを見逃さない。今日はいつもの訓練に加え、ミラとの激しい戦いを繰り広げていた。そのまま風呂に入らないなんて、とんでもないと、客人をそのような状態のままでいさせる事は出来ないと迫る。

「明日は入るネ。それなら大丈夫ヨー」

メイリンが、そんな心にもない言葉を口にしながら逃げ出そうとした時だ。ホーリーナイトの塔盾が出入り口を塞いだのである。

突然の障害物の登場に驚き、急制動をかけるメイリン。だが、その一瞬が命取りだった。そこへヴアネッサが飛びかかり、更に他のメイド達も今だとばかりにメイリンを拘束したのである。

「酷いヨ、裏切り者ネー！」

そんな恨み言を残しながら、メイリンはメイド達の手によって大浴場へと連行されていった。

ミラはそれを見送りながら、何の事かと白を切る。だがここで、思わぬ事態がミラにふりかかる。

「ご助力ありがとうございますミラ様。それでは、ご一緒に参りましょう」

そう、ヴァネッサが一緒の入浴を促してきたのだ。

その瞬間、ミラは硬直した。普段ならば、これ幸いとばかりにメイド達と大浴場へ赴いていた事だろう。だが今回は、一つだけ問題があった。

メイリンである。ミラの正体を知る彼女は、それでいてミラが一緒に入る事に対して何とも思わないだろう。混浴だろうと気にしない、そういう性格である。

ならば何が問題かというと、気にしないからこその口の軽さだ。

いつ、どんなタイミングで、その口からミラがメイド達と当たり前に風呂に入っていた事を吹聴されるとも知れないのである。その際にカグラなどがいたりしたら、それはもう汚物に向けるかのような視線に晒されるのは確実といえた。

「いや、わしは……」

そんな心配など、もはや今更である。しかし、かつての威厳に縋りつくミラは、そこで躊躇いをみせた。その直後、ヴァネッサの目の色が変わる。

「もしや、ミラ様も、ご入浴がお嫌いなどと……」

客人を誠心誠意もてなすメイドとして、汚れたままではいさせない。そんな気迫を滲ませるヴァネッサに、ミラは必死に首を横にふって答えた。「いやいや、わしは風呂好きじゃよ！」と。そして更に、

「ほれ、あれじゃよ。庭の様子が、ちと気になってのぅ。少々強引に整えたじゃろ？　じゃからちょいと確かめにいこうと思っていたところでな。その際に土いじりをするかもしれぬので、わしは後でよいと、そう言おうと思ったわけじゃよ」

即興で思い付いたそれらしい言い訳を早口で並べていく。するとどうだ。その中にあった庭という言葉が功を奏したようで、ヴァネッサの様子が緩和する。

「それでしたら、私もご一緒します！」

というより、功を奏し過ぎたようだ。庭の責任者という自負のある彼女は、途端にやる気を漲らせた。

「いや、そこはほれ……アレじゃよ。秘密の召喚術を使うかもしれぬのでな……」

術士だけに限らず、特別な技術を秘匿している者は多い。このアダムス家にも、そういった技はある。ゆえに口から出まかせながらも、それなりの説得力は発揮されたらしい。

ヴァネッサは、それ以上食い下がってくる事はなかった。

「そうでしたか……わかりました」

少し残念そうに答えた後、ヴァネッサは大浴場に向かっていった。

それを見送ったミラは安堵のため息を漏らしつつ、言った手前という事もあり、一先ず庭に向かった。

（んーむ、あの場面では、攻めていた方がよかったかもしれんのぅ）

アダムス家の屋敷の庭にて、ミラは一応口にした通り、ざっと草木の状態を確認した。

そしてその後は、メイリン戦の一人反省会だ。召喚術の使用タイミング、攻めと守りの切り替え、手札選択の成否など、より有利に戦況を運べた可能性を追求するため、その時の流れを思い返していく。

流石はメイリンというべきか、昼の戦いは実に有意義であった。幾つもの新術、新技の利点と欠点が洗い出せた。ミラはそれらを踏まえ、次の戦いでの戦略を組み立て、手札を練り、まだまだある試してみたい術を多数そこに加えていく。

と、そうして考え込みながら庭を適当に歩き回っていた時だ。

「ミラお姉ちゃーん」

「一緒にお風呂入ろー」

そんな事を言いながら、訓練場の窓より庭に飛び出してきた四人の影。食後の訓練中より庭にいたミラの姿を確認していた子供達が、ミラの風呂はまだだと踏んで、ここぞとばかりに誘いに来たのだ。

「これこれ、引っ張るでない。わかったわかった」

両腕に抱きつかれ、そのままシンシアとローズマリーにぐいぐいと引っ張られていくミラ。更にファビアンは、お風呂で冒険のお話を聞かせてと、それはもう輝きに満ちた少年の顔をしていた。

ただ一人だけ。次男のライアンは、何やらどうしたらいいのかと戸惑った様子だ。

だが年頃の少年の繊細な心の揺らぎに気付ける者は少ない。ヘンリーと両親は申し訳なさそうにしながらも、息子と娘をよろしくお願いしますとばかりに小さく頭を下げる。ミラにとって、もう選択肢はなかった。


既に上がった後のようで、大浴場にメイリンとメイド達の姿はなかった。子供達の面倒をみるためならば言い訳も立つなどと考えていたミラは、少し残念がりながら大浴場に足を踏み入れる。そして次の瞬間、温泉旅館を彷彿とさせる見事な造りを前にして、「これはよいのぅ！」と気分を高揚させた。

貴族の屋敷だけあって、実に風情のある大浴場だ。そう感心していたところで、騒がしい子供達の声が響く。素晴らしい風呂だが、落ち着いては入れなそうだ。

(何やら最近、よく子供の世話をしている気がするのぅ……)

などと思い返しながらも、しっかりと世話をする。そうして一段落した頃、ミラは三男のファビアンにせがまれるまま、これまで立ち寄った事のある場所やダンジョンの話を聞かせていた。

祈り子の森や天上廃都、天秤の城塞に古代地下都市などの他、興が乗ったミラは、ダンブルフ時代に巡ったダンジョンでの冒険についても大いに語った。

「いいないいな！　僕も冒険者になったらミラお姉ちゃんみたいにダンジョンをいっぱい攻略する！」

数多くの冒険譚に感化されたのか、ファビアンは興奮気味に夢を語る。誰もが知るような一流の冒険者になり、伝説の宝を手に入れる。そして飛空船を買い、更に沢山の場所を冒険したいと、それはもう夢に溢れていた。

「そうかそうか。ならばまずは強くなるのが一番じゃ。それも仲間だけでなく、自分も護れるくらいにのぅ」

子供が秘める可能性は無限大である。ミラは、ファビアンの頭をくしゃりと撫でる。するとファビアンは、「うん、いっぱい強くなる！」と、真っ直ぐな笑顔で答えてみせた。それは自身の望む未来を信じて疑っていない、実に力強い言葉だ。

と、その隅っこの方で何やら思い悩む様子のライアン。『やっぱり強い男の方がいいのかな』などと深刻そうな表情で考え込む少年の目は、あえてミラを避けるように彷徨っていた。

「あのあの、ミラお姉様は、キメラクローゼンとの戦いでも活躍したんですよね？　それでは……もしかしてジャックグレイブ様にもお会いしたのでしょうか!?」

ミラの冒険話が一段落したところで、ふとそんな質問をしてきたのは長女のシンシアだった。まだ幼い少女であるが、その顔には溢れんばかりの憧れが浮かんでいた。

しかし、それはミラに向けられたものではない。彼女が口にしたジャックグレイブに対してであり、誰もがそうだと簡単に気付けるほど、シンシアの表情は乙女のそれだった。

「ふむ……おお、そうじゃな。会った事はあるぞ」

ジャックグレイブとは、いったい誰の事だったか。聞き覚えはあるものの、どうにも明確には覚えていないミラは、それでいて知っている風を装う。シンシアの話し方からして、あの戦いに参加していた冒険者であるのは間違いないと予想出来たからだ。そして、その様子からして相当な有名人である事も窺える。

それらを踏まえて、ミラは当時の記憶を辿った。有名な人物に誰がいたか。

真っ先に思い出したのは、セクシーなお姉さんであるエレオノーラの事だ。実に魅惑的だったと、今でも鮮明に記憶に残っている。

と、そんな当時の事を思い返したところで記憶が繋がった。そういえば、そのエレオノーラの前に紹介されていた人物が、確かジャックグレイブとかいう名前であったと。

思い出せれば、もう怖いものはない。ミラは「飛空船で凱旋した時、一緒に乗っておったのぅ」と、得意げに続けた。

「凄いです凄いです、ミラお姉様！　あのジャックグレイブ様とお会い出来たなんて！　しかも飛空船で……！　凄く羨ましいです！」

微妙に忘れていた事には気付かれていないようだ。それどころかシンシアは、ミラの返答でますます興奮し始めた。

「お近くでご覧になったジャックグレイブ様は如何でしたか!?　やっぱりとっても勇ましくカッコイイお方でしたか!?」

随分とジャックグレイブにお熱らしい。シンシアは更に迫るようにして、キラキラとした眼差しをミラに注ぐ。

対してミラは、どうしたものかと心の中で困惑していた。

そこまではっきりと顔を覚えていなかったからだ。加えて、ミラにとっての勇ましくカッコイイ男というのは、以前の自分であったり、現在はアルカイト王国で指南役を務めるアーロンであったりと、渋く老練なダンディズムを秘めたタイプの事を指す。

対して僅かに残るジャックグレイブの印象は、強くて顔も良く、はにかむ笑顔は少年のような愛嬌があったというもの。そして湧き上がるほどの黄色い声援だ。

つまりミラが理想とする基準で見れば、まだまだ若過ぎた。若干、というかそれなりに嫉妬が混ざってはいるが、勇ましくカッコイイという域には達していないという評価だ。

「ふむ、そうじゃな。勇ましくカッコよかったぞ。実に輝いておったのぅ」

だがミラはジャックグレイブについて、そう答えた。ミラはわかっていたのだ。この場面で必要なのは己の価値観ではなく、シンシアが持つ基準であり、望まれた答えこそが必要なのだと。

「ミラお姉様もそう思われましたか！　ですよね、素敵ですよね、一刀竜断のジャックグレイブ様！」

シンシアは、まるで同志を得たとばかりに盛り上がり、「私もいつか、ジャックグレイブ様のギルドの一員になるの」などと夢を広げ始めた。

暫く帰ってくる気配はなさそうだ。すると、その隣で次女のローズマリーがぽつりとつぶやく。

「私は、セロ様」と。そして恥ずかしそうに俯いた。

ミラは、そんなささやかな主張を聞き逃さなかった。

「ほぅ、セロが好きか。あ奴は、実に立派な男じゃからな。なかなか見る目があるのぅ」

声の大きな子供もいれば、声の小さな子供もいる。ここ最近、幾度となく面倒を見てきたミラは、そんな引っ込み思案で小さな主張しか出来ない子の声を汲み取れるようになっていた。

しかも今回はよく知っている名前という事もあり、ミラは饒舌《じょうぜつ》に返す。

エカルラートカリヨンというギルドの長であり、稀に見るお人好し。そして実力はトップクラス。

しかも仲間達に恵まれており、素晴らしい人格者（フリッカを除く）ばかりが集うギルドを束ねる、素晴らしい人物だと。

「うん、セロ様、凄い」

俯き加減のローズマリーだったが、ミラがセロを称賛したところ、まるで自分が褒められたかのようにはにかんだ。そして、話のわかる相手に出会えて嬉しかったのだろう、控え目ながらも次から次へと言葉を紡ぎ出す。

こういうところが好きだとか、こんな逸話が好きだとか、シンシアのジャックグレイブ熱にも負けず劣らずのセロ好きっぷりだった。

「ミラお姉ちゃん、あのキメラクローゼンの時にもセロ様がいたそうなの。でも、全然お話がわからないの。セロ様の事、知ってる？」

一通り熱を吐き出した後、ローズマリーはそんな質問を投げかけてきた。彼女が口にした話がわからないとはつまり、キメラクローゼンとの決戦の時に、セロはどこで何をしていたのかわからないという意味だろう。

今現在、キメラクローゼンとの決戦の模様などは、参戦者達の口からそれなりに広がっていた。ジャックグレイブやエレオノーラの活躍の他、同時進行していた多くの作戦に就いていた冒険者達の武勇伝だ。

しかし、そういった話の中に、参加していたはずのセロの情報はなかった。

その理由は一つ。彼はミラ達と行動を共にしていたからだ。敵幹部達との頂上決戦を知る者は、ミラとカグラ、そしてセロしかおらず、戦況の流れまで知る者は当人のみという状況である。

カグラは秘密裏に動いており、セロはそういった事をわざわざ語るタイプではない。ミラもまた、大っぴらに話した事はなかった。

となれば、当時の状況が一切わからないのも無理はないというものだ。

「うむ、知っておるぞ。何を隠そう、共に行動しておったからのぅ！」

ミラがそう答えると、ローズマリーの表情がキラキラと期待で咲き誇った。

幹部達との戦いについての情報は、まったく出回っていない。だがそれは秘密にしているわけではなく、三人ともがいちいち話をしなかったからだ。

しかしここで遂に、その話の一端が当事者であるミラの口から語られる事となった。これまで話す機会はなかったが、夢見る少女の願いに応えるために。

「――と、そうして敵の幹部を引き受けてくれてのぅ。わしらは残る幹部どもをすぐさま追いかける事が出来たわけじゃな」

キメラクローゼンとの決戦について、その本拠地に攻め入った時の事を語っていくミラ。

内容は佳境の対幹部戦にまで進む。ただその先は個人戦であったため、セロがどういった戦いを繰り広げたのかまでは不明。よってミラはそこから先は自分の戦いを語り、召喚術の素晴らしさをしっかりと教え込んだ。

そして最後は共にペガサスに乗り、仲間達のいる拠点に帰還したと話を締め括る。

「凄い！　強い！」

「ああ……ミラお姉様がジャックグレイブ様と行動を共にされていたら、もっと詳しいお話が……」

ファビアンは単純に興奮し、シンシアは伝え聞いた話でなく、その場で見ていた者から詳細なジャックグレイブ武勇伝を聞きたくなったと羨んだ。そして、ローズマリーはというと。

「ペガサスさんでセロ様と……。そんな手が……！」

何やら、そこに一つの可能性を見出したようだ。どうすればお近づきになれるか、どうすればお役に立てるか、そしてあわよくば……という可能性だ。中々にしたたかである。

なお、そんなローズマリーだが、ミラとセロが急接近していた事については、あまり気にしていない様子だった。

彼女はミラの口調から、そこが発展する事はないと察したようだ。乙女の勘というものであろう。

そんな中、それをまったく察する事の出来ないライアンは、じっと黙ったまま焦燥を胸に募らせていた。

ミラが勇ましくてカッコいいと言った男、ジャックグレイブ。更に立派な男と言った、セロ。竜を倒せるくらい強く、そして巨大なギルドの頂点に立つほどの実力と人望とカリスマがなければ、男として見てもらえないのではないかと。

ミラがファビアンにせがまれて古代地下都市での冒険話をしている中、ライアンはそんな事を思いながら、もっと頑張らなくてはと心に誓うのだった。

〈28〉

次の日、朝食をご馳走になってからメイリンと共に子供達の朝練に付き合う。

この際、多少興が乗り過ぎたりもしたが、昨日の事もあって庭は無事なままだ。

と、そんな朝の時間をゆったりと過ごし、そろそろ護衛の件で王城に戻ろうかと思っていた時である。

屋敷の玄関ホールが騒がしい事に気づく。

「ふむ、何やら楽しそうな様子じゃのぅ」

その声に引き寄せられるようにして顔を覗かせてみたところ、そこには子供達だけでなく屋敷の者達が一様に集まっていた。

これはいったい何事かと見てみれば、一目でその原因が判明する。

屋敷の玄関ホールに並べられた沢山の棚。そしてそこに陳列された数々の品。

ヘンリーに子供達、そしてヴァネッサ達が見ていたものは、多種多様な商品であった。

そう、そこには出張販売店が開かれていたのだ。

服やアクセサリーなどの他、武具に食材や酒、布に金属、原石といった素材までも揃っている。しかもそのどれもが、一目で高級だとわかる代物ばかりときた。

シンシアとローズマリーは、可愛らしい服やお菓子に夢中といった様子だ。

ライアンとファビアンは、武具や術具の類を興味深そうに見ている。

「これまた賑やかじゃのぅ。よもやホールに、こんな高級店が出来るとは、流石は名門騎士のお屋敷じゃな」

まるで小さな縁日のようだ。そんな印象を受けたミラは、高級品ばかりゆえに買うつもりはないが気にはなると顔を覗かせつつ、ヘンリーに声を掛ける。

「いえいえ、うちはそんな大層なものではありませんよ。あの方は父の友人でしてね。よくこうして仕入れ帰りに立ち寄っては、成果を見せつけていくんです」

そう言って苦笑するヘンリーは、それでいて楽しげな目をして商人をちらりと見やるなり言葉を続けた。

話によるとその商人は、ヘンリーの父ロイド・アダムスに命を救われた事があるそうだ。

そういった縁があってか、こうして本店に商品として並べる前の品を持ってきては、原価という友人価格で提供していくのだという。

だが商人はいつも見せつけにきたぞとばかりの態度で来るため、アダムス家の皆もまたそのように迎えているとの事だ。

どちらも、お人好しである。

お小遣いを握りしめ「このお菓子をください」と言うシンシアに、「可愛いからオマケしちゃおう！」と答える商人。

何とも、心温まるようなやり取りが繰り広げられている中、珍しい術具なども揃っている事から、何気なく商品を見て回り始めたミラ。

と、その時――目に映った商品の一つに違和感を覚えて眉根を寄せた。

それは、一見すると小包のようなものだった。

大きさは両手の平に乗る程度で、形は楕円に近い。中身はなんなのだろうか。厚手の布に包まれ、黒い紐で頑丈に縛られている。

(何じゃこれは……よくわからぬが、胸がざわつくような)

三十年の間に、見知らぬ術具も相当に増えた。効果もまた、かなり多様化してきている。けれど、これまで見てきた術具の中には一つとして、このように異様な何かを感じるものはなかった。

いったいどういった代物なのか。

こういう時は商人に訊いてみるのが早い。そう思いミラが商人に声を掛けようとしたところ、「なんだか甘い匂いがするネ！」という声と共にメイリンがやってきた。

商品の中にあるお菓子の匂いに誘われたようだ。

だが丁度いいとばかりにミラは、「こっちじゃこっちじゃ」とメイリンに手を振った。

きっと、甘いスイーツが食べられると思ったのだろう。メイリンは、にこにこ笑顔でミラの下に駆け付けた。

けれどもミラの周りにはスイーツどころか、食べられるようなものはなく、メイリンは「美味しくなさそうヨ」と、しょんぼり肩を落とす。

そのためか、「お主は、これを見てどう思う」とミラが問うものの、心ここに在らずだ。

「ほれ、後でわしの秘蔵のケーキをわけてやろう。それでどうじゃ？」

特別な日のためにとっておいた、とっておきのケーキがある。そのようにメイリンを宥めたミラは今一度、違和感のある小包を指し示してメイリンの意見を求めた。

「絶対絶対、約束ヨ！」

とっておきのケーキ。その言葉で途端に機嫌を良くしたメイリンは即ミラの言葉に応じて、ミラが指し示す先、小包へと視線を移した。

「……んー、何だか変な感じがするネ。嫌なものヨ」

それを目にしたメイリンは、そう答えるなり、すぐさまその顔に嫌悪感を露わにした。

彼女もまたミラが気づいたものと同じ何かを、それに感じたようだ。

「これはこれは、どうなさいましたか？」

すると――というよりは当然か。そんなメイリンの言葉に反応したようで、商人が何事かとばかりにやってきた。

自慢の商品に、『嫌なもの』だなどとケチをつけられては、堪ったものではないというものだ。

「おっと、すまぬな。じゃがちょいと気になってのぅ――」

ともあれ向こうから来てくれたのならば丁度いい。ミラは商品として並ぶこの小包は、いったいどういった類のものなのかと問うた。

「おお、こちらですか。お目が高い。これは今、このラトナトラヤを中心に流行っている魔物除けにございます。効果の程も抜群でして類似商品は多々あれど、これほどまでに効果が高いものは私も聞いた事がありません」

説明の中に若干の宣伝口上が交じったりしていたが、この小包の効果については一先ず判明した。いわく、これは魔物除けだそうだ。その効果自体も確かなものらしく、下級の魔物はまず寄ってこないと商人は豪語する。

加えて仲間内で出回っている話によれば、その全員が魔物除けの恩恵に与っているとの事だった。

「流行に加え、大人気の商品という事もあり、ようやく仕入れる事が出来た自慢の一品でございますよ」

それはもう嬉しそうに話す商人。

だがミラは、そんな話を聞きながら、ますます違和感を募らせていた。

(これが魔物除けとはのぅ……。むしろ魔物が寄ってきそうな禍々しさすら感じるのじゃが)

魔物除けとして、幾らか流通しているものはある。

複数のハーブを特別な割合で調合し、魔物の嫌がる匂いで追い払うタイプ。

そして、聖術や退魔術に使われる術式を応用し、魔物が嫌う聖属性を発生させて寄せつけないようにするタイプだ。

けれど目の前にあるそれは、明らかにそのどちらでもないとわかる代物。それどころか、魔物を引き寄せてしまうのではないかとすら思えるような、そんな気配すら漂わせている。

「んー、不思議ネ。そんなイイものには、まったく思えないヨ。これ、きっと良くないものヨ」

色々と正直なメイリンは、だからこそ、それをずばりと口にした。魔物除けどころか、むしろ呪われた何かとしか思えないとばかりに。

「ふむ、まあそうじゃな。わしも同意見じゃ。どうにもそれには、嫌な印象しか持てぬ」

なるべく穏便にと考えていたものの、メイリンが言ってしまったのなら仕方がない。ミラもまた、これは善くないもののように思えると同意する。

「しかし、こちらの商品は……」

難癖を付けられたとばかりに難しい顔をした商人は、かといって少女二人を相手に本気で言い返す事も出来ないからか、僅かの後には困惑を浮かべた。

ただ、どちらにせよ納得はいっていないのは間違いなかった。

それならばとミラは、「この布の中身を見てみたいのじゃが、開けてもよいじゃろうか？」と告げた。

布を広げてみれば、そこに描かれた術式の意味が読み解けるかもしれない。そして中身を見れば、この不穏な気配の正体がつかめるかもしれない。もしかしたら、善からぬ何かが封じられているのかもしれないと。

そのようにミラが要望を伝えたが、商人は難色を示す。

いわく、この封を開けてしまうと、魔物除けの効果が消えてしまうと聞いたそうだ。

「どうかなさいましたか？」

と、ミラ達がそんなやり取りをしていたところで、その様子を察したのかヘンリーがやってきた。

「おお、ヘンリー殿。実はこちらのお二方が、この魔物除けが善くないものではないかと仰りまして。ですがこちらは、魔物を寄せ付けない事をしかと確認した代物なのです――」

効果は抜群な魔物除け。それ自体の効果もしっかりと確認しているという事をヘンリーに伝える商人。

こんなにありがたい魔物除けが、少女らの言う通り悪いものだとは到底思えないというのが商人の考えらしい。

だが、そう思うのも仕方がない。そもそも世に流通している術具タイプの魔物除けは、神聖なもの以外に存在しないのだから。

「なるほど……確かに見覚えのない魔物除けですが、効果があるというのなら問題なく思えますが……」

商人の話を聞いたヘンリーは、それを手に取るなり思案げに眉根を寄せては唸る。

商人に対しての信頼もあるのだろう。だが女王アルマと懇意にしていたミラに加え、その力を認めるメイメイも口を揃えているとあっては無視も出来ないわけだ。

ミラもまた、その点については重々承知していた。

なんといっても、術具タイプの魔物除けを開発したのは銀の連塔の研究者であり、その仕組みを十分に把握しているからだ。

特別に開発された術式によって神聖な領域を展開し、魔物を寄せ付けないようにする。

これが基本原理であり、これ以外の場合は効果がないとも実験結果で出ていた。他に出回る類似品もまた、その根幹部分だけは変わらないのだ。

「――そこが不思議なところでな。見たところ術具タイプのようじゃが、この魔物除けからは不穏なマナしか感じられぬのじゃよ。ゆえに奇妙と思うたわけじゃ」

「そうネ。わたし知ってるヨ。魔物除けは変な臭いがするか、温かい感じがするネ。でもこれは、なんだか嫌な感じしかしないヨ」

よく知っているからこそミラとメイリンは、この魔物除けが異質だと判断したのである。

「もしかしたら、本当に何かあるのかもしれませんよ。こちらのお方は、かの有名な精霊女王さんです。そしてこちらのメイメイさんも、そんなミラさんと互角の戦いを繰り広げた実力を持つ仙術士。共に凄腕の術士ですから、私達には察知出来ないような何かを感じ取っているのかもしれません」

二人の言葉を受けたヘンリーは僅かな思案の後に、そのような言葉を口にした。

問題となっている対象は、術具である。となれば術士の方が、その機微に聡いというのもまたよくある話だと。

「なんと、あの精霊王を味方につけたという!?」

商人は特に、精霊女王という名に反応を示した。

その名と、そこにある背景には相応の説得力というものがあるからだ。

神にも並ぶとされる精霊王に、何かしら関係していると噂される精霊女王。そんな人物が奇妙に感じたと言うのならば、一考に値するだけの理由としては十分ではないか。

それでいて商人は、明確になった信頼性を前に唸った。

だがそれも仕方がない。即断出来ないほどに、この魔物除けは希少であり大切な商品だからだ。

「それでは、私がそれを買い取りましょう。これでも城勤めの騎士ですからね。幾らかの余裕はありますよ」

一方的な意見のみで商人ばかりに貧乏くじを引かせるわけにはいかないと、ヘンリーが提案した。

料金を支払ったのなら、魔物除けはヘンリーのものとなる。その後に封を開けてミラ達に調べてもらえば問題はないというわけだ。

ただ、そこで商人が大きく首を横に振った。

「いえいえ、それには及びません！　信頼第一こそ商人の務めというもの。これが本当に善くないものだとしたら、その疑いがあると知りながら売った私は商人失格でございます！」

どうやら腹を決めたようだ。商人は力強く宣言するなり「どうぞ、ご確認の程、よろしくお願いいたします」と、魔物除けを差し出した。

「うむ、感謝する」

商人の矜持、そしてヘンリーの信頼。ミラは、それらと一緒に魔物除けを受け取った。

魔物除けの中身は、どうなっているのか。

封を解く前。中身が善いものであるはずがないと確信するミラは、危険かもしれないと判断して場所を移した。

やってきたのは、訓練場だ。広く頑丈な造りであるため、いざという時にも対応出来るだろう。

加えてミラは《ホーリーフレーム》を纏い、更には複数のホーリーナイトも並べた。たとえ爆発しようが封じ込める厳重な態勢だ。

また、開けたらどうなるかわからないため、ヘンリーと商人は外で待機している。

「さて、いったい何が入っておるのか……」

何が起ころうとも対処出来ると自負するミラは、それでいて慎重に魔物除けの包みを解いていく。

「鬼でも蛇でも、どんとこいネ！」

その様子を、どこか期待した顔で見守るのはメイリンだ。封を開けたら怪物がといった、よくある展開を求めているのだろう。

「――ふむ、石じゃな……」

「むぅ……何か出てくる感じじゃないヨ」

魔物除けの中身。複雑な術式が書き込まれた布に包まれていたのは、石であった。

薄らと赤みがかり、大きさの割には軽く感じられるだけで、見た目はただの石としか言いようのない代物だ。

けれども間違いなく、それはただの石ではない。魔物除けから感じられた禍々しい気配が、そこにしっかりと存在しているからである。

(善からぬ何かを封じていたというわけではなかったか)

封を解いたなら禍々しい気配が増しそうなものだが、そうはならなかった。

つまり布に書き込まれた術式は、封印の類ではなかったというわけだ。

少しばかり予想と違った結果に首を傾げつつ、ではどういった意味があったのかと布を確認したミラは、「なんじゃこれは?」と驚きの声をあげる。

そこに刻まれていたのは、見た事のない術式だったからだ。そしてメイリンもまた、この術式はさっぱりわからないと答えた。

術士達の頂点に君臨する九賢者。その実力もさる事ながら、術式についての知識もまた相応に蓄えている。

今は失われた古代の術式だろうと、扱いきれないまでも知識としては修めているほど、その見識は広く深いのだ。

しかしどういうわけか布に描かれていた術式は、そんな知識を以てしても読み解けない代物であった。

それらしく出鱈目に書かれているだけかもしれない。けれど、中身だった石より感じられる禍々しさからして嫌な予感しかしないと、ミラは考え込んだ。

するとその時だ。不意に精霊王の加護紋が淡く輝き出したのである。

『不穏な力を感じると思い覗いてみれば……ミラ殿、それはいったいどうしたのだ？』

ミラの脳裏に響いた精霊王の声。それを聞いたミラは、『おお、精霊王殿！　実はじゃな――』と、すぐさま現状の説明を始めた。

よくわからないものを見つけた時は、精霊王の知恵袋の出番である。

『なるほど……そして中身がそれだったというわけか』

一通りの説明が終わると、精霊王は納得したとばかりに答えた。だが同時にその声は、より思慮深さを増したものとなる。

『して精霊王殿は、これらが何かご存じじゃろうか？』

読み解けない術式が描かれた布と、禍々しい気配のある石。その両方を手にしたミラは、これがどういったものか知らないだろうかと問うた。

「ふーむ、まずはその石についてだが……随分と奇妙な状態にあるというのは間違いないようだ――』

すると早速、石の方についての答えが返ってきた。しかも、その内容がまたとんでもないものであった。

精霊王いわく、その石は本来、人の世には存在していないはずの物質であるというのだ。

ならば本来は、どこにあるものなのかというと、神域や、それに近い場所に存在しているものだという。

『その物質の名は、アムルテ。だが通常は水に近い状態の物質であり、マナの希薄な人の世ではすぐさま霧散してしまうはずなのだがな。しかも、この不穏な気配。石の状態になっている事に、何か秘密でもありそうだ』

精霊王の知識によって石の正体は判明したが、同時に謎も生まれた。

神域に近い場所にしかないという物質が石の形となって人の世に存在している。しかも、禍々しい気配を秘めた状態でだ。

『つまりは、誰かが何かの目的で加工したのは間違いないというわけじゃな』

『そうであろうな。そして、これには悪意めいたものを感じる。その悪巧みのため、石の状態にする際、この不快な気配の原因を封じ込めたとみるのが妥当か』

神域に近い場所にしかないという物質、アムルテ。わざわざそのようなものを加工するばかりか、中に何を入れたというのか。

だがそれ以上に不可解なのは、アムルテをどのように調達したのかという点だ。

『さて、どういった思惑で、これほど手の込んだものを作ったのか気になるが……まずは何者が関わっているのかを予想しよう』

アムルテの調達と加工。そして中身。それらの謎については一旦、棚上げした精霊王は、そう言葉を続けるなり、もう一つの証拠品に注目するよう言った。

『次は、その布の方だ。簡潔に答えるならば、描かれた術式に我は見覚えはない。だが、それゆえに多少の予想は可能だ。我が把握していない術式は、三神が操る魔法全般と、悪魔が今の黒悪魔となってから生み出した魔法のみであるからな』

術式というのは多種多様であるものの、根幹というのは似通っている。一定の法則があるのだ。

だが、それらの基礎部分からして違うものもある。

人が扱う九種の術は、どれもが同じ基礎を持つ。更に精霊魔法に神聖魔法、竜魔法など、基礎は違うものの精霊王は知識として、その術式の仕組みを把握していた。

そんな精霊王がわからないと断言した術式の刻まれた布。そこには、最も疑わしい存在の影が見え隠れしていた。

『ふむ……つまりこの一連の問題には、悪魔が関わっている恐れが強いというわけじゃな』

それを察したミラは、だからこそ納得もした。

そこに使われているアムルテの加工はともかく、調達については人が簡単に出来るようなものではない。

そして魔物除けから感じられる禍々しさからして、悪意めいた意図が感じられる。

ともなれば、出どころとして最も有力なのは、黒悪魔という事になるわけだ。

『かの黒悪魔が仕掛けたものというのなら、このまま放っておくのは危険かもしれぬな』

黒悪魔が関わると、ろくな事にならない。魔物除けなどと言って流通させている事にも何か理由がありそうだ。

『ああ、しかも中に何を封じ込めているのかわからない代物だ。これが出回っているとなれば、由々しき事態かもしれないな』

この魔物除けをばらまいているのが黒悪魔だとしたら、その意図は悪意に満ちたもので間違いない。

『――……と、ミラ殿。まずは、あれを止めた方がいいかもしれないぞ』

出回ってしまっているこれらを全て回収した方がよさそうだ――などと話し合っていた際、ふと精霊王がそんな言葉を口にした。

はて、あれとはどれだろうかと目の前に注目したミラは、「これこれ、待たぬか！」と慌ててメイリンを制止した。

マナを一点に集束させていたメイリンの手にあったのは、アムルテの石。

精霊王との話に集中するあまり、ミラが黙ったままになってしまったため、メイリンが勝手にしだしていたというわけだ。

「ぼんやりしているより、ずっと早いヨ」

精霊王との会話は、頭の中で行われる。ゆえに他者からは、そのように見えてしまうようだ。

「まったく、ぼんやりしていたわけではない――！」

放っておくと、また何かしでかしそうだ。

そう考えたミラは、この際だからとメイリンの手を取った。

そして彼女も精霊王との会話に加えて、話の続きを始める。

最初は驚いた様子のメイリンだが順応性は高く、この件には黒悪魔が関わっていると聞くなり、その目に真っ赤な闘志を漲らせ始めた。

その際、悪魔と黒悪魔の違いという点にも触れたのだが、彼女にとっては些細な事のようだ。

〈29〉

精霊王との話を終えた後、ミラは得られた情報をヘンリーと商人にも伝えた。

怪しい魔物除けを、このままにしておくわけにはいかない。となれば、商人の協力も必要となるのは間違いないからだ。

「――アムルテ……そのようなものが入っているとは。しかも……」

魔物除けの中身であった石を見つめながら唸る商人は、ミラの説明の中にあった言葉に驚愕していた。

またそれは、ヘンリーも一緒のようだ。

「――悪魔、ですか……。これはまた、物騒な名前が出てきましたね……」

十年前の三神国防衛戦の折、悪魔は壊滅したと世間一般には伝わっているが、実際には未だに暗躍しているというのが現状。

それは情報に聡い者達や軍部などでは幾らか把握出来ている事。

だが、その影だけでも目の当たりにする事は稀のようだ。商人とヘンリーの顔には、不安と動揺が浮かんでいた。

「――と、そういうわけでのぅ。このようなものを放っておくわけにもいかぬ。そこで、今出回っているものも回収したいところなのじゃが……どうじゃろうか」

魔物除けとありがたがられているが、その正体は悪魔が流通させた、何が起きるかもわからない代物だと思われる。

不測の事態に発展する前に、これらを全て回収した方がいいというのが一先ず出したミラの結論だ。

けれども当然、そう簡単にいくはずもない。

「状況は理解しました。けれど、それは難しいかもしれません。それなりの数が出回っている事に加え、今は十分に魔物除けとして機能しています。更にその効果もあってか、需要が拡大しており、希少という付加価値もついてしまいましたからね。どのように説得しても、上手い事巻き上げようとしている、などと思われかねません」

そのように言葉を返す商人。

彼が言う通り、危ない物だと突然に言われたからといって、それを信じて手放す者などどれほどいようか。

初めにそれを話した商人自身が、その例でもある。ヘンリーという信頼に足る人物の言葉と、ミラの精霊女王という肩書きがあって、ようやく話を聞いてもらえたほどなのだから。

「ですね。苦労して手に入れたものとなれば、尚更、説得するのは容易ではないでしょう」

ヘンリーもまた、商人に同意する。そして商人もまた「お得意様でしたら、多少は話を聞いて下さるかもしれませんが――」と続けるが、それでも困難だと唸った。数える程度しか回収出来ないだろうと。

特に今回の件は魔物除けという事もあり、金銭のみならず安全面にも関係した内容というのが面倒だそうだ。

持っていると、それ以上に危ない事になるかもしれないという代物なのだが、それを素直に信じてくれる者などいるだろうか。

そして何よりも、どう危険なのかが曖昧な点も問題らしい。

「ふーむ……確認したいところじゃが、今すぐというわけにもいかぬからのぅ……」

精霊王が言うに、アムルテは本来あるべき状態ではないため、中を確かめるためこれを破壊した時の影響が予測出来ないという。

加えて封じ込められた何かが、どう作用するかもわからず、それを確かめられずにいた。

(やはり厳しいじゃろうな……しかし、どうしたものか)

いざとなればアルマに状況を説明し、王権を発動してもらうしか……などとミラが何度目かの熟考をしていたところだ――

「――とはいえ、話を聞いてしまった以上、何もしないというわけにはいきませんね！」

あれこれ考えていた様子だった商人が、どこか諦めたとでもいったように笑った。

説得は難しく、容易には回収に同意してはくれないだろう。更には、どこの誰の手に渡っているのかまで追う必要がある。

それを成し遂げるのは非常に困難だと言わざるを得ない。

そういった問題を前にした商人は、そこで、だからどうしたと笑い飛ばしたのだ。

「まったく、精霊女王さんもお人が悪い。もう、あれこれとやらない理由を考えるのは止めにしました。本当に悪魔なんてものが関係していたら、私の大好きなこの街がどうなってしまうかもわかりませんからね」

出来ない理由を考えるより、出来る事をする。そう決めた商人は、早速とばかりに一つの情報を口にした。

それは、商人にとって大切な買い付け先についての情報だった。

なんでもこの魔物除けは、フリーマーケットで見つけたものだというではないか。

闘技大会の会場内にある大きなフリーマーケットブース。出回っている魔物除けのほとんどの出所が、そのフリーマーケットとの事だ。

「ふむ……何やら、ますます怪しくなってきおったのぅ」

出品するにあたり多少のチェックはあるだろうが、これだけ出回り重用されている魔物除けである。

更にはミラやメイリンほどの目がなければ、そのチェックで違和感を見抜くのは不可能だろう。

また何よりもフリーマーケットならば、業者や仲介人といった中継ぎを通さず製作者自らが売りに出す事の出来る場でもある。

悪巧みをする者にとって、実に都合の良い市場といえるだろう。

ただ、それゆえに手がかりもある。

「フリーマーケットとなれば、売り手もおったじゃろう。それは、どのような人物じゃったか覚えておるか？」

フリーマーケットでは通常の店舗のように複数の店員を置いている事は少ないはずだ。加えて取り扱う品が怪しいものともなれば尚更だろう。

ならばこそ、それを売っていた者が一番怪しいというわけだ。

「ええ、それはもう流行りの品でしたからね。少しでも情報をと思い、幾らかお話をさせていただきました」

商人は、もちろんだとばかりに話し出す。

だがしかし――

「――と、それとなく製作者について訊き出そうとして……えー……とですね……」

当時の様子を思い返しながら語っていた商人は、それでいて少しずつ言葉を淀ませていき、いよいよ「あれれ？」と困惑したように唸り始めた。

「なんじゃ、どうかしたのか？」

「いえ、確かにしっかりと顔を見て言葉を交わしていたはずなのですが……どうしたものか、相手の顔が思い出せないのです。もう数十年は経ってしまったかのような感じでして……」

商人の様子にミラが問えば、そんな言葉が返ってきた。

不思議な事に、つい最近の出来事のはずが記憶に霞がかかってしまったかのようだと商人は困惑する。

しかも、それだけではなかった。

「では、どのような事を話しておった。少しでも情報は得たのじゃろう？」

出来る商人ならば、そのあたりは抜かりがないだろう。幾らかの情報は掴んでいるはずだ。

と、それを期待してのミラの言葉に対して商人は、「もちろんですとも！」と答えたが、そこから徐々に勢いをなくしていってしまった。

どうやら相手の顔だけでなく、交わした言葉までも記憶が薄れてしまっているようだ。

「ふーむ……もしかしたら認識や記憶に影響する術がかけられていたのやもしれぬな」

商人の様子を観察していたミラは、そこから考えられる可能性について提示してみせた。

「術……ですか？」

そのようなものをかける素振りなどなかったはずだと驚く商人。そもそも商売柄、幾らか術防御のあるものを身に着けているため、そう簡単に術にかけられるはずはないとも述べた。

「かけられたと言うたが、この術には幾らか特殊な類のものもあるのじゃよ――」

それは身内の事。降魔術の塔と無形術の塔にて、これらの術が研究されていたのをミラは知っていた。

その中には、相手ではなく自身に術をかける事で、自らの存在をぼやかして、誰の記憶にも残り辛くするといったものがあった。

当時は研究中であったものの、そういった効果の術が存在しているのは確かだ。今ならば、そのような術具などがあってもおかしくはないだろう。場合によっては銀の連塔に確認をとるのも手だ。

「――というわけでのぅ。状況からしても、術を使っておった可能性は高い。そして、ならばこそ、その人物がますます怪しくなったというものじゃな」

フリーマーケットで魔物除けを売っていた人物が術を使っていたとしたら、商人の様子も納得がいくというものである。

そして術を使っていたのならば、相応の秘密もまた存在すると考えられた。危険なものを売っていたからこそ、そのような小細工をしていたと。

「まさか、そんな事が……」

あの時に出会った人物が、もしかしたら悪魔との繋がりがあったかもしれない。

これほど身近に潜んでいるとはと戦慄する商人。だがそれでいて彼は、何か閃いたとばかりに手を打った。そして、このままでは終わらせないとばかりに「これがありました！」と、肩から下げていたカバンを開いた。

彼がそこから取り出したのは、一冊の手帳だった。

「記憶の方は、もうさっぱりですが、伺った内容は全てこちらに記していたんです！」

流石は出来る商人だ。得られた情報はしっかり書き留めていたようで、その手帳をパラパラと捲り始めた。

「おお、でかした！」

これで、悪魔の尻尾を掴めるかもしれない。

と、思ったのも束の間。手帳にあった一ページを目にして、二人は絶句する。

時期的にみて、その時のものだと商人が提示した部分に書かれていたのは、おおよそ読み解く事の出来そうにないものであったからだ。

殴り書きですらなく、文字にも見えない乱雑な無数の線。

「これは何かの暗号じゃろうか」とミラが問えば、「いえ、さっぱりです」と商人が答える。

どうやら術の効果は、文字や言語といった部分にまでも影響を与えていたようだ。

しかもそうとは覚《さと》られないほどの深度で影響していたというのだから、相当に強力だ。

「ともかく、これほどまでに注意して事を進めていたというわけじゃな。これはますます、早めに行動した方がよいかもしれぬな」

「そう……ですね。急ぎましょう」

自分自身に起こった事に驚愕する商人は、だからこそ危険度が上がったとも認識したようだ。

「確かに、不審な点が多いですね」

ヘンリーもまた不穏な影が迫っていると感じたのか、二人の会話を聞き終えた後、その顔に緊張を浮かべていた。

ミラ達は話し合った結果、これらの魔物除けは全て回収した方がいいと結論した。

商人は、同業者やお得意さんに相談し、流通の方から詰めていくと言うなり飛び出していった。

ヘンリーには、この件について女王アルマに報告するように頼んだ。

加えて彼には、フリーマーケットについての記録を調査してもらい、これを販売した者を探ってもらう予定だ。

ミラはというと、その目と感覚で察知出来る事から、足で探すために街中を駆け回る。

そして途中から置物と化していたメイリンだったが、悪魔が関わっているかもしれず危険だという事は理解したようだ。ミラの怪しい人物捜しに同行していた。

捜査の基本は足――とはいえ、このラトナトラヤはアーク大陸でも有数の大都市だ。

そんな中から魔物除けの購入者を捜すのは、なかなかに困難と言えるだろう。

それでもミラとメイリンは、いざという状況を回避するために街を巡っていた。

なお同じ売人から購入したなら匂いで追跡出来るかもしれない、という事でワントソを召喚したが、
その試みは失敗に終わっていた。

「匂いと嫌な感じが混ざり過ぎて、追跡は難しいですワン……」との事だ。

魔物除け自体から放たれる禍々しい気配の影響か、ワントソの鼻が利かなくなってしまったのだ。

よって捜索は、ミラとメイリンの感覚だけが頼りとなった。

「しかしまた、流石じゃのぅ……」

周囲に目を配りながら魔物除けが放つ禍々しい気配を探るミラは、ふと頭上を見上げて感心気味に笑う。

ミラの頭上、ずっと高い場所にあるのはメイリンの姿であった。

なんと彼女は空に立ち、そこから地上を見渡していたのだ。

仙術士の技能の一つであり、ミラもまた活用している《空闊歩《くうかっぽ》》。空気を足場にして中空を駆ける事が出来るという技能であるそれは、また駆ける事しか出来ないものでもあった。

しかしメイリンは、駆けずに中空で静止しているではないか。そう、まるで空に足場があるかのように立っている。

流石は仙術士の九賢者か。メイリンもまた、かつてよりずっと進化しているようだ。


そのようにミラ達が魔物除け探しを始めてから、数時間。

流行っていると聞いてはいたが、なかなか見つからずに時間だけが過ぎていた。

「いくら広いとはいえ、ここまで見つからぬとはどうなっておる！」

隈なく街を巡っているのだから、流行りものの一つくらいは見つかってもいいではないかと憤るミラ。

何がどうなっているのか。それほどまでに魔物除けを持っている者と出会う事が出来なかった。

もはや本当に流行っているのか、出回っているのだろうかとすら疑いたくなるような事態だ。と、そうしてミラが若干不貞腐れ始めたところだった。

「あ、見えたヨ。あっちにあるネ！」

それを見つけたのはメイリンだ。そして彼女は同時に「御用、御用ネー！」などと言って空を駆けて行ってしまったではないか。

「ちょっと待つのじゃ！　御用ではないぞー！」

目的は、所有者が正体を知らずに購入した魔物除けを回収する事だ。初めから犯罪者であるかのような扱いで接しては相手に不快感を与えるだけになると、ミラもまた慌ててメイリンの後を追った。


街の中心部から随分と離れた場所。人通りもまばらで建造物も比較的少ない郊外。そのような場所で出会った人物は、目深にフードを被ったローブ姿の男だった。

「これは……犯人じゃな!?」

メイリンを落ち着かせながらも思わず叫んだミラの視線の先にいた男は、明らかに普通ではなかった。

「え？　いきなりなんだ君達は!?」

失礼なとばかりに眉尻を吊り上げる男。

彼は、大きな革袋を持っていた。そしてミラとメイリンは、そんな革袋から数十にも重なった溢れんばかりの禍々しい気配を感じていた。

ミラは直ぐに察する。彼が持つ革袋の中に、沢山の魔物除けが入っている事を。

また同時に思った。これだけの魔物除けを持っている理由は一つ――そう、販売目的であると。

つまりこの男こそが、黒悪魔の関わっているであろう魔物除けをばら撒いている犯人に違いない。

そんな結論に達するのは、もはや当たり前ともいえる流れであった。

「わしらは、御用改めじゃ！　その袋の中身、否が応でも回収させてもらおう」

「御用、御用ネ！」

御用だと言ったメイリンは、あながち間違いではなかった。ミラは不審な男を見据えながら構える。

裏に潜むのは狡猾な黒悪魔だ。協力者がこういった状況に陥った場合の対策もまた用意しているだろう。

だからこそ、早急に終わらせる必要がある。

「なるほど、これが狙いか。まさかこんな刺客が来るとは。けれど、これを渡すわけにはいかないな！」

そう言うなり男は、踵を返して逃げ出した。

けれど、ミラとメイリンに相対しておいて易々と逃げ切れるような者などいない。

「逃がさないヨ！」

宙を駆けるなり、あっという間に男の頭上を飛び越えて退路を断ったメイリン。

「お主には色々と訊きたい事もあるからのぅ！」

更に後ろから詰めていったミラは、メイリンと共に男の前後を塞ぐと、一気に決めるべく同時に仕掛けた。

「わかっておるな？」

「大丈夫ヨ！」

そう短く視線を交差させた二人。

仙術の九賢者であるメイリンと、そんな彼女から教えを受けていたミラ。二人が繰り出す体術と仙術は生かさず殺さずの絶妙な加減であり、しかも息の合った連携により、もはや逃げる隙さえも与えないものだった。

しかし、確実に決まったように見えた直後の事。ミラは突如現れたそれを前にして驚愕を浮かべて後ずさった。

なんと男に意識を刈り取る一撃が炸裂しようという直前、それを防ぐようにして白く大きな盾を持つ騎士がそこに立ち塞がったではないか。

そう、召喚術である。なんと男は召喚術による抵抗を見せた。二人の攻撃はホーリーナイトによって防ぎきられてしまったのだ。

「召喚術士……じゃと!?」

ミラが見せた動揺。そこに生じた隙を男は見逃さなかった。

抵抗する彼は、続けて複数のホーリーナイトを同時召喚するばかりか、ロザリオの召喚陣まで展開し始めた。

「おお、なんだか強そうな感じがするネ！」

まさか悪に手を染めた召喚術士と出会う事になるなんてと、動揺するミラ。その隣では、メイリンがワクワクした顔で相手の行動を待っていた。

よもや二人揃って召喚術士を相手に、上級召喚の余裕を与えてしまうとは。

その結果、男の詠唱が完了してロザリオの召喚陣が輝くと、その中より四足四角の聖獣、マジェスタスマーディンが姿を現した。

その姿は雄々しく、頭に頂く四本の角は王冠の如き威厳と、剛槍のような迫力を秘めていた。

王者の資質を秘めた牡牛。それが、マジェスタスマーディンだ。

〈30〉

革袋いっぱいの魔物除けを持つ怪しい男。そんな男が召喚した聖獣、マジェスタスマーディン。

体長にして五メートルをも超えようかというマーディンの威圧感は相当なものだ。何事かと見物していた通行人達が、野次馬根性をかなぐり捨てて逃げ出すほどである。

「やむを得ないな。向かってくるというのなら、全力で相手をしよう」

悲鳴を上げる通行人を見やった男は、逃げるのをやめたようだ。加えて牽制するかのようにホーリーナイトを追加召喚するなり、守りを固めていく。

そして代わりにマーディンが前線に立つと、その隣にダークナイトが並んだ。

（ふむ……悪党にしては、よい腕じゃのぅ）

素早く機敏に組まれた陣形や、召喚速度に同時召喚数。見た目から窺える召喚体の練度。そのどれもが高水準であった。きっと、そこらのAランク冒険者では相手にならないとわかるほどに、その男の腕前は本物だ。

「さて、とっとと終わらせるとしようかのぅ」

本物だが――召喚術士の頂点であるミラと、仙術士の頂点であるメイリンが揃っている今の状況において、男に勝ち目などあるはずもなかった。

「私が相手するヨ！」

マーディンを見つめながらメイリンがはつらつとした声で言うなり、ミラは「わかっておる、わかっておる」と答えて一歩下がる。

悪事に手を染めるような召喚術士に仕置きをしてやりたいと思っていたミラだが、その場を譲った。やる気になったメイリンを止めるのは、色々と面倒だからだ。

「なるほど……相当な手練れのようだな。見た目で舐めては痛い目をみそうだ……」

ここぞとばかりにマーディンの正面に立ったメイリン。

その姿を見据えた男は、佇まいと気配から、彼女の秘めた力の一端を感じ取ったようだ。それでいて警戒の色を強くしながらもミラの動向にも注意する様には、一切の油断はない。

マーディンも野生の勘か本能か、それとも別の何かがあるのか、メイリンを前にして緊張感を漂わせていく。

そんなマーディンに気づいた男は、それでもここは引けないとばかりに動いた。

開幕から全力全開。十全にコントロールされたダークナイトの連携は、マーディンの特性を最大限に発揮させるものであった。

相手が相手なら、格上の魔獣だろうと討伐してしまえたであろうほどに見事なチームワークだ。

けれども彼の不運は、相手が悪過ぎたという一点に尽きた。

「なんという事だ……」

マーディンの力を活かすべく連携をとっていたダークナイトだったが、その動きを見極めるや否やメイリンが瞬く間に壊滅させた。

そしてマーディンもまた実力以上に奮闘したようだが、相手は、かのメイリンだ。それはもう完全に修行相手にされてしまい、そのまま消え去っていった。

男も相当だが、実力には大きな差があった。

自信のある布陣だったのだろう、男は容易に突破されてしまった事に愕然とするも、それでいて切り替えは早い。

「ならば――！」

このまま証拠を渡してなるものか、とでも考えたのか。男は突如として魔物除けの詰まった革袋を手に取ると、召喚陣を展開し始めたではないか。

「――そうはさせぬ！」

召喚精霊術だ。素早く術式を読み解いたミラは、彼が魔物除けを破壊しようとしている事を察して即座に対応した。

仙術の《衝破》で男を弾き飛ばす。それと同時に革袋も宙を舞った。

けれども相手もさるもので、負傷しながらも集中を欠く事なく術式を完成させる。

【召喚精霊術：アイズ・オン・サンライズ】

紅蓮の炎が光線となって召喚陣より放たれた。強烈な熱量を内包するそれは、魔物除けに使われている素材、アムルテを破壊出来るだろう威力を秘めていた。

この場でアムルテに封じられた何かが解放されたら、どのような被害が出るのかわからない。

ミラはすぐさま、次の手を打った。ホーリーナイトを召喚するなり、そのままホーリーロードへと変異させて、これを正面から受け止めたのだ。

そして次の瞬間に爆炎が広がった。光線に秘められた熱エネルギーによって、強烈な熱風が吹き荒ぶ。

「そんな馬鹿な……」

爆炎の鎮まった光景を前にして、男は目を見開いた。

あれだけの破壊力に巻き込まれながら、そこには何事もなかったかのようにホーリーロードが佇んでいたからだ。

「さて、後は――」

ホーリーロードの背後。傷一つない革袋を拾い上げたミラは、「――色々と話を聞かせてもらわねばな」と、男を睨む。

男は既にメイリンによって御用となっていた。小さな身体のメイリンだが、その見た目に似合わぬ力でもって男を組み伏せている。

ミラは、そんな男から情報を引き出すべく歩み寄っていく。

稀少だという魔物除けをこれだけ持っていた事に加え、術の腕前も確かだ。認識阻害を使う事も十分に出来るだろう。

きっとこの男こそが、例のフリーマーケットの売人に違いない。

そう直感したミラは、男が魔物除けの出所や製作者について知っているかもしれないと踏んだ。

「さて、覚悟はよいか？　素直になった方が身のためじゃぞ」

そのような言葉をかけたミラは、男の前に革袋をどさりと置いて不敵に微笑みかける。

すると男は、フードから覗く目をギラリと輝かせながら笑って見せた。

「ふん……貴様達に話す事など何もない！」

そう言った男の顔には、怒りにも似た感情が浮かんでいた。だからこそ、その言葉からは強がりなどではない絶対の意思が感じられた。

「ふむ……意気込みは随分と立派なものじゃが、悪事に手を染めたのが運の尽きじゃな」

悪魔の手先である恐れの強い男。しかも優秀な召喚術士でもある。

実に惜しいと思いながらも男のフードに手をかけたミラは、「さあ、この怪しい魔物除けについて全て吐いてもらおうか！」と告げながらフードをはぎ取った。

「……――ん？」

現れたのは、どこか学者風の中年男。ただ――どうした事か、決死の覚悟で抵抗してやるとでもいったその顔が、不意にぽかんとあっけにとられたかのような呆け顔になったのだ。

「ぬ……？」

はて、何かおかしな事でも言っただろうか。今一度自分の言葉を思い返したミラは、「この魔物除けについて、知っている事を話してもらおう！」と言い直した。

とはいえ、その内容はまったく変わらない。それでありながら男は、いよいよもって困惑をその顔いっぱいに浮かべ始めたではないか。

何かがおかしい。男の反応に違和感を覚えたミラは、改めて男の顔を注視した。

するとミラの視界に、男の情報が浮かんでくる。

男の名は、ジュード・シュタイナー。

(なん……じゃと……!?)

と、次に呆けた顔になったのはミラの方であった。理由は、その名を知っていたからだ。

アルカイト王国の貴族の五男坊。召喚術の才能があるという事から塔の方で預かった、かつての青年であり、部下であった。

あの爽やかだった青年が、もう中年という驚きもある。だがそれ以上にミラは、身内が悪事に加担していたという事に落胆する。

ただ、そんな衝撃の事態にミラが困惑していたところで、いつの間にか話は進んでいた。

「――なんと……！　つまり君達も、この魔物除けの禍々しい気配に気づき、探していたというわけか！」

「そうネ。これ、きっと悪いものヨ。だから、放ってはおけないネ！」

男の正体にミラが衝撃を受けている間に、メイリンが男から情報を訊き出していたのだ。

どうやら、互いに認識の相違があったようだと確認したところで、双方共に落ち着いて話し合いを行った。

その結果、男の目的が判明する。

彼は、魔物除けを売りさばいていた売人などではなかった。

むしろ、彼もまた魔物除けに秘められた禍々しさを見抜き、ミラ達と同じように行動に移していたというではないか。

(――道理で、どこを探してもなかなか見つからなかったわけじゃな……)

あれだけ街中を巡ったものの発見出来なかったのは、先に回収されていたからだったわけだ。

しかも数日をかけて回収しており、一先ずこの街にある分は、ほぼ回収出来たはずだと男は言った。

おかげで、手間が省けたというものである。

しかし驚いたのは、それだけではなかった。互いに自己紹介をした際の事だ。

「私の名は、ブルース。しがない召喚術士の旅人だ」

男は、そのように名乗ったのだ。

「なん……じゃと……」

彼の本名はジュード・シュタイナー。だが偽名を名乗ったという点については、そこまで気にするような事でもない。ミラ自身も言ってみれば偽名であり、メイリンもまたプリピュアと名乗っている。

そして何と言っても、彼は召喚術の塔の術士だ。その肩書と立場は、時に相手を恐怖に――否、余計な緊張を与えてしまう事もあるのだから。

問題は、そのブルースという名の召喚術士に覚えがあるという点だった。

召喚術士のブルース。それはミラの記憶に強く残っていた。

ハクストハウゼンの街で出会ったレイラという召喚術士が、武具精霊と契約出来るよう手助けをした男の名。そして本屋に売っていた、召喚術の教本の執筆者。

そのどちらの名も、ブルースであったのだ。

召喚術のために尽力してくれているという、召喚術士のブルース。もしやこの者こそが、その本人なのではないか。

「それよりも、お嬢さん方の強さには驚かされたよ。私もそれなりに自信はある方だが、あそこまで手も足も出ない事になるなんてね。お二人は、もしや高名な冒険者だったりするのかな？　特にあのホーリーロードを見せられた時は、戦慄したね。だが同時に、感動すらしたものだ。それこそ、かのダンブルフ様のホーリーロードを彷彿とさせるほどの迫力だった！　いったいどこで学べば、あれほどまでの召喚術が使えるようになるのか。是非とも君の師となった者の名を教えてもらえないだろうか!?」

あのブルースだとしたらとミラが期待に胸を膨らませていたところ、そんな事などお構いなしにブルースが迫ってきた。

流石は銀の連塔所属の術士だ。その熱意は相当なものであり、「君の仙術も凄かった！　それこそメイリン様とイメージが重なってしまうくらいだったよ」と笑いながらメイリンにも爛々とした目を向ける。

ブルースは二人に完全敗北した事ばかりか魔物除けについての事まで忘れ、その卓越した術の腕前の方に興味が全て移ってしまったようだ。

特に、どこで誰に教わったのかが気になる様子である。

なお、その際にメイリンが「当然ネ。私――」などと言い始めたところで、何となくまずいと直感したミラは、即座に「それよりも、今はやるべき事があるじゃろう」と言葉を挟み込み、魔物除けの入った革袋を指し示した。

「おっと、そうだったね。私とした事が、つい。細かい事は後でじっくりゆっくり落ち着いて聞かせてもらうとして、まずはこれをどうするか」

より強い興味の対象があれば直ぐに忘れてしまうが、しっかりと思い出させれば問題はなさそうだ。

ブルースは革袋を拾い上げるなり「ところで君達は――」と、同じく回収しようとしていたミラ達に、その後どうするつもりだったのかと問うてきた。

「んー……どうするネ？」

「ふむ……そういえば考えておらんかったのぅ」

少しばかりの思案を挟んだところで、ミラ達は考えなど何もないと答えた。

事は、悪魔が仕掛けたと思しき企みに関係していそうなもの。ただそれだけの理由で、まずは回収しようとだけ決めて動き出したのが今の状況だ。

さて、回収した後はどうするべきか。

「して、お主の予定は、どうじゃった？」

考えた末にミラは、そもそもブルースもまた魔物除けを集めきったら、どうする予定だったのかと問い返す。

「ああ、まずはこれを割って、中がどうなっているのかを確かめてみる予定だったかな」

魔物除けの一つを手に取ったブルースは包みとなる布をするりと剥がすなり、「こんな物質は見た事がなくてね、実にそそられる石だよ」と、アムルテを手にして見せた。

いわく、ミラ達に襲撃された時は、割ってみた際に何が出てきてもいいように郊外へ向かっていたところだったそうだ。

「いや……すまんかった……」

「ごめんなさいヨ……」

一方的に売人だと決めつけた事を謝罪するミラとメイリン。

「いやいや、こちらこそ。悪党の手に渡るくらいなら消し去ってしまおうなんて咄嗟に思ったが、ミラさんが防いでくれたお陰で、こうして改めて調べられるわけだからね」

それに対してブルースは、こちらも似たようなものだと謝罪するなり笑ってみせた。

ただそこで再び、かの光景を思い出したのか「いやはや、けれどまさかアレが防がれるとは驚いた。ミラさんのホーリーロードは、恐ろしく強い。いったいどこで誰に――」などと、術士としての興味が暴走し始めたではないか。

「――それよりも、まずはこっちじゃ！」

相手はダンブルフ本人を知る人物。下手にそのあたりに触れられる前にと、ミラはアムルテを眼前に押し付けながら興味をそちらに引き戻すべく、これがどういう物質なのかという点を説明した。

精霊王に教えてもらった知識をミラが存分にひけらかしたところで、ブルースの興味は再びアムルテに戻ってきた。

「神域に近い場所のみにしか存在しないはずの物質……アムルテ。見た事もない物質だと思えば、よもや天界のものとは。しかし、なぜそれがこんな状態で、ここにあるのか……謎だ」

天界にしか存在せず液体の状態が自然なアムルテが固体になって、ここにある現状。そして、その中から感じ取れる禍々しい気配。

ブルースは、あれやこれやと予想を立てながら、アムルテと、それを包んでいた布を調べ始める。

ただ、そのあたりも既にミラが通過したところだ。

「それともう一つ。まだ予想の段階じゃが、悪魔が関係しておるやもしれぬ――」

悪魔。それが今ある情報から推察出来る黒幕だとミラは告げる。

するとブルースもまた、その可能性を考慮していたようだ。ミラが幾つかの要素を挙げたところで、「やはり、その線が一番ありそうか」と、合点がいったとばかりの笑みを浮かべた。

「となると、感じた通りに危険な代物というわけだが――さて問題は、これを魔物除けとしてばら撒いてどうするつもりだったのかという点だな」

「うむ、そうじゃな。そこが重要じゃ」

アムルテを加工し魔物除けとして売っていたのは、どういった意図があっての事か。

単純に貨幣の入手が目的か、それとも出回らせる事に意味があるのか。

また何よりも実際に、魔物除けとして機能している点も気になるところだ。

数多く集まった魔物除けを前に、どう調べたものかと考え込むミラとブルース。その隣ではメイリンも難しい顔をしているが、こういった事に関しては、あまりあてにはならないのが特徴だ。

ただ彼女が直感的に口にする言葉は、あれこれ考えるよりも早く的確な時もあった。

「なんだか面倒ネ。壊して確かめるヨ」

考える事を早々に放棄したようだ。メイリンは右手にマナを集束させながら、さあアムルテを渡せとばかりに手を差し出してきた。

「いやいや、それはじゃのぅ……」

どのような影響が出るかわからないという精霊王の言葉もあって、破壊するという選択肢は避けていた。

だが今回は、メイリンが言う事にも一理ある。

このアムルテの中から感じられる禍々しい気配。これこそが企みの中核を成しているとみて、ほぼ間違いないはずだ。

それならば、色々と考えを巡らせるよりも正体を突き止めてから、それを踏まえた上で考察した方が建設的ですらあると言えた。

『彼女の言う通りだな。いっその事、開けてしまおうか――』

だが、それをするにはリスクが付きまとうとミラが悩んでいたところで、精霊王からの言葉が届いた。

精霊王は言う。中を確かめるために、そのままアムルテを破壊した場合は、どのような影響が出るかわからず危険だと。

けれど、そこで一つの打開策を付け加えた。アムルテを自然の在るべき状態、つまりは液体に戻せば、破壊などせずとも中を確認出来るだろうと。

何でもマーテルと一緒に、アムルテについて幾らか調べてみたそうだ。

そしてアムルテを固形にする方法と液体に戻す方法を、古い文献の中に見つけたという。

『おお、それはどのような方法じゃろうか!?』

ミラはメイリンに少し待てと合図を送るなり、精霊王の提案に食いついた。

すると精霊王は『それはだな――』と、どこか得意げに語り始めた。

その方法は幾重もの術式が必要となる、かなり難度の高いものであった。

けれどもそれは、一般的な視点から見てのもの。術士達の頂点に君臨する九賢者のミラにとってみれば、さほど難しくはないものだった。

ただ、だからといって今すぐにどうこう出来る事でもない。

精霊王の話によると、今の時点では安全に液体へと戻せないらしい。

それというのも、液体状のアムルテに対して、この場所自体が適していないからだった。

液体に戻す作業は、本来あるべき場所――神域に近い場所で行う必要があるという事だ。

『それともう一つ。それの内より感じられる力は、どこか魔属性が持つ気配に似ている気がするのでな。いざという時に備え、これに対応する力……聖の属性を持つ協力者と共に作業を行った方がいいだろう』

一通りの方法を話し終えた精霊王は、最後にそのような言葉を付け加えた。

『ふむ、なるほどのぅ……ならばあの場所が最適じゃな！』

神域に近い場所、そして聖属性を持つ協力者。これらの情報を得たミラの頭には、次に向かう先がはっきりと浮かんでいた。

と、ミラが精霊王と話している間の事。

「何やら黙り込んでしまったが……何か方法でも思いついたのだろうか？」

じっと黙して動かなくなったミラを見やりながら、ブルースはメイリンに顔を向けた。

「きっと精霊王さんとお話ししているヨ」

ミラに合図された通り、それこそ子犬のように待機していたメイリン。それでいて状況を的確に察しており、それをそのままブルースに伝えた。

するとどうだ。精霊王などという言葉を聞いた彼は、一瞬何の冗談だとばかりに顔を顰めたが、『精霊王、ミラ、精霊女王』と、色々な噂やら情報が頭の中で符合していったのだろう。やがて、その顔には驚きと興味が鮮明に浮かび上がってきた。

「精霊王……。まさかミラさんは、あの精霊王と話が出来ると!?」

精霊王と、何かしらの関係性があるとされていた精霊女王。しかも、それどころか会話をしているというメイリンの言葉にブルースは喰いついた。

「私も、さっきお話ししたヨ。お手てを繋ぐとお話し出来るネ」

そう事も無げに答えるメイリン。

対してブルースはというと、更に興奮し始めていた。

時に三神とも並べられる事のある偉大なる存在、精霊王。そんな人知を超えた存在と会話が出来るというのは、もはや三神国によって厳重に保護されている神託の巫女と同等の存在とさえいえるだろうと。

「精霊王と話が……」

ブルースは突如として訪れた好機を前にして息を呑んだ。

そしてこの世界に生きる者として崇敬を抱き、一介の術士として興味を惹かれ、研究者として興奮した。

「手……この手を……」

ミラと手を繋げば、かの精霊王と会話が出来てしまう。

それは極めて名誉な事であると同時に、恐れ多いと躊躇ってしまう事でもあった。

研究者として欲望の赴くままにミラの手を狙うブルースだが、彼には人として敬意を払う心も残っているようだ。おいそれと、その声を聴こうだなんておこがましいとばかりに、伸ばした右手を引っ込める。

しかしブルースは、一度引っ込めた右手を再び伸ばし始める。無防備に下げられたままのミラの手をじっと見つめて、千載一遇ともいえるこの機会をものに出来たら、どれだけ素晴らしい事かという考えを頭でグルグルと巡らせながら。

更に、あわよくば質問なども出来ないだろうかと期待を胸に膨らませたブルースだが、その右手が触れる直前に理性の左手でもってそれを阻止した。

ブルースの中で欲望と理性がせめぎ合い、その手はミラの手の手前で七転八倒する。

ただ、感情の狭間で苦悶するブルースは、その心の内とは関係なく、傍から見ると酷い有様であった。

なぜなら、無防備なミラの手はスカートの裾ほどの位置にあるからだ。

その手をめがけて、右手を伸ばすブルース。それは一見どころかどこからどう見ても、少女のスカートの中に興味津々な中年の変態でしかなかった。

よって、たまたま通りかかった人物が、その異様さに思わず通報したとしても仕方のない事だ。


「さて、次の目的地はヴァルハラじゃ！」

ブルースが葛藤していたところで、くわっと目を見開いたミラは、びしりとそう告げた。

精霊王の言葉にあった条件を完璧に満たせる場所。それこそがヴァルハラなのだ。

そこは神域に近く、何よりもアルフィナ達ヴァルキリーが住まう場所だった。

精霊王に確認したところ、ヴァルハラならば問題ないという答えだった。加えて聖属性を持つ優秀なヴァルキリー姉妹達もいるのならば、安全面も心配はなさそうだとの事である。

だからこそ、いっそ行ってしまおうというわけだ。

「え？　ヴァルハラですか⁉」

真っ先に反応して驚きの声を上げたのはブルースだった。しかしそれは急にミラが動いたから――というわけではなかった。

「上級の召喚術士と仙術士……確かに条件は十分！　ミラさん頼む、私もヴァルハラに連れて行ってはくれないか――!?」

ブルースが言うには、なんと彼もまたヴァルハラに行くための準備をしていたのだという。しかもその理由は、ヴァルキリーとの召喚契約のため。

だが、そのための条件をなかなか満たす事が出来ずに右往左往していたところで魔物除けが目に入り、今の状況に至ったそうだ。

その条件とは上級の術が使えるという、単純ながらもそれなりに難しいものだった。

そんなところで足踏み状態だった今、条件の揃った二人が現れたばかりか、ヴァルハラに行くなどと言い出した。ブルースは「是非とも頼む！」と、ここぞとばかりに懇願した。

「……うむ、わかった。ならば共に行くとしようか」

多少の危険はあるだろうが、塔の術士ならば戦力的に問題はないだろう。

また、ヴァルハラに持っていく魔物除けは、ほぼ全て彼が集めたもの。加えて、善意で動いていた彼を売人と間違えて襲撃してしまったという負い目もあった。

そんな幾つかの打算で承諾したミラだが、ブルースにとっては念願叶ってのヴァルハラ行きだ。

「ありがとう、ミラさん！」とそれはもう嬉しそうだった。

と、そうして話がまとまったところで、ふと歩み寄る二つの影が。

「えーっと、何が是非とも頼む、なんだい？」

「何が、ありがとうなのかな？」

振り向くと、そこには訝しげな目でブルースを睨む警邏騎士の姿があった。

「おおぅ……!?」

これまたいったいどうしたのかと戸惑うミラ。何か怪しまれるような事でもしただろうか、また補導でもされるのだろうか。そんな考えが脳裏を過ったが僅かの後、ミラは警邏騎士二人の視線と言葉で何となく事情を察した。

美少女二人と、中年のおじさん。この組み合わせは確かに危険だと。

まったく心当たりのないブルースは、通報があったという警邏騎士の発言に慌てていた。

ミラはそこへ助け舟を出す事にする。

「おっと、心配ご無用じゃよ。わしらは知り合いじゃからのぅ。間違いなど起きようもない――」

ブルースには何の問題もないとミラが弁明を口にする。被害者側とされる方からこのような言葉が出てきたともなれば、事件性など掻き消えるというものだ。

その他、幾らかの応答をしたところで問題ないと判断したのか、警邏騎士達は去っていった。

無事にブルースの誤解は解けたようだ。

「いやぁ、ありがとうミラさん。助かったよ。こんな事もあるのだね」

ほっと一安心といった様子のブルース。そんな彼に「この程度、お安い御用じゃよ」と、どことなく恩着せがましく答えるミラは、これで売人と間違えた事についてはチャラに出来そうだと、心の中でほくそ笑むのだった。

〈31〉

悪魔が関係していると思しき、魔物除け。

そこに秘められた正体を解明するべく、ミラとメイリン、そしてブルースは共にヴァルハラに向けてニルヴァーナを飛び立った。

とはいえ神の領域に近いとされるヴァルハラに行くのは、そう簡単な事ではない。特別な入り口を通る必要があるのだ。

現在は、ニルヴァーナに最も近い入り口に向かい、ガルーダワゴンで移動中だ。

「──あー……きっとそれが原因じゃろうな。わしから見れば悪くないと思うが、一般的に見れば報酬にはならぬじゃろうからのぅ……」

「私は、美味しいものがよかったと思うヨ」

移動の間、三人はのんびりと語り合っていた。

今はブルースが、ヴァルハラに行くための手伝いを誰も引き受けてくれなかった事について愚痴っていたところだ。

そして、その原因についてミラは当然だと言い切った。メイリンもまた、食べ物の方がずっといいといった反応である。

格別の報酬を用意したというブルース。だがその報酬とは、長年に亘って積み重ねてきた彼の研究書だったからだ。

術士の聖地、銀の連塔。大陸最高峰の術士が集うそこで日々研究され生み出されていくその成果は、名のある術士でも憧れるほどの英知の結晶である。

門外不出の情報を抜きにしても、その知識の価値に揺るぎはなく、まさに格別の報酬といっても過言ではないものであった。

しかしそれは、真っ当な術の研究書だったなら、という前提が入る。

銀の連塔には、大きくわけて二種類の術士がいる。

一つは、術の発展や進化を追求する、生粋の術士バカ。もう一つは、興味を持った事にとことん打ち込む、生粋の研究バカだ。

後者は時折、驚くような副次効果を生み出すが、九割九分は、ただの自己満足に終わる。そしてブルースは、この後者側の術士であった。

ともなれば、その研究書の価値は、もはや無いにも等しいと言えた。

「報酬が現金ならば、きっと直ぐにでも協力者は現れたじゃろうなぁ」

実に現実的な結論をミラが口にすると、ブルースは、そんな馬鹿なとばかりに項垂れた。

なお、もしかしたら帰りは遅れるかもしれないという事で、今回もまた団員一号が伝令役として動いている。ヘンリーに事情を説明した後、王城にも向かう予定だ。

きっと今頃はアルマやエスメラルダにもミラの状況を説明している事だろう。解決に時間がかかった場合、巫女の護衛に就くのが少し先になるかもしれないと。

「なんと……屋敷の精霊と契約を!?　確かに理論的には存在していると思っていたが、よもや既に契約までしている者がいるとは！」

次に語っていたのはミラの方だ。

まるで屋敷精霊がミラを呼んでいたかのような出会い。更に、家具精霊の存在。もしかしなくとも、人工精霊は他にも沢山いるのではと思える前例を知ったブルースは、先程から興奮しっぱなしだ。

対して同じ話を聞いていたメイリンは「木人の精霊さんがいたら、色々な技を試し放題ヨ！」と、こちらもまた新たな可能性にその目を輝かせていた。

「いやはや、ミラ殿の話はどれもが新しい驚きに満ちているな。まるで、時代を切り開いてきたダンブルフ様の話を聞いている気分だ」

召喚術の賢者として、日々新たな召喚術の運用法や戦術、育成方針などを最前線に立って打ち立ててきたダンブルフ。そして今もまた、当時と同じような事ばかりしているミラ。

ゆえにブルースの感想は、その姿を近くで真剣に見てきた者だからこその言葉だった。

つい、いつものように召喚術談義に夢中となっていたミラは、これはまずいと冷や汗を垂らす。その後、正体がばれないように気を付けなければと保身を考え言葉を選ぶのだった。

「いやいや、そんな事、お主以外には出来ぬじゃろう……」

「これまたなんとも……そのような事が出来る者もいるのだな」

それなりに強さには自信があったものの、ミラとメイリン相手に容易く敗れたのが若干尾を引いていたようだ。ふとした折りにブルースが二人の強さについて触れ、更にはどうしたらもっと強くなれるのかと呟いたところ、今度はメイリンの口が止まらなくなっていた。

強くなるためには努力と修行の旅が最適だと、彼女はこれまでの中でも特に効果的だった内容を語る。

ただ、かのメイリンレベルでの効果的である。ミラの実力をもってしても相当に困難なものばかり。ゆえに、たとえブルースほどの腕前——塔の研究者クラスであっても、それらは全て不可能と言わざるを得ないものばかりだった。

「しかしまた、こうして話を聞いていると、何やらメイリン様とでも話している気分になってくる。不思議な気分だ。あのお方もまた、我々のような凡人では不可能な事を、それはもう楽しそうに成し遂げていたものだ。ああ、あの頃の皆様方は、今頃どこで何をしていらっしゃるのか……」

常人どころか同じ九賢者仲間ですら引くようなメイリンの、とんでも修行話。

そのとんでもぶりに感化され、昔を思い出したのか。ブルースは懐かしむように遠い目をしながら、それでいて嬉しそうに、そんな事を口にした。

ただ、どこかしんみりとして物憂げな空気が漂い始める中、ミラは盛大に慌てていた。

そもそも、そんなとんでも修行が出来るのは、メイリンくらいだろうと。

よってミラは、下手にボロが出る前にメイリンの話を華麗に遮り「――ならば召喚術のコツを幾つか伝授しようではないか！」と、強引にブルースの意識を引き戻した。

けれど、ミラもまた忘れていた。塔の研究者が相手の場合、本来ならそこらの術士程度が知るコツなど釈迦に説法もいいところだという事を。そしてミラが語るのは、そんな塔の研究者が唸るほどの知識だという事を。

そのため、この移動時間は、ミラとプリピュアがそこらの術士とは格が違うという事実を、ブルースが大いに実感するためだけのものとなったのだった。


そのように三人で話していると、時間もあっという間に流れていくものだ。気づけば目的地がすぐそこにまで迫っていた。

目的地のフィルズ島。ニルヴァーナの東に位置する島であり、その形は楕円状に近い。長いところが全長七十キロメートルほどだ。

全体的に森で覆われ、中央には山が連なって見える。周囲は浅い岩礁地帯となっており、海から接岸するのは難しい。

島に人里はなく、代わりにニルヴァーナ海軍の監視基地が東の断崖上に存在しているくらいだ。

そんなフィルズ島に西側から接近したミラ達は、そのまま島の中心、三千メートル級のフィルズ山の麓を目指す。

この島の主とでもいった風格のフィルズ山。その山肌から零れ出るようにして、一筋の川が流れているのが見える。

「あれだな。下りよう、ミラ殿」

「うむ、わかった」

川幅は三メートルほどだろうか。その川を上流に向けて辿ったところにワゴンを下ろしたミラ。

「ここに来たのは初めてヨ！」

ワゴンから出ると目の前には、暗く深い洞窟が大きな口を広げており、川はその奥の方に続いていた。

その様子を前に、どこか張り切った様子のメイリン。彼女がはしゃぐ通り、目の前の光景は、強大なボスが潜むダンジョンにでも続いていそうと思えるものだった。

ガルーダを送還した後、そんな洞窟の中へと足を踏み入れていくミラ達。

幅は直径で六メートルはあるだろうか。川に比べて随分と余裕がある。また内部はひんやりとしており、ただただ三人の足音と水の音だけが反響していた。

「むぅ……敵の気配が無いヨ……」

無形術の明かりを灯して進む中、率先して先頭を行くメイリンの肩が徐々に下がっていく。

強敵が待ち受けていそうな雰囲気を漂わせていながら、魔物一匹とも出くわさないからだ。

「わしの時は、グラーフロック山脈の方からヴァルハラに入ったが、ここは随分と安全じゃな。わしもこっちからにするべきじゃったか」

「おお、グラーフロックの洞窟からとは、随分と挑戦したものだ。向こうは魔物の巣窟だろうに」

洞窟をあちらこちらへと駆け回り始めたメイリンは放置して、ミラとブルースは共通の話題である召喚術の話で盛り上がっていた。

その内容は契約時の苦労話が主だ。特に今は、ブルースの契約が目前という事もあり、ミラは自然とヴァルキリー召喚会得までの経験を思い出話のように語る。

「そういえば、ダンブルフ様もグラーフロックから入ったと聞いたな。確かルミナリア様もいて、相当に暴れ回ったとか。そのような場所を抜けるとは、ミラ殿も豪気だな」

そう言ってブルースが笑うと、ミラは何度目になるかわからぬ焦りを、そっと胸の内に隠す。

いったいブルースは、どれだけダンブルフの来歴を知っているのだろうか。ちょっとした内容から直ぐダンブルフ関係に繋がっていく。注意して話していても、ブルースはほんの些細な一言を拾って連想してくるのだ。

もはや、召喚術については何も話さない方が良いのではないかとすら考え始めたミラ。しかし、そんなミラの気持ちなど知るはずもないブルースは、召喚術の深い話題を共有出来るミラと、まだまだ話したくて仕方がない様子であった。

「ところでミラ殿は、何人のヴァルキリーと契約しているのだろう？」

足を止める事なく、洞窟を奥へ奥へと進みつつも、ブルースは興味津々といった笑みを浮かべて振り返る。

基本は一人だが、試練と交渉の結果によっては複数人のヴァルキリーと追加で召喚契約を結ぶ事が出来る。そして、そのために必要なのは心と力だ。

ゆえに二人以上と契約している召喚術士は、総じて上級の中でも更に上として一目置かれるような存在だった。

「まあ……そうじゃのぅ……とりあえず、一人ではない、とだけ言うておこうか」

ミラが契約しているヴァルキリーは七人。当然、ダンブルフが契約しているヴァルキリーも七人。二人でも相当なものである中、これを正直に言えば、もはや正体を暴露してしまうようなものだ。よって、一人とでも答えてしまえばいいものを、無駄なプライドを発揮したミラ。結果、二人以上である事を匂わせるような発言に至ったわけだ。

「おお！　なかなか期待させてくれる。では私の契約が完了したら、お互いに発表するという事で」

「いや……それは――」

「これは楽しみだ！」

足だけでなく話もずんずんと進めていくブルースは、「私は、どれだけ認めてもらえるだろうか」と期待半分不安半分に呟きながら、「ああ、楽しみだ」と繰り返した。

〈32〉


一時間ほどかけて洞窟を進んだ先には、何もない空間が広がっていた。

いや、一見すると何もないが、よく見てみると地面に模様のようなものが描かれている。

「大物が出てきそうな予感がするネ！」

その手前に立ったメイリンは、どこか物々しげな雰囲気のあるそれを見据えつつ目を輝かせていた。

しかし、残念な事にその願いが叶う事はない。

「悲しいお知らせじゃが、これがあるという事は、もうこの先に魔物の類は出てこぬぞ」

その模様は魔法陣であり、これから向かうヴァルハラへの通り道となるものでもあった。

そこは神聖な場所。ゆえにメイリンが求めるような魔物や魔獣などは、この場所には寄り付きもしないのだ。

「うう……こんなに会えそうなのに、あんまりヨ……」

洞窟の最奥にある、意味ありげな魔法陣。その終点どころか道中ですら魔物一匹とも出会えなかったメイリンは、しょんぼりと肩を落とす。

「まあ、ほれ。ヴァルハラに行けば沢山のヴァルキリー達がおる。あの者達も強さにはなかなか貪欲じゃから、きっと有意義な勝負が何度も出来るはずじゃぞ」

どことなく悲愴感を漂わせるメイリンを見かねたミラは、そう励ましの言葉を口にする。

アルフィナは若干特殊過ぎるところもあるが、それでもヴァルキリー達は基本的に強さを求めて日々精進している。

よって、メイリンとは馬が合うだろう。加えて修行のために幾らでも訓練試合に付き合ってくれるはずだ。

若干ミラの予想も交じっているが、その言葉にメイリンは希望を取り戻したようだ。「ヴァルハラ、楽しみヨ！」と、そもそも本来の魔物除け云々といった目的を忘れ、期待感を顔いっぱいに浮かべた。

「さて、これが話に聞いていた第一の門か」

メイリンが落ち着いたところで前に出たブルースは、興味深げに魔法陣を眺める。そしてカバンから、薄らと光る石を取り出した。『黄昏の戦没者』という怪物を倒した際に入手出来る、『導きの輝石』というアイテムだ。

ヴァルハラに続く、第一の門を開くための鍵である。

ブルースが、それを地面の中心に置いたところで変化が起きた。魔法陣が淡く輝き、脈動を始めたのだ。

その様子を前に、わくわくとして笑みを浮かべるメイリンと、堂々と構えるミラ。

「さあ、次は第二の門だ」

ブルースが緊張気味に呟いたところで、魔法陣の明滅が激しくなり、直後に光の奔流が広間全体を覆い尽くした。

強烈な光による明転。ゆっくり目を開くと、目の前には広大な草原が広がっていた。しかし、まだ洞窟から出たわけではない。上を見上げると、岩壁に走る無数の亀裂から、闇を切り裂くようにして、光の線が幾筋も差し込んでいたのだ。

「ほぅ、ここはこうなっておったのじゃな」

ヴァルハラへと至る道は幾つかある。このフィルズ島の入り口はミラも初めて訪れた道であり、だからこそミラは、その光景に感嘆した。

やってきた場所は山頂にほど近い、山の中だった。それでいて緑に溢れた草原に差し込む光が陽だまりを生み出し、そこらにぽかりぽかりと浮かんでいる。

「なんと幻想的な……」

興奮冷めやらぬといった顔で、草原を見回すブルース。ただそれも束の間。次には「おお、あれか！」と声を上げて駆け出していた。

彼が向かう先は、草原の中心部。見るとそこには、光に煌く湖があった。

「まったく、何とも……昔のわしを見ているようじゃな」

ヴァルキリー召喚を目前にして、当時は自分も、あのように興奮していたものだと苦笑する。

すると、その隣には何やら勝ち誇ったメイリンの姿があった。

「凄く綺麗なところネ。でも前に見つけた秘境の方が凄かったヨ！」

常人ならば圧倒されてしまうだろう程の絶景。それを前にしながら、どこか見慣れた感をかもしだすメイリン。

だがそれもそのはず。彼女は修行と称して、数多くの山や森など、それこそ人を拒むかのような厳しい大自然の中を日夜駆け巡っていた。その中で、こういった絶景、更にはこれをも超える大絶景を沢山目にしているわけだ。

自分だけが知る秘境の方が綺麗だと、勝ちを主張するメイリン。こんなところでも、勝負好きな性格が顔を覗かせるようだ。

「ふむ、そうか。それはいずれ見てみたいものじゃな」

勝負だなんだといった事とは関係なく、ミラは思った事を口にした。

なんだかんだで、メイリンがこれまでに見つけてきた秘境や絶景というのは、それこそ本当に息を呑むほど素晴らしい場所ばかりだったからである。

あれから三十年。いったいどれだけメイリンが認定した秘境が増えたのか。実際に楽しみであったのも理由だ。

そのようなやり取りをしつつブルースを追って奥へ進むミラ達。

そこにあった湖の大きさは、直径にして百メートルほどだろうか。しかも中央には島があり、その場所は花畑になっていた。まるで差し込む光によってライトアップされているかのようだ。

「さて、いよいよか」

「そうじゃな。いよいよじゃ」

「ヴァルハラまで、もうそろそろネ」

湖には、その中央の花畑にまで続く橋が架かっていた。幅は一メートルくらいで手摺や柱などは何もなく、ただただ平坦な板を渡しただけといったような、どこか心許ない橋だ。

ミラとブルース、そしてメイリンは、そんな橋を躊躇いなく渡っていった。目的地は、中央に見える花畑である。

「門番よ、どうか我らの前に姿を現したまえ」

花畑に踏み入ったところで、ブルースが天に向けて声を張り上げた。すると異変は唐突に起きる。これまで静かだった湖面が波立ち、風が渦巻き始めたのだ。

吹き荒れる風によって花弁が攫われると、湖面より跳ねた水飛沫が宙を舞う。それらは空間を飛び回り、差し込む光に照らされてまばらに輝いた。

「おお……」

幻惑的な光景が次から次に現れる。それを前に思わずと言った様子でブルースが感嘆の声を漏らす。メイリンは、なかなかやるなとでもいった顔だ。

そしてミラはというと、煌く光景ではなく湖の方を見ていた。湖中からそっと上がってくる、光の精霊と水の精霊二人の姿を。

（あの時は、いつの間にか現れていて驚いたが、こんな単純な仕組みだったのじゃな……）

どうやら、それは彼女達なりの演出であり、どの入り口でも共通だったようだ。前に別の入り口にて見せられた演出。上に注目させておいて、下からそっと現れる。

かつて驚かされた舞台裏は、このようになっていたのかと、ミラは当時の真実に得心する。

と、そこで目が合った精霊の二人は、どこかバツが悪そうに視線を逸らした。

けれど二人はめげる事無く、そのターゲットを見事術中にはまったままのブルースとメイリンに切り替えたようだ。

「私達を呼ぶ者よ。その理由を述べよ」

どこか作ったような威厳を浮かべながら声を揃え、ブルースらの前に立ち並んだ精霊達。そんな試みが見事に嵌ったようで、「おお！　いつの間に！」と、ブルースが声を上げる。メイリンも「これはびっくりヨ！」と驚き顔だ。

瞬間、二人の精霊は薄らと得意げな笑みを浮かべた。それこそ、悪戯を成功させた子供達のように。

「理由は一つ。ヴァルハラへと赴き、ヴァルキリーと召喚契約を結ぶためである！」

驚いていたのも束の間。そう逸る気持ちのままに、ブルースは堂々とした態度で答えた。精霊二人が急にどこから現れたのかという謎よりも、今は契約の方が優先であるとばかりに息巻いている。

その切り替えの早さに、精霊達は少し残念そうだった。だからだろうか「そこへ至るに相応しい証を見せよ」と告げた二人の声は、どことなく不貞腐れているように聞こえた。

「では、私から」

勇んで前に一歩踏み出したブルースは、アルカナの制約陣を展開し、それをロザリオの召喚陣へと変化させた。

『円環よりいざ参れ。漆黒の追跡者よ』

【召喚術：テンペスト】

ブルースが召喚術を発動させると、たちまち召喚陣より暴風が吹き出した。それは、宙でつむじ風となって地面に突き刺さる。同時に風は霧散して、黒い虎だけがそこに残された。

暴風を纏って疾走し敵を屠《ほふ》る、攻撃力と速度を併せ持つ召喚術。それが上級召喚術の一つ、テンペストだ。

（ほぅ、あの目とあの牙、よく育っておるのぅ。そして、良い毛並みじゃ。なかなかやりおるわい）

ブルース、もといジュード・シュタイナー。彼と最後に会った日から三十年。あの頃から随分成長したものだと、ミラはどこか親心にも似た感情を抱く。

「見事です。門を通るに相応しいと認めましょう」

と、ミラが感慨に耽《ふけ》っている間に、精霊達の査定も終わった。

見事、ヴァルハラへ至る道を開くに相応しいと認められたブルース。自信はあったが僅かに不安もあったようで、彼は今、これでもかと晴れ渡った笑みを浮かべていた。

「さあ、次は――」

そう言いかけた精霊は、続いてメイリンに目を移したところで絶句した。

次は貴女の番と告げようとする前に、メイリンの準備は万端に整っていたからだ。しかも、少しばかり違う形で。

「ん？　どうしたネ？　早くやるヨ！」

それはもう、やる気満々に構えていたメイリン。こないならこちらから、という雰囲気すらも漂わせながら精霊と相対している。

「いやいやいやいや！　ちょっと待って落ち着いて！」

「違うから！　戦わないから！　ちょっとばかり見せてもらうだけでいいから！」

戦うとなれば、精霊二人も相当な実力はありそうだ。けれど彼女達は、その本能か何かでメイリンがどれほどの実力かを察したのだろう。それはもう震え上がるなり両手を上げて戦意はないと主張しながら、大慌てでメイリンを制止する。

「む……？　戦わないネ？」

「戦いません！」「戦わないから！」

疑問顔のメイリンを前に、精霊二人は叫ぶようにして答えた。

実際のところ、フィルズ島に到着してから雰囲気ばかりで魔物が一匹も現れなかったため、メイリンは相当に不満だっただろう。そんな状態で精霊とのバトルなんて事になったら、どれだけ溜まっていたものが吐き出されたか、わかったものではないというものだ。

流石はヴァルハラの門を守る二人か。そのあたりの危うさも、ひしひしと感じ取っていたようである。

その後、優しくと精霊達に懇願されたメイリンは難なく上級の術を見せて、ヴァルハラ入りを認められた。

ともあれ「これで、ヴァルキリーさんと試合が出来るネ！」と、メイリンの機嫌は良さそうだ。

「さて、次は貴女の力……を……」

ブルースが終わり、メイリンも終わり、次はミラが証明する番だ。と、精霊二人が何かを見極めるように、じっとミラを見つめた時だ。両者の顔が、たちまち驚愕に染まっていったのである。

「貴女の中に……何か大きな力が……これは、えっと……精霊王様に似た……」

「こんな事って……でも……え？」

どうやらミラに宿る精霊王の加護を感じ取ったのだろう、光の精霊と水の精霊は、驚きの次に困惑を浮かべる。そして顔を見合わせて相談を始めた。

「本物？　あれって本物？」

「いやでも、精霊王様って今……」

「じゃあ、似てるだけ？」

「精霊王様に似てるって、そんなのあるわけ……」

精霊王が精霊宮殿に引き篭ってから相当な年月が過ぎている。だからこそというべきか。その力の気配を感じても、まずは疑問が先にくるようだ。

（こういう時は、こうするのが早いじゃろう）

ひそひそと話す声が僅かに聞こえたミラは、そこから大体の理由を察して動いた。そっと歩み寄り、精霊二人の手を取った。

『ルナンリード、フォンティーネ、息災のようだな。サボらずに役目をこなしているようで安心したぞ』

直後、ミラを介して精霊王の声が伝えられた。すると二人の表情が、みるみる変化していく。その言葉、そしてミラの手を通じて感じられる力より、それが本当に精霊王のものであると確信したからだ。

ルナンリードと呼ばれた光の精霊は、「精霊王様!?」と喜びに浸る。フォンティーネと呼ばれた水の精霊は、「精霊王様の声だぁ」と涙ぐんだ。

「ミラ殿。先程プリピュア殿より、手を繋げば精霊王様と話が出来ると窺ったが、もしや今？」

門番の精霊二人の変わりようを前に察したブルースが、そっと窺うように訊いてきた。対してミラは、振り向き答える。その通りだと。

「やはり……！」

本当に手を繋ぐだけで精霊王と話が出来る。それを目の当たりにしたブルースは、「では──」と言いかけて、それに続く言葉を呑み込んだ。

是非、私にも精霊王の声を聞かせてほしい。そう言おうとしたブルースだったが、先程からルナンリードとフォンティーネが夢中になって話している姿を見て、止めたようだ。親と子が語らっているような間に割り込むのは野暮だろうと。

精霊と関わる事の多い者にとって、または歴史に詳しい知識人にとっては、精霊王が数千年も前に地上から姿を消した事は常識だ。

今回の用事が済んだ後にでも、頼めば良い。心の底から揺らぎ焦がれる感情をどうにか抑え込んだブルースは、逸る気持ちもまた呑み込んで、その会話が終わるのをゆっくり待つ構えだ。

そしてミラもまた仲介役に徹して、その会話をのんびりと聞きながら待つのだった。

「ミラさん、ありがとうございます」

「ありがとう。精霊王様が楽しそうで良かったです」

存分に語らえたようで、二人は満足した笑みのままミラの手を離した。互いに気遣い合うようなやり取りをしていた、精霊王と精霊の二人。長い年月が経っても色あせる事のない、その絆に、ミラもまた感心しながら「構わぬ構わぬ」と笑った。

「えっと、それじゃあ改めて、貴女の力を……――」

「――……って、必要あるのかな？　だって精霊王様が一緒だし」

再び門番の任に戻り、ぴしりと威厳のありそうな態度を見せたルナンリードだったが、そこでフォンティーネが疑問を投げかける。

ヴァルハラへ至るに相応しいかどうかを確かめるための試験だが、精霊王に認められているのだから今更なのではないかと。

「確かにそうだけど……でもやっぱり決まりだから。前例作っちゃうと、今後面倒そうじゃない？」

「うーん、それもわかるけど。わかりきった事を要求するのもどうかと思うんだよねぇ」

そう、またもひそひそと話し始めた二人。対して、今回も僅かばかりに声が聞こえたミラは、やれやれと苦笑しながらロザリオの召喚陣を一つ配置した。

『円環よりいざ参れ。純白の癒し手よ』

【召喚術：アスクレピオス】

詠唱の後、するりと現れた純白の蛇は、そのままミラの首から腕にかけて巻き付いた。そうしてミラは、その腕を掲げるようにして言う。「ほれ、これで問題ないじゃろう」と。

今回は例外として云々とするより、通常通りに進めた方が早い。そうミラは先に判断したのだ。

「気を遣わせちゃったみたい……どうしよう？」

「どうしようって、もうやるしかないじゃないの」

グダグダしている間に決まり通りとなった。よって試験は問題ないが、二人はミラが気を遣ったのだろうと察したようだ。

「……見事です。門を通るに相応しいと認めましょう」

どこかバツの悪そうな表情を浮かべながらも、そのまま進める事を選んだらしい。気丈な態度を取り繕うルナンリードとフォンティーネ。そして、それを誤魔化すためか、そこからの段取りは早かった。

「それでは、虹の橋を架けましょう」

そう声を揃えると、ルナンリードがミラの、フォンティーネがブルースの手を取り、その手を高く掲げる。

ミラとブルースは精霊達の指示通りに、手を動かしていった。するとどうだ。湖のあちらこちらから噴水のように水が宙へと噴き上がり、水滴が舞い踊ったのだ。そして眩いほどの光がそこに差し込むと、淡く虹が浮かび上がっていく。

だが、現象はそれで終わらない。徐々にだが、虹の輪郭が鮮明になっていくではないか。

それは、三分ほどの出来事だった。その間に、虹は確かな実体へと変わり、花畑に現れた。

「おお……これは凄い」

「今のは、凄く綺麗だったヨ！」

その虹は階段のように、光り輝く空高くへと続いていた。その光の先こそがヴァルハラ。ブルースは、ようやく開かれた道を前にして感動に打ち震える。

メイリンもまた、虹の階段が現れていく様子を絶景と認めたようだ。目をキラキラと輝かせている。ただ、その半分は、この先にあるヴァルハラへの期待であろうが。

そして精霊の二人はというと、そんな反応を示す二人の前に立ち、どうだといわんばかりに胸を張っていた。

遂にヴァルハラへ行く事が出来る。ブルースは精霊達に礼を述べると、逸る気持ちを抑えもせず「さあ行こう、ミラ殿、プリピュア殿！」と、その階段に踏み出していった。

「お気をつけてー」

「また、いつでも来てねー」

そんな見送りの言葉に手を振って応えたミラは、駆け上がっていくブルースの後をのんびりと追いかけた。

そんなミラの隣を颯爽と駆け抜けていったのはメイリンだ。そしてそのままブルースに追いつき追い越したかと思えば、そのまま競走が始まった。

我先にといった様子で、メイリンとブルースが駆け上がっていく。

なお、精霊王と二人が話している時に、それとなく訊いたところ、ルナンリードとフォンティーネは門番という特別な任についているため、召喚契約は結べないという事だった。

なかなか愉快そうな二人だっただけに、少々残念だ。そんな事を心の中で思いつつ、ミラは階段を上る。

ヴァルハラへと続く虹の階段。そこから望める景色は、不思議そのものであった。

光を抜けた先は、フィルズ島の上空に繋がっていた。しかも階段を一段上がるたびに、大地がみるみる遠のいて、空が急速に近づいてくる。そこから更に数十段ほど上がると、今度は見渡す限りの雲海が目の前に広がっていた。

（いつ来ても、不思議な感覚じゃのぅ）

フィルズ島に到着した時は、雲一つない快晴だった。つまり目の前に浮かぶ雲海は、フィルズ島の上空にはないものであり、既にこれまでいたところとは違うという証。そう、ここから先は、神域と呼ばれる場所なのだ。

「しかしまた、随分と元気じゃのぅ」

見上げると、ずっと先を軽快に駆けていく二人の姿が見えた。遠くからでもわかるほど、興奮冷めやらぬ様子だ。

ただ途中までは競走していたが、今はところどころで立ち止まって、忙しなく辺りを見回し、はしゃいでいる。

非現実の世界にあった、更なる非現実の世界。そんな感覚を抱いた当時の事を思い出しつつ、ミラは天国というのがあるのなら、こういう場所なのだろうかと夢想した。

どういう仕組みになっているのか。階段を更に進むと、広がる空に無数の島が現れた。

その島々は螺旋状に連なっており、更に高い空へと続いている。

そう、その島々こそが、ヴァルハラであった。

あとがき

お買い上げ、ありがとうございます！

さて、今回の巻にて久しぶりにミラの新衣装が登場となりましたね。そして表紙もまた新衣装での登場です！　今回の表紙も、実に素晴らしいイラストとなっております。雑多な資料と文章から、ここまで見事に仕上げて下さる藤ちょこ先生にはもう感謝しかありません。

そういえば書籍版十五巻より少し前に、すえみつぢっか先生の描くコミカライズ版の八巻も発売となっておりますし、うおぬまゆう先生による外伝『ミラと素敵な召喚精霊《なかま》たち』の一巻も共に発売しております。

更に凄い事に、ばにら棒先生によるスピンオフ『マリアナの遠き日』もコミックライドなどにて連載中なんです！

しかも十三巻のあとがきで触れたように、アニメ化までも進行中ではありませんか！

今はキービジュアルの第一弾と、ＰＶの第一弾が公開されております（四月末現在）。

アニメ化は、この作品を書き始めた頃からの夢でした。今からもう放送が楽しみでなりません！

ではでは、また次の巻でお会いしましょう！

Profile

りゅうせんひろつぐ

今を時めく中二病患者です。
すでに末期なので、完治はしないだろうと妖精のお医者さんに言われました。
だけど悲観せず精一杯生きています。
来世までで構いませんので、覚えておいていただけると幸いです。

藤ちょこ

千葉県出身、東京都在住のイラストレーター。
書籍の挿絵やカードゲームの絵を中心に、いろいろ描いています。
チョコレートが主食です。

GC NOVELS

賢者《けんじゃ》の弟子《でし》を名乗《なの》る賢者《けんじゃ》 15

2021年6月6日　初版発行

著　者　りゅうせんひろつぐ
イラスト　藤《ふじ》ちょこ

発行人　子安喜美子
編　集　伊藤正和
装　丁　横尾清隆
印刷所　株式会社平河工業社
発　行　株式会社マイクロマガジン社
〒104-0041　東京都中央区新富1-3-7　ヨドコウビル
[販売部] TEL 03-3206-1641／FAX 03-3551-1208
[編集部] TEL 03-3551-9563／FAX 03-3297-0180
https://micromagazine.co.jp/

ISBN978-4-86716-147-0　C0093　

本書は小説投稿サイト「小説家になろう」(https://syosetu.com/)に掲載されていたものを、加筆の上書籍化したものです。